金瓶梅

女性服飾文化

張金蘭◎著

敘

魏子雲

老友董金裕教授，約我參與考試他學院一位碩士生的論文，研究的是《金瓶梅》的女性服飾。素知我在《金瓶梅》這部書上，曾付出不少年的功夫，希望我能有所匡助。問指導老師是誰？也是老朋友，治俗文學之說書專家陳錦釗教授，遂欣然接受。

當我接到了研究生張金蘭這本論文，首先翻閱了章節名目之安排，一覽之餘，便感受到一聲聲不同凡響的音節在心頭跳動著。便肯定這孩子倒是一位在讀書上，很下苦心的學子。不然，分不出這麼多的類別，而且目目精到。

從章節上看，首由服飾的類型別之。人的服裝，無不從頭到腳，也就是頭上戴的，身上穿的（古所謂之「上衣」、「下裳」），足上著的。其次，便是質料，別出棉麻、絲絮、毛皮。再其次，便是色澤，別出紅、白、青三色。再從女性們的身分，別出妻、妾、婢、妓等四種層次的穿著。然後，再以女性服飾與人物性格，以及其與當時社會的流行風尚，更是女性服飾的慣常變化。這「變化」，無不一一與當時的經濟興衰，所支配出的儉侈社會，而牽連出的男女穿著，有其密切關係。可以說，從其所編之章節條目觀之，已見其佳績矣。

按《金瓶梅》一書，由抄本開始於萬曆廿四年（一五九六）十月，首次出世，其內容是「雲霞滿紙，勝於枚生（乘）七發多矣！」到萬曆卅四年（一六0六）仍由初傳信息之袁中郎（宏道）之手，寫出《觴政》（酒令）一文，則說：「…傳奇則《水滸傳》、《金瓶梅》等爲逸典。」還說：「不熟此典者，保面甕腸，非飲徒也。」前後論及《金瓶梅》之評語赫赫顯顯，畔然其內容，兩者大易其趣矣！兼之，有關《金瓶梅》之傳抄，悉由《觴政》始。文獻可徵也。基乎此，當知今見之《金瓶梅詞話》及後見之《批評繡像金瓶梅》（所謂之崇禎本），堪可認爲乃「改寫本」也。

那麼，由此論點觀之，則今之《詞話》等本之內容，之由《水滸》移民來的西門慶與潘金蓮以及李瓶兒、龐春梅等人的故事，乃另一爐灶。全書故事的歷史背境，以宋之徽宗時代含南渡溫、杭二州，其諷喻及明之嘉靖、隆慶、萬曆三代之朝政廢弛，遂有此幫派大老西門慶一家之出現。非枚生《七發》可喻之耳。

我之所以在此插說了這段堪疑之說，蓋今之《金瓶梅》故事，涉及宋明兩朝，因而《金瓶梅》之男女服飾，是否還涉有南北兩宋之社會風情呢？我在讀西門慶的得官乃「提刑副千戶」是宋明兩朝合併出來的官職，遂想到在服飾上，或許也有相拼的穿著。漸漸地查證了一些情況，如「忠靖官」乃嘉靖朝的創制。其他大多穿著，還是當時明代的流行。偶有踰越而已。今觀張金蘭的女性服飾研究，倒也上推前幾代的有關輿服志。以及文士雜記，也曾涉獵。如第三章有關色彩探討，且上推到兩漢、隋唐，連經典上的《禮記》也都引述到了。宋人之《朱子語類》所載當朝官員之外出，「三品以上服紫，五品服緋，六品以下服綠…」，而明之洪武年間，明令「民間婦人禮服，惟紫絁，不用金繡，袍衫止紫、綠、桃紅及諸淺淡顏色，不許用大紅、鴉青、黃色。帶用藍絹布。」但《金瓶梅》中西門家的婦女，穿著「大紅緞子織金（遍地金）襖兒」，已是慣常的出門穿著。足以證明萬曆及嘉、隆年間的大家婦女，穿著的服飾色彩，已不合當局的法令，抵嘉靖後半，久不上朝，雖其最厭官民之服飾紊亂不堪，曾嚴法整飭，已敵不過大眾之抗拒矣！

至於服飾的「質料」，古之封建時代，一般百姓，年不到七十，不能穿著絲帛，一律麻布褐色。兩漢以後，布帛之別，已無貴族平民之界，然一般百姓，在品質與色彩上，還是法有官民之分的。但大多以貧富別之。在張金蘭的這本《金瓶梅》的女性服飾研究論文中，可以別出官家與民戶，富者與貧者的大不同處。縱然，當局有明令規定，官員之文武品級有別，平民尤不可踰越。而富者的穿著，大多類於官家，質與色的誇耀，守成之七品官員，卻也比不上。像西門大官人之家的妻妾女婢，其穿著之質與色，五光十色之炫麗，可真是耀眼。譬如第十五回「佳人笑賞翫花樓」，寫西門家的女婦去看花燈，「吳月娘穿著大紅粧花通袖袄兒，嬌綠緞裙，貂鼠皮袄。」這時的西門慶，還只是一個幫派中的頭兒而已。敢僭越若是矣！

關於這些有關西門家的婦女穿著，頭上戴的，身上穿的，足下著的，悉以圖表一格格分別列出，通常以四格：一、編號、二、姓名（身份）、三、場合、四、小說原文，來說明個人的穿戴等等。且加以註釋說：「本論文為方便論述，特將各種服飾的出現加以編號，所引文字乃採明‧蘭陵笑笑生《金瓶梅詞話》（東京：大安株式會社，1963.4）本，共五冊。此編號用以標明冊數、回數及頁數，例如 1-14-330 指的是引文出現在第 1 冊，第 14 回，頁 330。以下類推，不再贅註。」[ii]正由於作者設計了這麼一份表格，在說明應指出的小說文字內容，使讀者一目而瞭然，非常方便讀者查證。這一點，特別值得贊賞。

到了西門慶得官之後，其家中的六房妻妾，在穿著上，個個都是大紅的袍兒。在西門慶未得官的時候，正房吳月娘及李瓶兒，也身穿大紅五彩通袖袍[iii]。雖說，吳月娘是千戶之女，李瓶兒曾是梁中書之妾，如今是告老太監的姪媳婦。若以個人身分來說，這兩人在西門慶未得官時，敢於違禁而大模大樣的穿上大紅襖袍，若是乎大模大樣地穿著於大庭廣眾之間，是不是「改寫者」的遺文呢？誠有推研的必要。[iv]

在質料形色上，士、農、工、商等級（士屬於官員），在穿著上，也有等類分別。按《明史》〈輿服志三〉洪武二十六年定每日早晚朝奉事，及侍班謝恩見辞，則服之。在外文武官員每日公座服之。其制盤領右衽袍，用紵或紗羅絹，袖寬三尺，一至四品緋袍，五至七品青袍，八至九品綠袍。至於文武官的常服，洪武初即定：凡常朝視事，以烏紗帽圓領衫束帶為公服。其帶是一品玉、二品花犀、三品金鈒花、四品素金、五品銀鈒、六品七品素銀、八品九品烏角。…至婦女之命婦冠服，也以品級別之。如三品五品冠花釵兩博鬢，五鈿翟衣，五等烏角帶。穿的是「五品衣銷金大雜花霞披，生色畫絹，起花裝飾金墜子。…」若以服制論之，《金瓶梅詞話》中的西門家婦女之穿著，質與色悉越禮法矣！

張金蘭的這一有關《金瓶梅》（詞話）的婦女服飾研究，由於他的觀照深入而細緻，一一擷出了書中婦女們的妻、妾、婢、妓等級的穿著，給《金瓶梅》一書的研究者，越法的展示了今之《金瓶梅詞話》乃改寫本的證言，堪以敬告所有該書的研究者，又獲得了張金蘭這一本可貴的研究《金瓶梅》女性服飾之成書與作者時代的史料。

雖說，張金蘭對於《金瓶梅》（詞話）之婦女服飾研究，著眼點只是婦女穿著上的探索，並無心涉及該書之作者與成書問題，甚至其他有關小說上的許多某些問題，他止涉獵到幾個女人的性格，闡述到的穿著打扮。有時連西門慶死時年齡與官職等，以及李瓶兒的性格轉變等情事，偶採第二手的資料而突生差誤（已逐一改正）。足徵所見此書之研究，祇立論於婦女服飾一項，另少旁騖。所以，本書之經營極爲精緻。

我讀《金瓶梅》（詞話），對於男女的服飾，知之黜玄而尙白，晚明風尙也。在第十五回中，西門家婦女在元宵夜去賞燈等等，李嬌兒、孟玉樓全著白綾袄兒。讀袁中郎文集，在《錦帆集》讀到「雨後遊六橋記」一文，其中有語：「忽騎者白紈而過，光晃衣，鮮而倍常。諸友白其內者，皆去表。」在張金蘭的這本「女性服飾」研究文中，可以在其所繪表格上，穿著白色襖裙者，比比也。但著玄（黑）色者，千之一比也列不上。足徵《金瓶梅》中的女性服飾，大多都是明代嘉隆萬三朝的社會樣相。

至於「鬏髻」，則是遼金元北番邦國的頭上髮飾，非明代婦女界的流行髮冠。按明代長短篇說部及戲劇之雜劇傳奇，很少有婦女戴鬏髻髮冠者。元雜劇《竇娥冤》則寫有竇婆戴「白鬏髻」語。[v]

還有，《金瓶梅》中的「一窩絲杭州攢」，則是明末時流行的婦女髮上裝扮。「鬏髻」則喻宋者也。

《金瓶梅》中的小腳與高跟鞋，幾乎是該小說情節中的一大特色。若把敘寫小腳的文章彙集起來，可成大觀。此書的所謂「足服」，倒也敘述了老長一節。按女孩子打六、七歲時，就開始包裹小腳，要兩年時間，方能裹紮完成。通常長度只有三幾寸長，像個三角形粽子似的。腳兒小，臀兒則大。所以凡是小腳婆娘，行動樣式婀娜之姿，全在臀部以上的腰肢欵擺。但在褲腿上的裝扮，是紮褲腳兒，所以褲腳那一段，要講究花俏，紮褲腿的帶子，也非常考究。腳兒雖小，鞋兒可倒最爲講究，鞋幫上的花兒，鞋頭上的傳設，各種花鳥、蟲魚、蜂蝶、蟲蟻，各種樣式，無不設計得鮮靈活現，兼且使之具有性的挑逗。《金瓶梅》中寫潘金蓮穿的高底鞋，是用氈布墊的，走起路來，沒有聲響，孫雪娥稱之爲「鬼走路」。聽不到他來，等你聽到聲音，人已在眼前。

《金瓶梅》中的女性，也有不少大腳片兒的。可以說凡是婢女（丫環）都是大腳片兒。作傭人，慣常出門買東買西。再說，「丫環裹小腳，居心不良」。不是準備著大時不聽差遣，又添麻煩。就嫁出去，或賣出去。但也有早有心爲丈夫安排個小老婆，作大婆的也中使。所以，西門家的丫環，祇有春梅是小腳丫頭，因爲春梅是買來時，便裹妥了小腳。其餘的丫頭全是大腳片兒。但是收房排爲四房的孫雪娥，就是大腳片兒，因爲他是西門慶髮妻陳氏的陪嫁丫環。壓根兒就是個大腳的婢女。另一位大腳片兒的便是潘金蓮房中的秋菊。後來，又賣給別人家去了。

說起來，這一件大腳片兒與三寸金蓮的問題，可倒是《紅樓夢》大異於《金瓶梅》的一大部分。《紅樓夢》中的小腳婆娘少，蓋《紅樓夢》是旗人的家庭故事。旗人的婦女是大腳片兒，但《紅樓夢》的榮寧二府，也有漢人親戚，寄居於賈府簷下的尤氏母女，就是裹小腳的漢人。尤家的三個閨女，老大嫁於賈家，兩個小姨子居然步上悲劇，給讀者留下一大把心疼的淚水。《金瓶梅》中的幾個大腳女人，孫雪娥、秋菊，以及其他幾個丫環，也送的送，賣的賣。只有小玉嫁給了玳安（玳安收爲義子）。

在我看來，《金瓶梅》這一大說部，委實是個大山大海，源頭深、派流長，蘊藏著許許多多的無盡寶藏，決不是少數人的力道可以發掘得完的。張金蘭的這本女性服飾研究，就是一部新開發出的寶藏。我這耄耋老人，多麼希望還有像張金蘭這樣的青年學人，在《金瓶梅》這部書上鑽營之。我已步入該書之間踰卅年矣！祇能肯定的指出今見之《金瓶梅》乃萬曆廿四年（一五九六）之後的改寫本，此一改寫本與袁氏兩兄弟，應有密切關係。他們到了萬曆爺賓天（一六一九）便東拼西湊，匆匆付梓之《金瓶梅》（詞話），則參予者，除袁氏中郎、小脩之外，沈德符、馮夢龍、屠本畯等人，概亦參予者也。[vi]

然而，今之論《金瓶梅》者，既不深入其書而尋求其徵結問題，更不知乎版本之學，悉憑一己臆想而天馬海空，豈不背向而馳也乎！

庚辰冬杪於台北安和居

---

[i] 此語乃袁宏道於萬曆廿四年（一五九六）十月間，由董其昌手中得到小說《金瓶梅》部分。時袁在蘇州任吳縣令，病瘧，讀後給董其昌一信，說：「《金瓶梅》從何處得來？伏枕略觀，雲霞滿紙，勝於枚生七發多矣！...」基乎此語，之與其十年後所作之《觴政》以《金瓶梅》與《水滸傳》作「酒典」之語，兩相臆之，則顯然《金瓶梅》兩者非同書也？

[ii] 日本大安株式會社印行的《金瓶梅詞話》精裝五冊，每頁都印上頁碼，張金蘭使用的即此一在台灣的印行本。以此本為參考底本，最為得當。北京印的那一部，不如日本印的這一本。我們印的這一本，被讀者弄髒了。

[iii] 見本書頁 67-69

[iv]今見之《金瓶梅詞話》乃改寫本，全是袁中郎的話透露出來的，《七發》之喻與今之「詞話本」所運用的《水滸傳》之西門慶、潘金蓮這段故事，而不相合。至於改寫者是否是原作者執筆？縱難肯定，但今見之《金瓶梅詞話》所展示的錯簡等等，亦足證「詞話本」乃付梓者之匆匆也。今讀張金蘭的這本「婦女穿著」的研究，益發證明了早期《金瓶梅》所述者，應是高品秩的金吾衛官員之家。是以竊以為此一問題，似應仔細推研。

[v]在《竇娥冤》首折「後庭花」，有句「梳著個霜雪恥白鬏髻，怎帶那銷金錦蓋頭。」

[vi]我的《金瓶梅》研究，一開始便發現「詞話本」乃二次改寫本，「崇禎本」第三次改寫本。從「詞話本」第一回所寫之漢高祖廢嫡立庶開頭，配合上袁中郎首先贊語「勝於枚生七發多矣！」可以肯定原著不是「詞話」的故事。第一回之楔子，乃一頂帝王冠冕，戴不到西門慶頭上也。於是，我在寫《金瓶梅的問世與演變》、《金瓶梅原貌探索》及《金瓶梅的幽隱探照》、《小說金瓶梅》、《明代金瓶梅史料詮釋》等等。所論者，全是此一問題。堪以肯定復旦大學黃霖教授指出作者是屠隆，我則據以肯定屠隆乃《金瓶梅》之初稿本作者。後者之傳抄本，可能是屠隆受到袁中郎等友朋之規勸而改弦更張。後來，屠隆泥於戲劇，未寫完也。屠故後，後人拼成之也。惜乎！無人總而論之。憾然！

§ 目 次 §

下編：《金瓶梅》女性服飾的內在意涵　/185

緒論

第一節　研究動機及目的

《金瓶梅》一書表面上寫北宋末年間事，而實寫明事，[1]無論典章制度、社會風俗、服飾飲食等，莫不顯現出鮮明的明代標誌，可說是中國第一部以現實生活爲題材的長篇小說。《金瓶梅》的故事情節乃是以西門慶一家爲中心而展開的，而明代商業經濟等社會現實也圍繞此一線索一一浮現。尤其是對於商人及平民的生活，更是描寫得淋漓盡致，使讀者從西門慶一家出發，逐漸融入晚明平民的生活氛圍中，因此，《金瓶梅》一書對於正史少提及的平民生活來說，實爲一重要參考資料。

然而，歷來對《金瓶梅》一書的研究在瓶外的部分多進行文獻學的探討，例如作者、版本、源流等；[2]而瓶內的部分則多著重於其中的人物描寫、性慾的探討等。一直到近十多年來，才逐漸重視其中所透露出來的社會現實面，亦即藉由其所藏的風俗、文化、語言等蛛絲馬跡，鮮明地拼湊出明末的社會風貌。有鑑於

---

[1] 魏子雲，〈從《金瓶梅》例說小說的史地問題〉，《書目季刊》，卷 31，第 1 期，1996.6，頁 17-30。此文對《金瓶梅》的史地問題進行相當詳盡的討論，並下了結論，他說：「是以《金瓶梅》這部小說的宋徽宗歷史背景，乃假設；實際上，這部小說的歷史背景，乃晚明也。以宋寫明者也。」對於《金瓶梅》的時代問題，亦有多位學者加以論述，其說法多與魏子雲先生相同。

[2] 梅新林、葛永海，〈《金瓶梅》文獻學百年巡視〉，《中國古代、近代文學研究》，2000.2，頁 132-140。此論文將近百年來《金瓶梅》的研究分為作者研究、版本研究、源流研究三個方面，並做了較為詳細的探討。

此，是以本論文寫作的重點更在於發掘此書所蘊含的的社會現實性。

以往長篇小說所描寫的主要人物，如《三國演義》的帝王將相、《水滸傳》的英雄豪傑、《西遊記》的妖魔鬼怪等，描寫重點多爲男性社會，所涉及到的女性像《三國演義》中的貂蟬及大小喬、《水滸傳》中的潘金蓮、《西遊記》中的蜘蛛精等人多爲陪襯，她們不是沒有自由意志的人，便是邪惡的妖魔化身；而《金瓶梅》則側重於表現女性社會，大量描寫圍繞在西門慶身旁的妻妾婢妓等眾多女性的明爭暗鬥及日常生活，可知女性在《金瓶梅》中所佔的比重較前述小說更向前跨進一步，不再純粹以女性爲配角。因此，要瞭解此時女性的生活，此書不失爲一項可供參考的資料。

除此之外，在女性生活的各個面向中，我對服飾最感興趣。而歷來研究明代女性問題者，多著重於婚姻與家庭、女性貞節、青樓妓女及蓄妾等問題，較少從女性服飾的角度來探討女性生活。然而，中國乃一「衣冠古國」，如《左傳》中載明「中國有禮儀之大，故稱夏；有服章之美，謂之華」[3]，正因爲重視上下尊卑的禮儀以及用來區別身份地位的服飾，故中華民族稱爲華夏民族，可知服飾亦爲一種文化現象的反映。因此，在探討一個時代的文化現象時，服飾表現實爲其中一個重要關鍵。

再加上服飾雖然是穿著在個體身上，可以反映出一個單獨的個體；卻也可以反映出一個群體。其中包括具體的表象，也包括

---

[3] 晉·杜預注、唐·孔穎達疏，《左傳注疏及補正》(台北：世界書局，1973.12)，卷56

抽象的精神內涵，例如該個體的著裝心裡、身份地位及群體的好尚等現象。而《金瓶梅》書中出現的女性十分眾多，每一個人身上的服飾也描寫得極其詳盡，可說是明代女性的時裝展覽會，其背後所代表的意義，形形色色，頗爲複雜，十分值得研究。且因筆者能力有限，無法對明代女性服飾做一完全而深入的研究，故先將焦點集中在《金瓶梅》一書中所描寫的女性服飾上。因此，本論文便選擇以《金瓶梅》中的女性服飾爲探討重點。

有鑑於上述種種原因，筆者決定從《金瓶梅》一書著手，以反映明代現實爲基礎，鎖定女性爲主要對象，並以與女性生活最密切相關的、最能展現時代社會文化的服飾爲焦點，藉由此書中豐富的文字資料及圖像資料來整理出《金瓶梅》女性服飾的脈絡，且對明代女性的服飾文化作一探討，並從中梳理出中國女性服飾的變化及損益情形，相信這在中國女性服飾史以及女性生活史上具有一定的意義。因此，本論文擬以「《金瓶梅》女性服飾文化研究」爲題作一深入的探討。

第二節　研究範圍及方向

一、 研究範圍：

本論文擬以《金瓶梅》一書中的女性服飾爲主要討論對象，研究範圍有二：

（一） 從服飾的外在表現入手：

一般服飾若從外觀來看，很明顯地可以從服飾的所在位置，即從頭到腳、由內而外來作分類——本論文稱之爲「類型」。除此之外，其他如「質料」及「色彩」也是服飾展現在眾人面前的兩大特徵。因此本論文將小說中出現的女性服飾，按類型、質料及色彩等三種標準一一切入，分別加以論述。在類型方面，依首服、上衣、下裳、足服等來分析；[4]在質料方面，則依棉麻類、絲類、毛皮類等來考察；在色彩方面，則以出現最多的紅、白、青三色系爲主要探討對象。在這三項標準之外，更將明代社會現實及經濟發展情形，例如手工業、紡織業、服飾業等融攝於其中作一研究，必要時參照當代其他相關資料。

（二） 探討服飾的內在意涵：

服飾不只是外在的表現，更有其發展的深層原因及其所蘊含的意義。本論文先將《金瓶梅》一書中的女性按妻、妾、婢、妓等身分加以區分，藉以了解其服飾與身份地位的關係。其次，本論文以潘金蓮、李瓶兒、龐春梅、孫雪娥等人爲例，研究其服飾與人物性格的關係，必要時並旁及其他女性。最後，本論文擬探討《金瓶梅》女性服飾所反映出的時代意義，並論述服飾與社會風氣的關係。

[4] 王宇清，《中國服裝史綱》（台北：中華大典編印會，1967.4）。書中第三章〈中國服裝的祖型及其衍變〉把中國服裝的祖型分為：頭衣、上衣、下衣及脛足衣三類，本論文參考他的分類，而將下裳及足服分成兩類來討論。

二、研究方向：

根據以上的範圍分析，本論文所要進行的方向有三：

（一）藉外在表現及內在意涵等各項探討，來了解《金瓶梅》一書中的女性服飾文化現象，亦即歸納出其自成一格的脈絡。

（二）審慎思考此一文化現象是否能反映史實？或爲可靠的史料？是否足以成爲明代現實生活及文化現象可靠的參考資料？此可以與史料、圖片、刻本、畫冊等當代作品相印證。

（三）由以上兩點導出《金瓶梅》女性服飾文化的歷史性，即與史實相印證的部分；以及《金瓶梅》女性服飾文化的文學性，即作者爲塑造人物等動機而強調或突出的部分，此部份可能異於史實，但有其文學上的作用。

因此，本論文在歸納《金瓶梅》女性服飾的外在表現之後，更重要的是探討其背後所藏的內在意義，兩者互爲表裡，有密不可分的關係，並希望能藉此歸納出明代女性服飾的文化脈絡。所以本論文的撰寫分爲上、下兩編，上編爲「《金瓶梅》女性服飾的外在表現」，下編則爲「《金瓶梅》女性服飾的內在意涵」。

第三節　前人研究成果

近數十年來，討論《金瓶梅》問題的論著多不勝數，本論文將參考前人研究成果並作一略述：一是關於《金瓶梅》社會意義的研究成果；二是關於《金瓶梅》女性人物的研究成果；三是關於《金瓶梅》服飾的研究成果。其他諸如明代社會現象、明代女性問題、明代服飾文化等研究成果也一併作一回顧。

首先，關於《金瓶梅》社會意義的研究成果方面，一般學者認爲《金瓶梅》是一部反映社會現實的文學作品。魯迅在《中國小說史略》中指出：

> 作者之於世情，蓋誠極洞達，凡所形容，或條暢，或曲折，或刻露而盡相，或幽伏而含譏，或一時並寫兩面，使之相形，變幻之情，隨在顯見，同時說部，無以上之，故世以為非王世貞所不能作。[5]

他指出《金瓶梅》乃一世情書，極力描寫各種大小人物的一言一行，並極盡所能地馳騁己意，也使讀者易懂。

又鄭振鐸在〈談金瓶梅詞話〉一文中說：

> 其實《金瓶梅》豈僅僅為一部穢書！如果除淨了一切穢褻的章節，它仍不失為一部第一流的小說，其偉大似更過於《水滸》、《西遊》、《三國》，更不足以和它相提並論。在

---

[5] 魯迅，《中國小說史略》（上海：上海古籍出版社，1998.1），頁126

> 《金瓶梅》裡所反映的是一個真實的中國的社會，這社會到了現在，似還不曾成為過去。要在文學裡看出中國社會的潛伏的黑暗面來，《金瓶梅》是一部最可靠的研究資料。[6]

此外，不少學者也已經注意到《金瓶梅》中的風俗習慣、戲曲技藝、民間生活等文化現象，如蔡國樑在《金瓶梅考證與研究》[7]一書中談論到許多相關的問題，例如〈磨鏡、畫裱、銀作、雕漆、織造——《金瓶梅》反映的明代技藝〉[8]一文，他將五項《金瓶梅》中所描寫到明代的技藝，對照各項史實並做一介紹；〈燈市、圓社、卜筮、相面——《金瓶梅》反映的明代風習〉[9]一文，則將四項《金瓶梅》中所描寫到的明代社會風俗習慣，與史實相互印證；〈《金瓶梅》反映的明代商業〉[10]一文則討論《金瓶梅》中西門慶一生的發跡，以及對於明代經濟成長及商業活動的反映；〈《金瓶梅》反映明代的城市經濟生活〉[11]一文則對《金瓶梅》中所描寫的幾個重要問題，如物價、經商、高利貸作一解剖，藉此反映出明代城市經濟生活等都是極爲重要的見解。

其他如戴鴻森〈從《金瓶梅詞話》看明人的飲食風貌〉[12]一

---

[6] 引見盛源、北嬰，《名家解讀金瓶梅》(濟南：山東人民出版社，1998.1)，頁 12

[7] 蔡國梁，《金瓶梅考證與研究》(西安：陝西人民出版社，1984.7)

[8] 《金瓶梅考證與研究》，頁 197-211

[9] 《金瓶梅考證與研究》，頁 213-231

[10] 《金瓶梅考證與研究》，頁 232-245

[11] 《金瓶梅考證與研究》，頁 246-266

[12] 鄭慶山，《金瓶梅論稿》(瀋陽：遼寧人民出版社，1987.11)，頁 335。

文從茶、酒、點心雜食、便餐筵宴四項日常飲食爲主要探討對象，考察史冊少有的明代平民生活；鄭培凱〈《金瓶梅詞話》與明人飲酒風尚〉[13]一文十分詳盡地分析《金瓶梅》所出現過各式各樣的酒，並且以此爲判定此書著作年代的重要依據；戴不凡〈《金瓶梅》中的戲曲和紡織史料〉[14]則對於明代戲曲和紡織史料有概略性的介紹；以及國外學者 Curtis Evarts 的〈Furniture in the Novel Jin Ping Mei〉，[15]以《金瓶梅》木刻插畫中的傢俱來探討明代的物質生活等。這些著作對於明代文化史的研究，都是有相當貢獻的。

其次，關於《金瓶梅》女性人物的研究成果方面，魏子雲先生在他的重要著作中有極爲詳盡的論述，例如《小說金瓶梅》[16]、《金瓶梅散論》[17]等書，後者對於書中重要女性角色－－潘金蓮、李瓶兒、龐春梅、吳月娘、孫雪娥、李嬌兒、孟玉樓等，就書中所出現的行爲、言語、性格等加以討論。此外，石昌渝在《金瓶梅鑑賞辭典》[18]一書中對於前述諸女性也著墨不少，不但在分析之前爲之寫出小傳，而且爲每一人物畫一畫像，使之更加生動鮮

---

[13] 徐朔方等編，《金瓶梅西方論文集》(上海：上海古籍出版社，1987.7)，頁 49-87

[14] 胡文彬、張慶善選編，《論金瓶梅》(北京：文化藝術出版社，1984.12)，頁 415-428

[15] Curtis Evart，〈Furniture in the Novel Jin Ping Mei〉，《Asian Culture Quarterly》, 22:3, 1994. pp. 21-35

[16] 魏子雲，《小說金瓶梅》(台北：學生書局，1988.2)

[17] 魏子雲，《金瓶梅散論》(台北：商務印書館，1990.7)

[18] 石昌渝，《金瓶梅鑑賞辭典》(北京：北京師大出版社，1989.5)，頁 12-35

明，其討論的重點也約略提及人物的服飾穿著，雖然僅佔一小部份，但不失爲研究的重要參考資料。還有學者的研究重心落在明代娼妓制度上，例如陶慕寧的《金瓶梅中的青樓與妓女》[19]一書即較全面的剖析《金瓶梅》中的青樓妓女，並旁及明代相關社會文化。其他學者對於《金瓶梅》中的各種女性角色也有十分熱烈的討論。

其餘國內學位論文相關的著作也不少，有楊淑惠的《張竹坡評點金瓶梅人物研究》[20]、朴炫玡的《張竹坡評點金瓶梅之小說理論》[21]、莊文福的《金瓶梅詞話人物形象研究》[22]等，都是針對人物形象進行分析。而馬琇芬的《從婚姻、嫉妒、性慾看金瓶梅中的女性》[23]則是從社會現實入手，對於女性角色做一深入的探討。

再者，在服飾方面，正史〈輿服志〉所載的多爲王公貴族的服飾，至於平民的服飾則多爲禁令。而以往有關中國服飾通論的著作多偏向服飾藝術或服飾考古的研究，如周汛、高春明的《中國歷代服飾》[24]及《中國歷代婦女妝飾》[25]、沈從文的《中國古代

[19] 陶慕寧，《金瓶梅中的青樓與妓女》(北京：文化藝術出版社，1993)
[20] 楊淑惠，《張竹坡評點金瓶梅人物研究》，高雄師範大學國文系碩士論文，1995
[21] 朴炫玡，《張竹坡評點金瓶梅之小說理論》，政治大學中文系碩士論文，1995
[22] 莊文福，《金瓶梅詞話人物形象研究》，文化大學中文系碩士論文，1997
[23] 馬琇芬，《從婚姻、嫉妒、性慾看金瓶梅中的女性》，中山大學中文研究所碩士論文，1997
[24] 周汛、高春明，《中國歷代服飾》(上海：學林出版社，1983.4)
[25] 周汛、高春明，《中國歷代婦女妝飾》(上海：學林出版社、香港：三聯書店聯合出版，1991.10)

服飾研究》[26]、周錫保的《中國古代服飾史》[27]等書。而且前人專門研究《金瓶梅》女性服飾的著作並不多，在沈從文《中國古代服飾研究》一書中曾約略提到《金瓶梅》插圖可補充《明史》〈輿服志〉、《明會要》之不足，更可進一步明白當時社會中女性的服飾搭配情形，但是此文僅兩頁、八圖，實有可以再詳細論述之必要。另外，還有李應強《中國服裝色彩史論》[28]一書，將《金瓶梅》中男女服裝做一色彩學上的大略分析，將主要色彩挑出，並各舉一、二例加以說明。其餘則散見各討論中國歷代服飾的書籍中，但未見專文論述。

至於其他專題如明代的社會現象、女性問題及服飾文化等，因爲相關著作實在太多，本論文僅擇要來加以論述。關於女性問題，學者多著重於婚姻與家庭問題、女性的貞節觀、娼妓制度及蓄妾制度等，在鮑家麟所編的《中國婦女史論集》[29]中，有好幾篇文章是對這些問題作一詳細的討論，例如蔡獻榮〈中國多妻制度的起源〉[30]、董家遵的〈歷代節烈婦女的統計〉[31]、高邁〈中國娼妓制度之歷史的搜究〉[32]、賈重〈中華婦女纏足考〉[33]等。

此外，陳東原在《中國婦女生活史》[34]一書第七章〈元明婦

---

[26] 沈從文，《中國古代服飾研究》(台北：南天書局，1988.5)
[27] 周錫保，《中國古代服飾史》(台北：南天書局，1988.5)
[28] 李應強，《中國服裝色彩史論》(台北：南天書局，1993.9)
[29] 鮑家麟編，《中國婦女史論集》(台北：稻鄉出版社，1993.3)
[30] 《中國婦女史論集》，頁 78-110
[31] 《中國婦女史論集》，頁 111-117
[32] 《中國婦女史論集》，頁 118-127
[33] 《中國婦女史論集》，頁 181-192
[34] 陳東原，《古代婦女生活史》(台北：台灣商務印書館，1994.12)

女的生活〉中，也對於明代婦女生活做一詳細介紹。在學位論文方面，則有衣若蘭的《從三姑六婆看明代女性與社會》[35] 等。

至於專論明代服飾文化的文章則有巫仁恕的〈明代平民服飾的流行風尚與士大夫的反應〉，[36]討論平民男女服飾的變遷以及士大夫所採取的對應方式。還有林麗月的〈衣裳與風教——晚明的服飾風尚與「服妖」議論〉，[37]則是討論明代服飾的變化、晚明奢侈的社會風氣以及士人對此所提出的「服妖說」等。

綜上所述，前人研究似乎缺乏對《金瓶梅》女性服飾以及其所反映的文化現象等作專門而深入的探討，這個議題可說是研究者的新天地。因此筆者擬針對前人研究不足之處加以闡述，以期對該範疇有所瞭解並提出己見。

第四節　研究方法

一、本論文撰寫時主要根據的《金瓶梅》版本有四：

（一）《金瓶梅詞話》[38]

---

[35] 衣若蘭，《從三姑六婆看明代女性與社會》，師範大學歷史研究所碩士論文，1997

[36] 巫仁恕，〈明代平民服飾的流行風尚與士大夫的反應〉，《新史學》，卷10，第3期，1999.9，頁55-109

[37] 林麗月，〈衣裳與風教——晚明的服飾風尚與「服妖」議論〉，《新史學》，卷10，第3期，1999.9，頁111-157

[38] 明・蘭陵笑笑生，《金瓶梅詞話》（影印萬曆刻本，東京：大安株式會社，1963.4）。

（二）《新刻繡像批評金瓶梅》[39]

（三）《金瓶梅詞話校注》[40]

（四）《金瓶梅：會評會校本》[41]

（一）、（二）兩種是現存《金瓶梅》萬曆本（詞話本）及崇禎本兩大系統[42]。後者為最早的插圖本，原刻本現藏於北京大學圖書館[43]，此書每回有插圖兩幅，共二百幅圖，文字介於詞話本與張評本之間，係以詞話本為基礎，後為張評本改寫的依據。

而《金瓶梅詞話校注》則是校注極為詳盡的一種版本。至於《金瓶梅：會評會校本》則是分為兩大部分，前面是張評本的全部文本以及張評本、崇禎本的批評文字；後面則是詞話本、崇禎本及張評本的校勘內容。因為文字完備，可以作為對照參考之用。

---

[39] 此套書有兩版本：本論文在文字部份參考明・蘭陵笑笑生，《新刻繡像批評金瓶梅》（影印崇禎刻本，台北：天一出版社，1990.9）。而圖畫部份則參考明・蘭陵笑笑生，《新刻繡像批評金瓶梅》（影印崇禎刻本，杭州：江蘇古籍出版社，1988.12）

[40] 明・蘭陵笑笑生，白維國、卜鍵校注，《金瓶梅詞話校注》（長沙：岳麓書社，1995.8）

[41] 明・蘭陵笑笑生，秦修容整理，《金瓶梅：會評會校本》（北京：中華書局，1998.3）

[42] 現今學者研究《金瓶梅》版本者，將之分為三大系統：
(1)《金瓶梅詞話》，即萬曆本、詞話本，它的底本是萬曆丁巳初刻本。
(2)《新刻繡像批評金瓶梅》，即崇禎本，因此本繪有繡像，故又稱繡像本，對於詞話本的文字做了普遍的刪改，使文字更加散文化。
(3)《張竹坡批評第一奇書金瓶梅》，即張評本，是清康熙乙亥年刻本。

[43] 《新刻繡像批評金瓶梅》傳世四種，分藏於北京圖書館、北京大學圖書館、上海圖書館及日本內閣文庫，各本之間差異甚小。而北大本是以原刊本翻刻的，為現存最完整的崇禎本。此資料參考江蘇省社會科學院明清小說研究中心文學研究所編，《中國通俗小說總目提要》（北京：中國文聯出版社，1990.2），頁80

本論文所引《金瓶梅》文字部份，多使用《金瓶梅詞話》，[44] 並參考其他三種版本；圖畫部份則依據《新刻繡像批評金瓶梅》所附插圖進行討論，必要時參考《清宮珍寶皕美圖》，[45]及其他版本。

二、本論文撰寫時所採用的方法有二：

（一）文獻資料的蒐集與分析

此文獻資料蒐集共朝下列六種方向進行：

1.《金瓶梅》中女性服飾的相關文字記載，一一檢閱、整理、分析。
2.《金瓶梅》相關資料閱讀。
3.中國服飾史相關資料閱讀。
4.明代女性問題相關資料閱讀。
5.明史相關資料閱讀。
6.服飾心理學相關資料閱讀。

---

[44] 崇禎本在對詞話本進行刪改時，對於較為冗長的敘述多加以刪節，例如關於飲食、服飾的描寫，道士、尼姑的祈禱文等。因此本論文在討論時，以詞話本為根據。

[45] 本書收於魏子雲編，《中國古典小說叢刊：金瓶梅研究資料彙編》（台北：天一出版社，1987.1）

（二）相關資料如史料、圖片、刻本、畫冊等的分析與比較

由於《金瓶梅》問世至今約四百年，同時代的實物樣品取得不易。因此，針對此一困難，本論文擬從當代相關資料中理出佐證之脈絡。

首先，由《明史》、《明實錄》、《大明會典》等史籍記載與之相印證，找出兩者互相對應的關係。但是從正史〈輿服志〉所得中國古代服飾的相關資料仍然不夠完整，因爲〈輿服志〉一般只記載本朝王公貴族的服飾，較少提及平民百姓日常生活的服飾。而野史、筆記、詩詞曲賦、雜劇、小說等都可補正史之不足；考古文物更可形象、具體的提供資料。

下一步則是企圖將《金瓶梅》中的女性服飾藉由當代的圖片、刻本、畫冊等非文字資料予以形象化、予以還原，使它重現於讀者眼前。當然，《金瓶梅》畢竟是一部文學作品，因此無法將書中所載完全視爲合乎史實。依前文所言，本論文企圖找出《金瓶梅》一書中女性服飾文化自成的脈絡，並就其歷史性及文學性的雙重意義加以探討。

三、本論文撰寫時所引用資料之取得方法有六：

（一） 國內各大學圖書館
（二） 中央研究院史語所、文哲所、近史所圖書館
（三） 故宮博物院圖書館
（四） 國家圖書館

（五） 師長學者提供

（六） 自台灣、大陸、香港、日本等地區購買

上編：

《金瓶梅》女性服飾的外在表現

《金瓶梅》中的女性服飾從髮型、髮飾、衣裳到鞋襪等都有十分細膩的描寫，例如在第十四回潘金蓮生日時的描寫：

> 只見潘金蓮上穿丁香色潞綢雁啣蘆花樣對襟襖兒，白綾豎領，粧花眉子，溜金蜂趕菊鈕扣兒。下著一尺寬海馬潮雲，羊皮金沿邊挑線裙子，大紅白綾高底鞋，粧花膝褲。青寶石墜子、珠子箍兒。……看見金蓮豔抹濃粧，鬢邊撇著一根金壽字簪兒，從外搖擺將來。(1-14-330)[1]

其中襖的樣式是「對襟」、色彩是「丁香色」、質料是「綢」、紋樣是「雁啣蘆花樣」，而裙則寫出裙擺處是「一尺寬」的「海馬潮雲」紋樣及以「羊皮金」所製，裙下穿著「粧花膝褲」，腳上鞋的色彩是「大紅」、質料是「綾」、樣式是「高底」，其他飾物也寫得十分清楚，使人從文字中產生潘金蓮的具體形象。其他諸回也是如此，眾多女性的出場正如同一場場精彩的服飾展覽會一般。

而《金瓶梅》的服飾細節正是明代甚至明代末年時裝特有現象，例如第二回中潘金蓮一出場時穿的「扣身衫子」，還有「抹胸兒重重紐扣」(1-2-50)的描寫，再加上第十四回中寫到潘金蓮襖的領子上出現了「溜金蜂趕菊鈕扣兒」(1-14-330)等，這幾處

---

[1]本論文為方便論述，特將各種服飾的出現加以編號，所引文字乃採用明‧蘭陵笑笑生，《金瓶梅詞話》(東京：大安株式會社，1963.4)，共5冊。此編號用以標明所出現的冊數、回數及頁數，例如1-14-330指的是引文出現在第1冊，第14回，頁330。以下類推，不再贅註。

都出現了鈕釦，可見鈕釦在當時已被廣泛使用；還有鈕釦上使用的「溜金」技術，即是將金汞混合物塗在銅上，一經烘烤，汞會蒸發，而金則鍍在銅器表面，[2]其圖案是「蜂趕菊」，足見此時鈕釦的製作有多講究了。諸如此類的例子極多，故後人可從《金瓶梅》中看出明代服飾的發展細節及現狀。

由於服飾是物質產品，是正式研究服飾文化最基本也最重要的概念。因此，本編以《金瓶梅》女性服飾的外在物質表現爲主要探討對象，亦即服飾的外觀。除了類型之外，其他如「質料」及「色彩」等都是服飾展現在眾人面前的三大特徵。此編共分三章：第一章是《金瓶梅》女性服飾的類型分析，所要討論的是在類型方面，由服飾的所在位置，依首服、上衣、下裳、足服等來作分析。第二章是《金瓶梅》女性服飾的質料考察，則依服飾的質料如棉麻類、絲類、毛皮類等來做詳盡的考察。第三章是《金瓶梅》女性服飾的色彩探討，則以在本書中出現最多的紅、白、青三色系爲主要探討對象。

是以本編在前述三項標準之外，更將明代經濟發展情形，例如手工業、紡織業、服飾業等融攝於其中作一探討，必要時參照當代其他相關資料，以期了解《金瓶梅》女性服飾及明代女性服飾之間的關聯性。並嘗試從中瞭解女性服飾的變化及損益情形，相信在女性服飾史及女性生活史上具有一定的意義。

---

[2] 明・蘭陵笑笑生，白維國、卜鍵校注，《金瓶梅詞話校注》（長沙：岳麓書社，1995.8），頁 413

第一章 《金瓶梅》女性服飾的類型分析

「服飾」一詞的涵義極廣，按《中國衣冠服飾大辭典》所下的定義，「服飾」是指：

> 服裝及首飾。泛指各種人體妝飾，包括冠巾、髮式、妝飾、衣服、褲裳、鞋履、飾物等。[1]

而《金瓶梅》一書中所描寫的女性服飾繁瑣雜亂，本論文爲方便討論，乃根據此一定義，以及服飾穿著的慣例，[2]將書中出現的女性服飾，按人們穿著服飾的位置分爲首服、上衣、下裳、足服等四類。

第一節 首服

「首服」，指的是頭部的裝飾，又稱爲「頭服」。[3]本論文將

---

[1] 周汛、高春明編，《中國衣冠服飾大辭典》(上海：上海辭書出版社，1996.12)，頁 1

[2] 華梅，《人類服飾文化學》(天津：天津人民出版社，1995.12)，頁 412。書中對「服飾慣制」的解釋是：「指一定地區內的人民在服飾穿戴上的一種民間自發又自律性的著裝行為」，這是「服飾上習慣成自然了的規範與體制」，「如上衣下裳是服飾本體慣制之一。」

[3] 葉大兵、烏丙安主編，《中國風俗辭典》(上海：上海辭書出版社，1992.4)，頁 351。將首服也稱為「頭服」，說是「古代冠戴的總稱」。

之分爲髮型及飾物兩類，由於飾物分佈較廣，因此本論文又細分爲髮飾、面飾及耳飾。

一、髮型

「髮型」指的是頭髮的式樣，在古代有不同的名稱，如「首服」、「首飾」等。稱「首服」者，如《周禮》所載：

> 追師……掌王后之首服，為副、編、次、追、衡、笄。為九嬪及內外命婦之首服，以待祭祀賓客。[4]

唐・孔穎達《周禮疏》：

> 三翟之首服，副；鞠衣、展衣首服，編；緣衣首服，次。[5]

此處的「首服」指的是「髮型」，《周禮》規定王后、嬪妃、命婦在祭祀時均需穿著一定的服裝，並配合一定的髮型。

稱「首飾」者，如宋・周密《齊東野語》所云：

> 一日內宴，教坊進伎為三四婢，首飾皆不同：其一當額為

[4] 林尹注，《周禮今注今譯》（台北：台灣商務印書館，1987.9），卷 2，〈天官冢宰下〉，頁 83

[5] 《周禮今注今譯》，卷 2，〈天官冢宰下〉，頁 83

> 髻，曰蔡太師家人也；其二髻偏墜，曰鄭太宰家人也；又一人滿頭為髻如小兒，曰童大王家人也。[6]

此處的「首飾」不同於今日所稱貴重飾物之意，而是指「髮型」，即髮髻的樣式。據《中華古今注》所云：

> 自古有髻，而吉者繫也。女子十五而笄，許嫁於人，以繫他族，故曰髻而吉，榛木為笄，笄以約髮也。[7]

由此可知古時女子從少女成爲少婦的蛻變過程中，髮髻扮演著相當重要的角色，有了髮髻以後才會被視爲成人。髻是指將頭髮挽起，或盤在頭頂、或繫於顱後。據段成式《髻鬟品・髻鬟》所載，「髻」自燧人氏始，「以髮相纏，而無繫縛」，周文王時加珠翠在髻上，名曰「鳳髻」、「凌雲髻」，漢代又有「迎春髻」、「垂雲髻」。到了晉代太元中，「公主婦女必緩髻、欣髻，又有假髻」，可知假髻出現於此時。明代宮中出現「雙鬟望仙髻」、「回鶻髻」等，髮髻的演變因時而易，歷代都有不同的髮髻樣式出現。[8]而明代婦女的髮髻和唐宋時期相比，高度已經收斂了許多。

此處僅討論《金瓶梅》中女性出現較多的髮型，其類型有鬏髻、一窩絲杭州攢、盤頭楂髻等等。

---

[6] 宋・周密，《齊東野語》（北京：中華書局，1997.12），〈優語〉，頁 245

[7] 引見清・陳夢雷編，《古今圖書集成》（台北：鼎文書局，1977.4），〈閨媛典〉，卷 373，〈閨飾部〉，第 422 冊，頁 55

[8] 《古今圖書集成》，〈閨媛典〉，卷 373，〈閨飾部〉，第 422 冊，頁 55

（一） 䯼髻

䯼髻，是一種假髻，先用金銀絲編成圓框，外面用黑紗、馬鬃或假髮等包紮製成，使用時可以直接戴在頭上，外罩以真髮，並用簪、釵固定。在明代多爲家中妻妾所戴，且多用於已婚婦女，不分貧富都可以戴用，但在奴婢之間較少出現。《金瓶梅》中「䯼髻」使用的場合如下：

編號	姓名（身份）[9]	場合	小說原文
1-14-331	吳月娘(正室)	潘金蓮生日	頭上戴著䯼髻
4-78-679	同上	從何千戶家赴席返家	只戴著䯼髻
4-78-689	孟玉樓(三妾)	吳大舅來訪	頭上戴的都是䯼髻
1-2-48	潘金蓮(四妾)	初次和西門慶相遇	黑油油尖髮䯼髻
4-76-590	同上	向吳月娘賠禮	只抿了頭，戴上䯼髻
2-22-37	宋惠蓮（婢－	看了孟玉樓、潘金蓮等人	把䯼髻墊的

[9] 此處的身份是相對於西門慶來說，而排列先後次序則是按：妻、妾、婢、妓及其他等類。與本論文第四章〈《金瓶梅》的女性服飾與身份地位〉次序相同。

[10] 此處詳述其為家僕來旺妻，但為避免論文繁瑣，後文出現時僅註明為

	家僕來旺妻）[10]	的打扮之後	高高的
4-77-665	賁四娘（婢－家僕賁四妻）	應西門慶之邀來家	䯼髻擦著四根金簪兒
3-59-540	鄭愛香兒（妓）	西門慶去鄭愛月兒家時，春鴻向吳月娘、潘金蓮描述鄭愛香兒當時頭戴䯼髻的情形	也像娘每頭上戴著這個假殼

可見「䯼髻」多爲妻妾所戴，出外在家均適宜。但本書中出現幾個特殊的例子：首先看到的是宋惠蓮，她本是奴婢，但是因爲進入西門家後，見了吳月娘、潘金蓮等人的服飾後，便有樣學樣戴起䯼髻來，不顧自己下人的身分。至於妓女鄭愛香兒，也是模仿妻妾而戴起䯼髻來。

而「䯼髻」又因爲材質或顏色不同而有「金絲䯼髻」、「銀絲䯼髻」及「白䯼髻」等區分，前二者分別是以金、銀絲所編成，均是明清時期女性頭上的裝飾。如《金瓶梅》第二十回寫道「李瓶兒教西門慶拿與銀匠，替他做一對墜子，又拿出一頂金絲䯼髻，重九兩」(1-20-467)。

然而「銀絲䯼髻」及「白䯼髻」在《金瓶梅》使用的頻率較高，如「銀絲䯼髻」使用的情形如下：

編號	姓名（身份）	場合	小說原文

「婢」。其它人物的身分也是在初次出現時註明，以後省略。

1-11-231	孟玉樓、潘金蓮（三、五妾）	二人在花園中下棋	戴著銀絲䯼髻
3-52-304	孟玉樓、潘金蓮、李瓶兒、西門大姐、李桂姐（眾妾及女眷）	送薛姑子返家	同上
1-18-420	潘金蓮（五妾）	吳月娘等人邀陳經濟來家打牌	銀絲䯼髻上戴著一頭鮮花兒仙掌
1-19-437	同上	西門慶至花園巧遇潘金蓮	頭上銀絲䯼髻
1-13-288	李瓶兒（六妾，現爲花子虛之妻）	西門慶至花家，不見花子虛	戴著銀絲䯼髻
2-29-223	龐春梅（婢）	西門慶叫龐春梅提一壺梅湯來	戴著銀絲䯼髻
3-50-236	王六兒（婢－家僕韓道國妻）	李嬌兒生日	同上
4-61-3	同上	韓氏夫婦宴請西門慶	頭上銀絲䯼髻
2-32-298	李桂姐（妓）	認吳月娘爲乾娘	頭戴銀絲䯼髻
3-59-530	鄭愛香兒（妓）	西門慶至鄭家時	頭戴著銀絲䯼髻

可知「銀絲䯼髻」是一種在妻妾之間居家常用的髮式；至於奴婢及歌妓，則是在喜慶宴會等特殊的情況才使用。

而「白䯼髻」又稱「白髻」、「孝髻」，是女性服喪時所戴的一種假髻，裡面是麻布，外纏以白布、白紙。使用時戴在頭上，有別於一般女性用的黑髻，多用於明清時期。在《警世通言》〈呂大郎還金完骨肉〉一篇中便有如此的描寫：

> 王氏住了哭，說道：「嬸嬸，既要我嫁人，罷了，怎好戴孝髻出門？嬸嬸尋一頂黑髻與奴換了。」楊氏又要忠丈夫之託，又要姆姆面上討好，連忙去尋黑髻來換。也是天數當然，舊髻兒也尋不出一頂。王氏道：「嬸嬸，你是在家的，暫時換你頭上的髻兒與我，明早你教叔叔舖裡取一頂來換了就是。」[11]

故事中的王氏以爲丈夫已去世而守喪，所以身穿孝服、頭戴孝髻。至於嬸嬸楊氏則在家，因此頭戴黑髻。而《金瓶梅》中「白䯼髻」的使用如下：

編號	姓名（身份）	場合	小說原文
5-84-68	吳月娘（正室）	到碧霞宮還願	頭戴孝髻

[11] 明・馮夢龍編、柳迪點校，《警世通言》（河北：河北人民出版社，1990.4），卷 6，〈呂大郎還金完骨肉〉，頁 48

4-75-538	李嬌兒、孟玉樓、孫雪娥、潘金蓮（眾妾）	至應伯爵家吃滿月酒	都是白鬏髻
1-6-126	潘金蓮（五妾）	毒死武大郎後守喪	白紙鬏髻
1-8-187	同上	武大郎法事做完	除了孝髻，換了一身豔衣服
5-87-149	同上	嫁武松之前	換了孝，戴著新鬏髻
1-14-326	李瓶兒（六妾）	潘金蓮生日，花子虛之死未過五七，便盛裝前來祝賀	白紵布鬏髻
1-16-380	同上	在家見西門慶	摘去了孝鬏髻，換了一身豔衣服
5-99-465	韓愛姐（婢－家僕韓道國之女）	張勝殺了陳經濟後	頭戴孝髻
4-68-263	吳銀兒（妓）	西門慶來妓家，見她爲李瓶兒戴孝	頭上戴著白縐紗髮髻

可見「白鬏髻」無論妻妾、奴婢或歌妓均可使用，並多用於守喪。

因此，無論婚喪喜慶，「鬏髻」多爲妻妾所戴，出外在家均可使用，普通爲黑色，而戴孝時則使用白色的「鬏髻」。《金瓶梅》

中的女性家常時也極盡奢華之能事，或以金絲爲飾，或以銀絲爲飾，成爲「金絲䯼髻」、「銀絲䯼髻」，或梳以當時流行的髮型，並飾以各種華麗的簪、釵等髮飾。

（二）一窩絲杭州攢

一窩絲杭州攢是明代女性較爲流行的一種髮型，先將頭髮梳到腦後束成一蓬鬆小髻，然後用簪釵等飾物固定即可，故稱「一窩絲」。因爲不像一般髮髻一樣緊密，所以較爲嫵媚。又爲防止散亂，或加一小網固定，此網稱爲「攢」，因杭州的「攢」在當時較有名，故稱爲「杭州攢」。當女性卸去假髮以後，脫去首飾的「一窩絲」、「杭州攢」，便成了一種家常髮型。

這類家常打扮本只蘇、杭一帶女性才有，到了明清之際已成了普遍髮型。一窩絲杭州攢在《金瓶梅》中的使用如下：

編號	姓名（身份）	場合	小說原文
2-27-162	潘金蓮(五妾)	花園中與西門慶相遇	不戴冠兒，拖著一窩絲杭州攢翠雲子網兒
2-28-192	同上	找鞋	一窩絲攢上，戴著銀絲䯼髻
1-15-353	李桂姐（妓）	李瓶兒壽宴，西門慶先行離席，至李	家常挽著一窩絲杭州攢

		桂姐家	
3-50-245	金兒、賽兒（妓）	玳安入蝴蝶巷中	都是一窩絲盤髻
3-59-532	鄭愛月兒（妓）	西門慶至鄭家	不戴鬏髻，頭上挽著一窩絲杭州攢
4-77-645	同上	同上	頭挽一窩絲杭州攢
4-68-259	鄭愛月兒、鄭愛香兒（妓）	同上	戴著海獺臥兔兒，一窩來杭州攢
5-100-482	婆婆（逃亡的徐州人）	外族入侵，各謀生路	頭挽兩道雪鬢，挽一窩絲

此髮型較為隨性、嫵媚，因此使用者多為妓女。家常時或只挽一窩絲杭州攢，或在一窩絲杭州攢上加上其他裝飾，例如潘金蓮在「一窩絲攢上，戴著銀絲鬏髻」，而鄭愛月兒、鄭愛香兒則「戴著海獺臥兔兒，一窩來杭州攢」。可見髮髻可以重疊戴用，並且加上各種飾物以顯華麗。

（三）盤頭楂髻

明代還流行一種髮型叫「盤頭楂髻」，是先將頭髮分成左右兩束，再分別盤成兩個圓髻，多為年輕女性或丫鬟、奴婢所做的打扮。

其於《金瓶梅》中的使用場合如下：

編號	姓名(身份)	場合	小說原文
2-40-525	潘金蓮（五妾）	假扮丫鬟	把䯼髻拆了，打了個盤頭楂髻，把臉擦的雪白，抹的嘴唇兒鮮紅，裝著兩個金燈籠墜子，貼著三個花面兒
5-91-250	玉簪兒（婢－李衙內丫鬟）	引起主人注意	頭上打著盤頭楂髻，用手帕沾蓋，周圍勒銷金箍兒，假充作䯼髻
5-94-337	酒家丫鬟（婢）	孫雪娥被龐春梅賣入酒家所見	打著盤頭楂髻

第四十回潘金蓮假扮丫鬟時，打了個「盤頭楂髻」，這種髮型大家閨秀是不做的，是以只有在裝扮成丫鬟，才會出現這種髮型。而玉簪兒在第九十一回將「盤頭楂髻」假充為「䯼髻」，雖然如此，她還是個丫鬟。至於第九十四回的酒家丫鬟在孫雪娥嫁給潘五時彈著琵琶，也「打著盤頭楂髻」。其餘並不見妻妾梳這種髮型，可見妻妾和奴婢的身分是可以由頭上的髮髻區別出來的。

（四）其他

在《金瓶梅》中還出現了其他的髮型，展現出當時女性多采多姿的髮型。例如第二回吳月娘的「蟬髻鴉鬟」（2-2-23），蟬髻鴉鬟是年輕女性的一種髮型，先將頭髮分成兩股，編成左右兩環，垂於雙鬟或兩肩。此處是吳月娘的髮型，似乎有點不符合她的身份地位。第四十二回春梅、迎春、玉簫、蘭香四丫鬟在李瓶兒生日時的描寫是「雲髻珠子纓絡兒」(3-42-26)，雲髻是假髻的別稱，因爲其形狀如雲，又稱爲雲髻。[12]

綜上所述，《金瓶梅》一書中所出現的女性髮型可分爲「真髮」與「假髮」兩大類。前者如「一窩絲杭州攢」及「盤頭楂髻」等，這些屬於地位低下者，如奴婢或妓女所使用的髮型，也較爲輕鬆隨意。後者則是在真髮之上加以假髮製成的髮髻，另外以簪、釵等各種飾物來固定，多半爲妻、妾所使用。

在當時髮型的選用雖有普遍的原則，例如前文所述及的「白鬏髻」適用於守喪之女性、「盤頭楂髻」用於丫鬟等，但是仍然有打破此原則的現象出現。正如清・李漁《閒情偶寄》所載：

> 髮非佳人之髮，乃死人之髮矣。無怪今人善變，變之以誠是也。但其變之形，只顧趨新，不求合理，只求變相，不求失真。[13]

便是說明女性的髮型多求新、求變，而不顧及是否於自身的身份及場合，如宋惠蓮之模仿主子、潘金蓮之假扮丫鬟等便是。

---

[12] 《中國衣冠服飾大辭典》，頁 334

[13] 清・李漁，《閒情偶寄》(台北：長安出版社，1979.9)，卷 2，〈修容〉，頁 127

二、髮飾

當女性髮髻梳好以後，還要插上各種飾品，最常見的是簪、釵、梳，既有固定頭髮的效果，也有裝飾的作用。《金瓶梅》一書中提及諸如此類的飾品多不勝數，從中又可分辨出使用者的身份地位及富貴貧賤，茲分析於後。

（一）簪

按《中國衣冠服飾大辭典》「簪」條云：

> 亦稱「搔頭」。髮飾。以金銀、寶石為之，考究者將簪首製成各種形狀，男女皆可用之，插在髮上以便固髻。[14]

可知簪多以金銀寶石製成，而且有各式各樣的形狀，例如鳳簪等，並可用來固定髮髻。

清・李漁《閒情偶寄》有載：

> 簪頭取象於物，如龍頭、鳳頭、如意頭、蘭花頭之類是也。但宜結實自然，不宜玲瓏雕琢。宜與髮相依附，不得昂首而作跳躍之形，蓋簪頭所以壓髮，服貼為佳，懸空則謬矣。[15]

---

[14] 《中國衣冠服飾大辭典》，頁 389

[15] 《閒情偶寄》，卷 2，〈修容〉，頁 141

是說簪頭的形狀象物之形，並以服貼頭髮為佳。而在《金瓶梅》的女性服飾中，最常見的髮飾便是簪，種類繁多。以下便是簪在《金瓶梅》中使用的情形：

編號	姓名（身份）	出場	小說原文
4-75-581	吳月娘（正室）	動了胎氣，請任醫官來診	頭上只擺著六根金頭簪兒
3-52-304	孟玉樓、李瓶兒、潘金蓮、西門大姐、李桂姐（女眷）	眾人送薛姑子返家	金累絲簪子
1-8-178	孟玉樓（三妾）	送西門慶之簪，被潘金蓮發現，從西門慶頭上拔下來	油金簪兒，上面鈒著兩溜子字兒：「金勒馬嘶芳草地，玉樓人醉杏花天」
5-82-35	同上	被陳經濟偷走之簪，從陳經濟袖中摸出	金頭蓮瓣簪兒，上面鈒著兩溜字兒：「金勒馬嘶芳草地，玉樓人醉杏花天」
1-2-48	潘金蓮（五妾）	手拿叉竿放簾子，卻打到西門慶	髮髻周圍小簪兒齊插

1-8-173	同上	久候西門慶不至，央王婆去西門慶家	向頭上拔一根金頭銀簪子與他
1-8-180	同上	給西門慶做壽禮	一根並頭蓮瓣簪兒，簪兒上鈒著五言四句詩一首云：「奴有並頭蓮，贈與君關髻；凡事同頭上，切勿輕相棄」
1-14-330	同上	生日宴客	鬢嘴邊撇著一根金壽字簪兒
2-23-65	同上	在門外偷聽西門慶、宋惠蓮對話	拔下頭上一根銀簪兒，把門倒鎖了
3-51-277	同上	西門慶至房中求歡	只撇著一根金簪子
1-13-302	李瓶兒（六妾）	私會西門慶	婦人便向頭上關頂的金簪兒，拔下兩根來，遞與西門慶
4-62-91	同上	死後，李嬌兒、孟玉樓替她整理遺容	吳月娘、潘金蓮「用四根銀簪兒」替她整理髮髻
4-77-665	賁四嫂（婢）	應西門慶邀約	金簪兒
3-59-530	鄭愛香兒（妓）	西門慶至鄭家	髮髻周圍金纍絲簪兒

可知簪多使用於妻妾之間，但奴婢、妓女也有使用的。簪以金銀等質料製成，並且可於其上題字，用以贈送他人，例如第八回孟玉樓送西門慶一支題了「金勒馬嘶芳草地，玉樓人醉杏花天」兩句詩的簪，潘金蓮也送給西門慶一支題詩的簪，上面刻著「奴有並頭蓮，贈與君關髻；凡事同頭上，切勿輕相棄」，都利用題在簪上的詩文表達自己的情意。

（二）釵、梳

此處談到的釵、梳與前述的簪，都分爲首與挺兩部份。首即簪、釵、梳的頭部，挺則是長條狀，用以固定頭髮的部分。其中一根挺的叫「簪」，兩根以上的叫「釵」，而較密的則稱爲「梳」。據《中華古今注》所載：

> 釵子蓋古笄之遺象也，至秦穆公以象牙為之，敬王以玳瑁為之，始皇又金銀作鳳，以玳瑁為腳，號曰鳳釵。至東晉有童謠言，織女死時，人插白骨釵子、白妝，為織女作孝。至隋煬帝，宮人插鈿頭釵子，常以端午日賜百僚玳瑁釵冠。後漢書貴人助簪玳瑁釵。[16]

可知釵有各式各樣的質料，或象牙、或金銀等，各代皆不一樣。

---

[16] 引見清・陳夢雷編，《古今圖書集成》（台北：鼎文書局，1977.4），〈閨媛典〉第373卷〈閨飾部〉，第422冊，頁56

而梳也可以插在髮髻上作爲裝飾品，隨著明代手工業的發展，梳子的製作也欲發精美。清・李漁《閒情偶寄》有載：

> 故善蓄姬者，當以百錢買梳，千錢買篦。[17]

可見當時富人爲了妻妾的美麗容貌，竟捨得投下千百之資買梳子，毫不吝惜。而在《金瓶梅》中釵、梳的使用情形如下：

編號	姓名（身份）	出場	小說原文
2-24-76	吳月娘（正室）	元宵宴席	鳳釵半卸
3-43-67	同上	因結親會見喬太太	鳳釵雙插
4-78-688	同上	拜見吳大舅	金鳳釵梳
1-7-149	孟玉樓（三妾）	孟玉樓夫死，薛嫂爲之作媒，引見西門慶	鳳釵半卸……雙頭鸞釵，鬢後斜插
1-2-48	潘金蓮（五妾）	潘金蓮手拿叉竿放簾子，卻打到西門慶	六鬢斜插一朵並頭花，排草梳兒後壓
1-20-473	李瓶兒（六妾）	早晨向吳月娘請安	金纍絲松竹梅歲寒三友梳背兒

[17] 《閒情偶寄》，頁 126

5-95-367	龐春梅（婢，現爲周守備妻）	吳月娘因平安兒一案，派玳安送禮謝龐春梅	金釵梳鳳鈿
5-96-372	同上	西門慶死三週年，孝哥兒生日，龐春梅來西門家	金鳳頭面釵梳
1-15-353	李桂姐（妓）	李瓶兒壽宴，西門慶先行離席，至李桂姐處	金纍絲釵
2-3-298	同上	認吳月娘爲娘，西門慶叫李桂姐席間唱曲	周圍金纍絲釵
4-61-6	申二姐（妓）	韓氏夫婦請申二姐服侍西門慶	插著幾根稀稀花翠，淡淡釵梳
4-77-645	鄭愛月兒（妓）	西門慶至鄭家	金鈒釵梳
4-78-731	藍氏（何千戶妻）	潘金蓮生日，西門家宴客	鳳翹雙插

可見釵、梳的質料多價值不菲，而多使用於妻妾、妓女之間，並不見奴婢使用釵、梳的描述。其中鳳釵出現多次，質料多爲金銀，使用者爲吳月娘、藍氏及當了周守備正室的龐春梅，故可知鳳釵多爲正室所使用。

（三）包頭、臥兔兒、箍

所謂「包頭」，其實是紮巾，用三寸寬左右的布纏繞頭部，並結於前額，故又叫「抹額」，有許多種樣式：有的以錦緞製成，有的以紗羅製成，可隨著季節變化而採用不同的質料。據《閱世編》所載：

> 今世所稱包頭，亦即古之纏頭也。古或以錦為之。前朝冬用烏綾；夏用烏紗。每幅約闊二寸，長倍之。予幼所見，皆以全幅斜折闊三寸許，裹於額上，即垂後，兩杪向前，作方法，未嘗施剪裁也。...高年嫗媪，上加錦帕，或白花青綾帕單裹纏頭，及少年裝矣。[18]

可見當時「包頭」之流行，其類型、質料則依年齡及季節而有所不同。

其中還有用海獺、貂鼠等動物的毛皮製成，因形狀如臥兔，故叫「臥兔兒」，這種額飾的具體形象在明清人物畫中常見。此外，年輕女性也有戴頭箍的習尚，「箍」，從「包頭」發展而來，已從束髮的實用功能轉變爲裝飾的功能，在明代十分盛行，圍「箍」在額前腦後，用綾羅綢緞製成，上有繁複裝飾，加上團花紋樣、或是綴以珠寶金玉。包頭、臥兔兒、箍三者於《金瓶梅》一書中的使用情形如下：

---

[18] 清・葉夢珠，《閱世編》（台北：木鐸出版社，1982.4），卷 8，〈冠服〉，頁 179

1.包頭：第四十六回卜龜卦的老婆子「勒黑包頭」（3-46-178）出現（見圖1-1-1）。

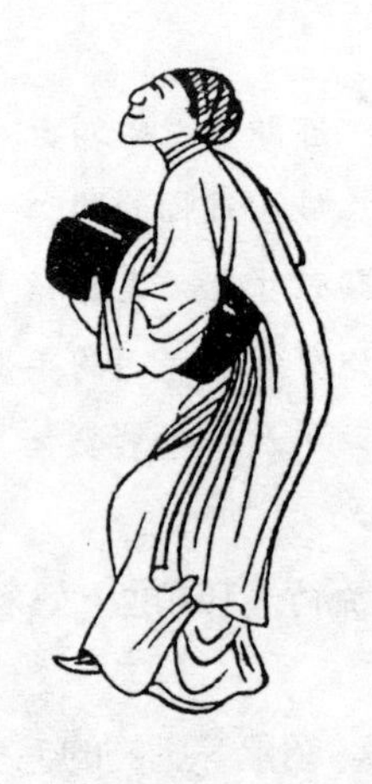

圖1-1-1包頭

2.臥兔兒

編號	姓名（身份）	場合	小說原文
1-14-331	吳月娘（正室）	潘金蓮生日	上戴著鬏髻，貂鼠臥兔兒
2-21-3	同上	燒香祝禱	頭上戴著貂鼠臥兔兒，金滿池嬌分心

4-75-538	同上	至應伯爵家吃滿月酒	頭戴著白縐紗金梁冠兒，海獺臥兔兒，珠子箍兒，胡珠環子
4-75-581	同上	動了胎氣，任醫官來診	戴上冠兒、勒鈿兒 頭上只攏六根金簪兒，戴上臥兔兒，也不搽臉，薄施脂粉，淡掃蛾眉，耳邊帶著兩個丁香兒，正面關著一件滿池嬌分心
4-78-688	同上	拜見吳大舅	頭戴著白縐紗金梁冠兒，海獺臥兔兒，耳邊二珠環兒，金鳳釵梳
4-78-689	孟玉樓（三妾）	拜見吳大舅	海獺臥兔兒，鬏髻、環子
4-76-612	潘金蓮（五妾）	王媽媽、何九來找西門慶，潘金蓮請入	家常戴著臥兔兒
4-78-689	同上	拜見吳大舅	海獺臥兔兒，鬏髻、青寶石墜子
4-68-259	鄭愛月兒、鄭愛香兒（妓）	迎接西門慶	戴著海獺臥兔兒，一窩來杭州攢重梅鈿
4-68-269	鄭愛月兒（妓）	接客	燈下海獺臥兔兒，越顯的粉濃濃雪白的臉兒，猶賽美人一樣
4-77-645	同上	西門慶至鄭家	頭挽一窩絲杭州攢，翠梅

			花鈕兒，金鈒釵梳，海獺臥兔兒，打扮的霧靄雲鬟，粉妝粉香花琢

臥兔兒的質料或爲貂鼠，或爲海獺，較爲厚實，故多在冬季使用。其質料不但稀少，而且價值較爲昂貴，所以多是妻妾或妓女於重要場合所戴，並搭配其他貴重首飾，但未見奴婢戴臥兔兒出現的情形。（見圖 1-1-2）

圖 1-1-2 臥兔兒

3.箍

編號	姓名（身份）	場合	小說原文
4-78-679	吳月娘（正	從何千戶家	已摘了首飾花翠，只戴著鬏

	室）	赴宴返家	髻，撇著六根金簪子，勒著珠子箍兒
4-75-538	李嬌兒、孟玉樓、孫雪娥、潘金蓮（妾）	至應伯爵家吃滿月酒	白𬘡髻珠子箍兒，用翠藍金綾汗巾搭著，頭上珠翠堆滿
1-14-330	潘金蓮（五妾）	潘金蓮生日宴客	青寶石墜子，珠子箍，鬢嘴邊撇著一根金字壽簪
2-40-525	同上	假扮丫鬟	把𬘡髻摘了，打了個盤頭楂髻，把臉搽的雪白，抹的嘴唇兒鮮紅，帶著兩個金燈籠墜子，貼著三面花兒，帶著紫銷金箍兒
1-14-326	李瓶兒（六妾，現爲花子虛之妻）	潘金蓮生日，花子虛死未過五七	白紵布𬘡髻，珠子箍兒
3-42-32	王六兒（婢）	李瓶兒生日	頭上戴著時樣扭心𬘡髻兒，羊皮金箍兒。拖的水鬢長長的，紫膛色不十分搽鉛粉，學個中人打扮，耳邊帶著丁香兒
4-61-3	同上	韓氏夫婦宴請西門慶	頭上銀絲𬘡髻，翠藍紫縐紗羊皮金滾邊的箍，周圍插碎金草蟲啄針兒，耳邊丁香兒

4-74-490	賁四嫂(婢)	孟玉樓生日宴席	勒著藍金銷箍兒，不搽脂粉，兩個密縫眼兒
4-77-665	同上	私會西門慶	頭上勒著翠藍銷金箍兒鬏髻，插著四根金簪兒，耳朵上兩個丁香兒
4-78-720	龐春梅(婢)	來見潘姥姥	頭上翠花雲髻兒，羊皮金沿的珠子箍兒
5-91-250	玉簪兒(婢)	引主人注意	頭上打著盤頭楂髻，用手帕沾蓋，周圍勒銷金箍兒，假充作鬏髻
1-15-353	李桂姐(妓)	李瓶兒壽宴，西門慶先行離席，至李桂姐家	家常挽著一窩絲杭州攢，金纍絲釵，翠梅花鈿，珠子箍兒，金籠墜子
4-63-121	鄭愛月(妓)	弔喪	頭上勒著珠子箍兒，白挑線汗巾兒
4-68-263	吳銀兒(妓)	西門慶來妓家	頭上戴著白縐紗髮髻，珠子箍兒，翠雲鈿兒，周圍撇一溜小簪兒，耳邊戴著丁香兒

「箍」多半隨華麗的飾物出現，常使用於宴會等較爲盛大的場合，各種階層的女性都有使用的情形，只是「箍」的質料及其上的裝飾也隨著身份地位的不同而有所改變。例如第十五回歌妓李

桂姐所戴的是較爲普通的「珠子箍兒」；第七十五回西門慶四妾至應伯爵家吃滿月酒時，均是頭戴「珠子箍兒」，而且穿淺色衣服，和吳月娘的「金梁冠兒」成了明顯的對比。第七十七回賁四嫂私會西門慶時是「勒著翠藍銷金箍兒」，第九十一回李知縣結婚時府中丫鬟玉簪兒在盤頭楂髻「周圍勒銷金箍兒」。

（四）汗巾

「汗巾」可作爲頭巾，是髮上裝飾物，原爲固定髮型時用，以長條狀的絹、綢、羅、綾、緞等高級織物製成，使用時纏於髮髻上或額頭上（見圖 1-1-3）。後演變爲裝飾用途，其中鑲金繡銀等，應有盡有。至於其他作用，則可拭面擦手，或纏於衣服上作爲裝飾，例如第二回潘金蓮「通花汗巾兒袖中而邊搭剌，香袋兒身邊低掛」，就是作爲裝飾用的。此處所討論的「汗巾」，是指第一種作用。以下便是在《金瓶梅》中的使用情形：

編號	姓名（身份）	場合	小說原文
4-75-538	李嬌兒、孟玉樓、孫雪娥、潘金蓮（妾）	至應伯爵家吃滿月酒	用翠藍銷綾汗巾兒搭著
4-62-91	李瓶兒(六妾)	死後，李嬌兒、孟玉樓爲她整理遺容	縚一方大鴉青手帕
4-24-83	宋惠蓮（婢）	與西門慶眾妾一同元宵賞燈	用一方銷金汗巾子搭著頭額

2-24-87	賁四嫂（婢）	眾人元宵賞燈返家，見賁四娘子	勒著銷金汗巾
4-78-705	如意兒（婢）	西門慶害腿疼，想吃人乳	勒著翠藍銷金汗巾
5-91-250	玉簪兒（婢）	引起主人注意	用手帕沾蓋
3-45-103	李桂姐（妓）	西門慶打發她早去	用青翠點的白綾汗巾兒搭著頭
3-50-266	同上	招惹嫖客，躲入西門慶家	用白挑線汗子搭著頭
4-74-492	同上	送禮至西門家	勒著白挑線汗巾
4-63-121	鄭愛月兒(妓)	弔喪	同上

可見「汗巾」的使用極其普遍，各種身份的女性皆可使用，也適用於許多場合。

另外，還有一種作用與汗巾較爲相似的，叫做「蓋頭」，這是一塊大方巾，用以遮臉，如新嫁娘頭上的蓋頭，則爲代表大喜之紅色。在《金瓶梅》中第八十七回潘金蓮嫁給武松時「搭著蓋頭」(5-87-149)。「蓋頭」與「包頭」不同之處在於：前者是蓋住頭而下垂（見圖 1-1-4），後者是包住髮髻。

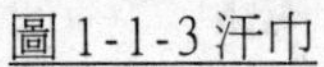
圖 1-1-3 汗巾

圖 1-1-4 蓋頭

（五）冠

按《中國衣冠服飾大辭典》「冠」條云：

> 婦女亦有戴冠者，但多為花冠。如秦漢時宮女戴芙蓉冠子，唐時戴蓮花冠，宋時戴花冠等，但這些均為美飾裝扮需要，唯有鳳冠才被作為禮服的標誌，表明后妃命婦的身分。[19]

「冠」是古代貴族婦女的一種帽子，始於秦代。除裝飾之用外，也多用以表明身份地位。明代除了后妃之外，一般婦女是不准戴鳳冠的，命婦則只能戴花釵、珠翠或金翟，不能出現鳳凰形象。（見圖 1-1-5）

---

19 《中國衣冠服飾大辭典》，頁 34

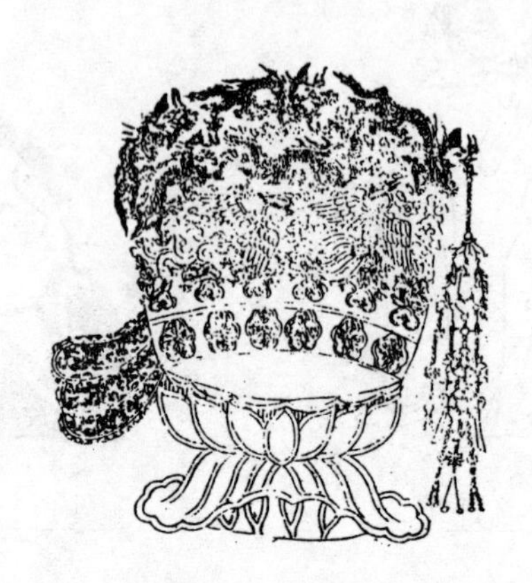

圖 1-1-5 鳳冠

但是實際上富貴人家也爲其夫人準備鳳冠，多用於婚禮時，或許是因爲一般女子的活動多半是在家中，所以規定較不嚴格。明亡入清之後，服制「男從女不從」，所以禁令較不嚴格。其在《金瓶梅》中的使用情形如下：

編號	姓名（身分）	場合	小說原文
2-35-300	吳月娘(正室)	與眾妾共五頂轎子，往吳大妗家做三日	頭帶珠翠冠
4-75-538	同上	至應伯爵家吃滿月酒	戴著白縐紗金梁冠兒
4-75-581	同上	動了胎氣，請任	戴上冠兒

		醫官來診	
4-78-688	同上	拜見吳大舅	戴著白縐紗金梁冠兒
5-96-373	同上	龐春梅來訪	頭上五梁冠兒
5-91-247	孟玉樓（三妾）	嫁入李衙內家	戴著金梁冠兒
2-38-470	潘金蓮（五妾）	夜半獨自一人坐在床上，懷抱琵琶唱歌	不免除去冠兒（先戴著冠，才能除去）
3-52-299	同上	西門慶自夏提刑家返，入她房	又早向燈下除去冠兒（同上）
4-72-420	同上	西門慶自王家返，入她房	摘去冠兒（同上）
4-76-605	同上	西門慶至潘金蓮房	摘了冠兒（同上）
5-82-24	同上	與陳經濟私會	摘去冠兒（同上）
1-13-299	李瓶兒（六妾，現爲花子虛之妻）	私會西門慶	摘了冠兒（同上）
1-16-359	同上	西門慶自李家返，至花子虛家	花冠整齊
2-27-162	同上	花園中與西門慶相會	戴冠兒
5-89-197	龐春梅（婢，現爲周守備之妻）	至永福寺替潘金蓮上香	頭上戴著冠兒

5-95-367	同上	吳月娘因平安兒一案，帶禮謝龐春梅	戴了金梁冠兒
5-97-415	同上	陳經濟大婚日	打扮珠翠鳳冠
3-43-68	喬五太太（喬五指揮使妻）	因結親吳月娘會見喬太太	戴著疊翠寶珠冠
4-69-300	林氏（王昭宣妻）	西門慶來拜見	頭上戴著金絲翠葉冠兒

在《金瓶梅》中戴著「冠」出現的多半是妻妾，如吳月娘、孟玉樓、潘金蓮、李瓶兒、龐春梅（當了周守備正室後）、喬五太太及林氏，未見有奴婢或妓女戴「冠」的，足見冠在當時是一種身份地位的象徵。其中出現各式各樣的冠，如珠翠冠、金梁冠、五梁冠、金絲冠、花冠等各式各樣裝飾華麗的冠，更甚者，在第九十七回中，當了守備夫人的龐春梅爲了參加陳經濟的婚禮而戴上鳳冠。

（六）珠翠

本指珍珠及翡翠，作爲婦女的首飾，而後將首飾統稱爲「珠翠」。清・葉夢珠《閱世編》云：

> 首飾，……以予所見，則概用珠翠矣。然尤以金銀為主而裝翠於上，如滿冠、捧鬢、倒鈒之類，皆以金銀花枝為之

而貼翠加珠耳。[20]

明代使用頭飾的女性很多，除了以上所討論的以外，《金瓶梅》中也用較爲籠統的話語來描寫這種情形，例如「滿頭珠(花)翠」、「珠翠盈頭（堆盈／堆滿）」等。在《金瓶梅》中的使用情形如下：

編號	姓名（身份）	出場	小說原文
2-24-76	吳月娘(正室)	元宵宴席	頭上珠翠堆盈，鳳釵半卸
3-43-67	同上	因結親會見喬太太	鳳釵雙插，珠翠堆滿
5-91-249	同上	孟玉樓出嫁，吳月娘至李拱璧家作客	滿頭珠翠
2-24-82	李嬌兒、孟玉樓、孫雪娥、潘金蓮、李瓶兒（眾妾）	元宵賞燈	頭上珠翠堆滿，粉面朱唇
1-7-149	孟玉樓(三妾)	孟玉樓夫死，薛嫂爲之作媒，引西門慶相見	頭上珠翠堆盈，鳳釵半卸

[20] 《閱世編》，卷 8，〈冠服〉，頁 180

1-15-341	同上	至李瓶兒壽宴	珠翠堆盈，鳳釵半卸
5-91-247	同上	嫁入李衙內家	插著滿頭珠翠
1-20-479	李瓶兒(六妾)	西門慶家中吃會親酒，大宴賓客	頭上珠翠堆盈，鬢畔寶釵半卸
4-78-705	如意兒（婢）	西門慶害腿疼，想吃人乳	頭上滿頭花翠
5-89-197	龐春梅（婢）	至永福寺替潘金蓮上香	頭上珠翠堆滿，鳳釵半卸
5-96-372	同上	西門慶死滿三週年，孝哥兒生日，龐春梅回西門家	戴著滿頭珠翠
4-74-492	李桂姐（妓）	送禮至西門家	滿頭珠翠
4-72-414	林氏（王昭宣妻）	西門慶至昭宣府	戴著滿頭珠翠
4-78-693	同上	西門慶至昭宣府拜年	珠翠盈頭，粉妝膩臉
4-78-731	藍氏（何千戶妻）	潘金蓮生日，西門家宴客	頭上珠翠堆滿，鳳翹雙插
5-91-247	大姨（孟玉樓大姨）	送孟玉樓出嫁	滿頭珠翠

從上表可知，不論是妻、妾、奴婢、妓女或其他女性，莫不滿頭華麗髮飾。

三、面飾：面花

《金瓶梅》女性所使用的面飾多爲「面花」，即「花鈿妝」，是在臉上貼花鈿的化妝方式，又稱「花子」。「花鈿妝」的起源有多種說法，據《妝臺記》所云：

> 今婦人面飾用花子，起自唐上官昭容所制，以掩黥跡也。[21]

又云：

> 隋文宮中貼五色花子，則前此已有其制。乃仿於宋壽陽公主梅花落面事也。[22]

一說起於唐代，爲遮掩黥面之刑所創；二說起於南朝宋壽陽公主因爲梅花掉落額上，一時蔚爲流行。面花使用的材料有絲綢、蟲翅、紙等，作成各式各樣色彩鮮豔的小圖樣，深受女性喜愛。其

---

[21] 《古今圖書集成》，〈閨媛典〉，第 373 卷，〈閨飾部〉，第 422 冊，頁 55

[22] 《古今圖書集成》，〈閨媛典〉，第 373 卷，〈閨飾部〉，第 422 冊，頁 55

在《金瓶梅》中使用的情形如下：

編號	姓名（身份）	出場	備註
1-15-344	潘金蓮(五妾)	至李瓶兒壽宴	上帶個翠面花兒
2-27-162	同上	花園中與西門慶相遇	額上貼著三個翠面花兒
2-40-525	同上	假扮丫鬟	貼著三面花兒
4-24-83	宋惠蓮（婢）	元宵賞燈	三個香茶並面花兒
2-32-299	李桂姐（妓）	認吳月娘爲乾娘	一對紅鴛粉面貼著三個翠面花
3-59-532	鄭愛月兒(妓)	西門慶至鄭家	正面貼著三個翠面花

可見「面花」不分貴賤尊卑、家常外出都可使用。而且所貼的位置有臉頰、額頭等處。

四、耳飾

用金銀及各種寶石製成的各式墜子可作爲頭飾、項鍊、耳飾等，此處多作成耳飾。在《金瓶梅》中出現耳飾的次數極多，有丁香、墜子、環子各種形式：

（一） 丁香

有些耳飾因狀如丁香，故又名「丁香兒」。清・李漁《閒情偶寄》對丁香兒也有所闡述：

> 飾耳之環，愈小愈佳。或珠一粒，或金銀一點。此家常配戴之物，俗名丁香，肖其形也。若配盛妝豔服，不得不略大其形，但勿過丁香之一倍兩倍，既當約小其形，復宜精雅其制。[23]

可見在明代，這種耳飾十分受到女性的喜愛，不論貧富貴賤，或用金銀珠寶，或用銅錫玉石等材質製成，但其大小仍需與其他服飾相互配合。在《金瓶梅》中的使用情形如下：

編號	姓名（身份）	場合	小說原文
4-75-581	吳月娘(正室)	動了胎氣，請任醫官來診	耳邊帶著兩個丁香兒
3-42-32	王六兒（婢）	李瓶兒生日	耳邊帶著丁香兒
4-61-3	同上	韓氏夫婦宴請西門慶	耳邊金丁香兒
4-74-486	如意兒（婢）	西門慶至李瓶兒房中	耳邊帶著兩個丁香兒
4-77-665	賁四嫂（婢）	西門慶邀約	耳朵上兩個丁香兒
4-68-263	吳銀兒（妓）	西門慶至妓家	耳邊帶著丁香兒

（二） 墜子

[23] 《閒情偶寄》，卷 2，〈修容〉，頁 141

在《金瓶梅》中的使用情形如下：

編號	姓名（身份）	場合	小說原文
1-11-231	孟玉樓、潘金蓮（三、五妾）	在園中下棋	耳邊青寶石墜子
3-52-304	孟玉樓、潘金蓮、李瓶兒、西門大姐、李桂姐（女眷）	眾人送薛姑子返家	紫夾石墜子
1-14-330	潘金蓮（五妾）	潘金蓮生日宴客	青寶石墜子
2-40-525	同上	假扮丫鬟	戴著兩個金燈籠墜子
4-67-236	同上	喬大戶娘子生日送帖來，潘金蓮入門叫西門慶	耳邊帶著青寶石墜子
4-78-689	同上	吳大舅來訪	青寶石墜子
1-13-288	李瓶兒（六妾）	西門慶至花子虛家，花子虛不在	
3-42-26	春梅、迎春、玉簫、蘭香（婢）	李瓶兒生日	寶石墜子、金燈籠墜子
4-73-474	龐春梅（婢）	孟玉樓生日宴席	果然只有一隻金燈籠墜子

4-24-83	宋惠蓮（婢）	元宵賞燈	金燈籠墜子
1-15-353	李桂姐（妓）	李瓶兒壽宴，西門慶先行離席，至李桂姐處	金燈籠墜子
3-59-532	鄭愛月兒(妓)	西門慶至鄭家	紫瑛墜子

（三）環子

據徐珂《清稗類鈔》所云：

> 女子穿耳，帶以耳環，自古有之，乃賤者之事。莊子曰：「天子之侍御不穿耳。」杜子美詩：「玉環穿耳誰家女。」其後遂為婦女之普通耳飾。[24]

其在《金瓶梅》中的使用情形如下：

編號	姓名（身份）	場合	小說原文
4-78-688	吳月娘(正室)	拜見吳大舅	耳邊二珠環子
5-96-373	同上	龐春梅來訪	同上
1-7-149	孟玉樓(三妾)	孟玉樓夫死，薛嫂爲之作媒，引西門慶相見	二珠金環
1-20-479	李瓶兒(六妾)	西門慶家吃會親酒	紫瑛金環
3-50-236	王六兒（婢）	李嬌兒生日	耳邊二珠環子

[24] 徐珂，《清稗類鈔》(台北：台灣商務印書館，1966.6)，第12冊，卷91，〈服飾類〉，頁115

2-30-245	蔡老娘（李瓶兒的接生婆）		嵌綜環子鮮明

以上這些耳飾的使用並不受身分地位的限制，反而在各種女性耳上及各種場合出現。除了上述的耳飾之外，還有一種「胡珠環子」也常在眾女性耳邊出現。例如：

編號	姓名（身份）	場合	服飾名稱
4-75-538	吳月娘（正室）	至應伯爵家吃滿月酒	胡珠環子
5-91-247	孟玉樓（三妾）	嫁入李衙內家	胡珠環子
5-96-372	龐春梅（婢）	西門慶死後三週年，孝哥兒生日，龐春梅至西門家	胡珠環子
4-72-414	林氏（王昭宣之妻）	西門慶至王昭宣府	胡珠環子

可見在當時有外國的珠寶進入中國，故稱爲胡珠環子。

「首飾」一詞在古代僅僅指裝飾頭部的飾品，因爲位於人的頭上，而古人稱頭爲首，故稱頭部的飾品爲首飾。如漢·劉熙《釋名》對前文[25]所引《周禮》〈天官冢宰下〉的「首服」也有所解釋，他說：

[25] 見本論文頁22

> 皇后首飾曰副，副，覆也，以覆首亦言副貳也，兼用眾物成其飾也。[26]

此處的「首飾」指的是髮型加上髮飾，而徐珂《清稗類鈔》云：

> 首飾，所以飾首之物。本兼男女而言之，……其後乃專指婦女頭上所飾者而言。……〈洛神賦〉曰：「戴金翠之首飾，綴明珠以耀軀。」今則臂釧指環之屬，雖不施於首，亦通謂之首飾矣。[27]

則意指頭上的飾物。除此之外，首飾也成爲婦女飾品的通稱。人往往希望將自身變得既高又大，以凸顯自己的美和頭角崢嶸的地位，因此，女性常是髮型變化多端、髮飾堆滿頭上。是以女性不分貧富貴賤，皆以裝飾爲美。

第二節 上衣

中國服飾的穿著慣例有二：一是「上衣下裳」，二是「衣裳連體」。前者是說服飾穿著在人體身上分爲兩截，上爲「衣」，下爲「裳」，所以合稱爲「上衣下裳」；春秋戰國時代則出現了上下

---

[26] 漢・劉熙，《釋名》（上海：涵芬樓圖書館，出版年不詳），卷4，〈釋首飾〉，頁35

[27] 《清稗類鈔》，第12冊，卷91，《服飾類》，頁107

合併的服裝，叫做「深衣」。然而《金瓶梅》中只出現前者，所以本節只對「上衣」進行討論，並不討論「深衣」；至於「下裳」則於下節探討。

按《中國衣冠服飾大辭典》「上衣」條云：

> 省稱「衣」，障蔽身體之具。最初以毛皮、樹葉為之，後多用布帛。因遮蔽上身，故稱，有別於遮蔽下體的「下裳」。[28]

在《金瓶梅》中出現的女性上衣種類很多，本節現就穿衣順序，由內而外分爲抹胸、衫、袍、襖及比甲等作一詳細的介紹：

一、抹胸

抹胸是明代女性的內衣，按徐珂《清稗類鈔》所載：

> 抹胸，胸間小衣也。一名抹腹，又名抹肚，以方尺之布為之，緊束前胸，以防風之內侵者，俗謂之兜肚。[29]

因此，兜肚、抹胸乃是以蓋在胸前的貼身小衣。（見圖 1-2-1、1-2-2）

---

[28] 《中國衣冠服飾大辭典》，頁 130

[29] 《清稗類鈔》，第 12 冊，卷 91，《服飾類》，頁 92

圖 1-2-1 抹胸

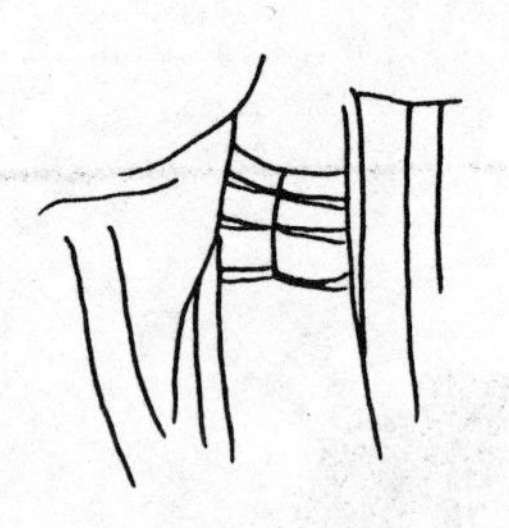

圖 1-2-2 抹胸

其在《金瓶梅》中的使用情形如下：

編號	姓名（身份）	場合	小說原文
1-2-48	潘金蓮(五妾)	與西門慶初見面	抹胸兒重重鈕釦
2-28-183	同上	西門慶扶潘金蓮至房中	婦人只著紅紗抹胸兒
2-29-225	同上	早晨剛睡起	赤露玉體，只著紅綃抹胸兒
4-62-89	李瓶兒(六妾)	病死	身上只著一件紅綾抹胸兒
4-75-527	如意兒（婢）	李瓶兒死後，西門慶至李瓶兒屋裡	鈕釦兒並抹胸兒

抹胸的使用多在臥房之中，穿在衣服的最裡層。其固定方式則有

用線或用鈕釦固定的。

二、衫

明代婦女所穿服裝以衫爲主，即單獨一件式上衣，質料多輕薄、單層，因此適用於夏季。穿著寬袖者多半是貴族女性，多爲盤領對襟，也有使用釦子固定的。衫在《金瓶梅》中的使用情形如下：

編號	姓名（身份）	場合	小說原文
3-52-304	孟玉樓、潘金蓮、李瓶兒、西門大姐、李桂姐（西門家女眷）	眾人送薛姑子返家	白銀條紗對襟衫兒
1-7-149	孟玉樓（三妾）	夫死，薛嫂爲之作媒，引西門慶相見	上穿翠藍麒麟補子粧花衫
1-11-231	孟玉樓、潘金蓮（妾）	二人在園中下棋	白紗衫兒
1-1-19	潘金蓮（五妾）	初登場	著一件扣身衫兒
1-2-48	同上	與西門慶初見面	毛青布大袖衫兒
1-3-77	同上	王婆製造機會讓西門慶與她相見	上穿白夏布衫兒
1-19-437	同上	西門慶至花園遇潘金蓮	上穿沈香色水緯羅對襟衫兒

2-27-162	同上	花園中西門慶澆花相遇	白銀條紗衫兒
2-34-364	同上	夜晚回家拜見吳月娘	上穿著丁香色南京雲綢攘的五彩納紗喜相逢天圓地方補子對襟衫兒
3-48-180	同上	西門家祭祖後，潘金蓮欲抱官哥兒	一面解開藕絲羅襖兒、銷金衫兒，接過孩兒
3-56-436	同上	西門慶與眾妻妾花園嬉戲	上穿銀紅縐紗白絹裡對襟衫子
4-67-236	同上	喬大戶娘子生日送帖來，潘金蓮入書房叫西門慶	上穿黑青迴紋錦對襟衫兒
5-82-24	同上	與陳經濟私會	上著藕絲衫
1-13-288	李瓶兒（六妾）	西門慶至花家，花子虛不在	藕絲對襟衫
1-20-473	同上	嫁西門慶第二天早晨向吳月娘請安	上穿大紅遍地金對襟羅衫兒
2-27-162	同上	花園中西門慶澆花相遇	白銀條紗衫兒
3-62-91	同上	死後，眾妾尋生前	丁香色雲綢粧花

		衣	衫
4-67-234	同上	死後，西門慶夢見她	身穿糝紫衫
2-29-220	龐春梅（婢）	吳神仙算命	白綫挑衫兒
2-35-393	書童	應伯爵要求男扮女裝	大紅對襟絹衫兒
3-50-236	王六兒（婢）	李嬌兒生日	夏布衫子
2-32-288	玉釧兒（妓）	李桂姐拜吳月娘爲娘，西門慶叫眾歌妓來家	穿大紅紗衫
3-50-245	金兒、賽兒（妓）	玳安入蝴蝶巷	穿著洗白衫兒

按質料分，出現布衫、紗衫、羅衫、絹衫、錦衫、綢衫、藕絲衫等。因爲衫較薄，故多於夏季穿著，而且適用於各種身份的女性，只是質料不同而已。例如身份較爲低下的女性多以布爲質料，潘金蓮在未嫁給西門慶之前穿的是「毛青布大袖衫」及「白夏布衫兒」；第五十回王六兒穿的是「夏布衫子」等。而西門慶眾妾及歌妓穿的則較爲華貴，第五十六回潘金蓮穿的是「銀紅縐紗白絹裡對襟衫」，第六十二回李瓶兒穿的是「丁香色雲綢粧花衫」等。

按形式分，本書出現扣身衫、對襟衫、大袖衫等。在明代以前，女性的「衫」以寬鬆爲主，到了明代出現了「扣身衫」，窄袖合身，使女性曲線畢露，第一回潘金蓮出場時即穿著「扣身衫」，展現其玲瓏的曲線。至於「對襟衫」，衣服的開啓相交處稱爲「襟」，「對襟」指的是衣襟在人的中央處對開，以扣或襟帶相繫，多用於衫、襖、比甲等服飾。「對襟衫」出現的頻率極高，第十三回李瓶兒穿的是「藕絲對襟衫」，第十九回潘金蓮在家中穿「沈香色水緯羅對襟衫」等。而「大袖衫」則是衣袖寬大的衫，第二回潘金蓮穿的即是「毛青布大袖衫」。大袖又叫寬袖，相對於小袖、窄袖，窄袖原爲胡服，在魏晉之後，窄袖盛行於中國。[30]到了明代恢復漢制，士庶多穿著寬袖之服，女性亦是如此。[31]（見圖 1-2-3）

圖 1-2-3 對襟大袖衫

[30] 宋・歐陽修、宋祁撰，《新唐書》（北京：中華書局，1995.3），卷 34，〈五行志一〉，頁 879：「天寶初，貴族及士民好為胡服胡帽，婦人則簪步搖釵，襟袖窄小。」

[31] 清・張廷玉等編，《明史》（北京：中華書局，1995.3），卷 55，〈禮志九〉，頁 1403：「凡庶人娶婦，男年十六，女年十四以上，並聽嫁娶。婿常服，或假九品服；婦服花釵大袖。」

三、袍

袍多爲兩層，中間夾棉絮，適用於冬季。下長至足，穿著時僅露出裙的一角。袍多爲主要的禮服，上自皇帝，下至庶民，皆可穿袍。而明代官員便是以袍的顏色來劃分官品的高低。[32]袍在《金瓶梅》中的使用情形如下：

編號	姓名（身份）	場合	小說原文
2-24-76	吳月娘(正室)	元宵宴席	大紅遍地通袖袍兒
2-40-532	同上	西門慶裁衣	大紅通袖遍地錦袍兒、獸朝麒麟補子緞袍兒、一件玄色五彩金遍邊葫蘆樣鸞鳳穿花羅袍
3-43-67	同上	因結親會見喬太太	穿大紅五彩遍地錦百獸朝麒麟緞子通袖袍兒
4-79-739	同上	作夢	敢是我日看見他王太太穿著大紅絨袍兒……
5-91-249	同上	孟玉樓出嫁，吳月娘至李拱壁家作客	身穿大紅通袍兒

[32] 《明史》，卷 67，〈輿服三〉，頁 1636：「文武官公服。……其制，盤領右衽袍，用紵絲或紗羅絹，袖寬三尺。一品至四品，緋袍；五品至七品，青袍；八品九品，綠袍。」

2-40-532	李嬌兒、孟玉樓、潘金蓮、李瓶兒(眾妾)	西門慶裁衣	每人做件粧花通袖袍兒，一套遍地錦衣服，一套粧花衣服，多裁了一套大紅五彩通袖粧花錦雞緞子袍兒
5-91-247	孟玉樓(三妾)	嫁入李衙內家	身穿大紅通袖袍兒
1-20-479	李瓶兒(六妾)	西門慶家中吃會親酒，大宴賓客	身穿大紅五彩通袖羅袍兒
4-63-118	同上	喪服	大紅粧花袍兒
4-78-716	同上	死後肖像	大紅遍地金袍兒
3-42-26	春梅、迎春、玉簫、蘭香（婢）	李瓶兒生日	大紅緞袍
5-96-372	龐春梅（婢，現爲周守備正室）	西門慶三週年忌，孝哥兒生日，龐春梅至西門家	身穿大紅通袖四獸朝麒麟袍兒
5-97-415	同上	陳經濟大婚日	穿通袖大紅袍兒
4-72-414	林氏（王昭宣妻）	西門慶至王昭宣府	身穿大紅通袖袍兒
4-78-731	藍氏（何千戶妻）	潘金蓮生日	身穿大紅通袖五彩粧花四獸麒麟袍兒
5-91-247	大姨（孟玉樓	送孟玉樓出嫁	大紅粧花袍兒

	大姨)		

按質料分，出現緞袍、羅袍、錦袍、絨袍等。多爲妻妾所穿，除了西門慶寵愛的龐春梅等四人之外，較少見奴婢穿著。

按形式分，有通袖袍、麒麟袍、粧花袍、五彩袍、遍地金袍等。本書最常出現的是通袖袍，「通袖」是指袍服的紋樣，胸前、後背及兩袖的紋樣連成一體，常見於明代官服[33]，是喜慶場合所用，如結婚、晚宴、壽宴等，而且多爲大紅色，例如第二十四回元宵宴席上吳月娘穿著「大紅遍地金通袖袍兒」；第七十二回林氏穿的是「身穿大紅通袖袍兒」；第九十一回孟玉樓出嫁時吳月娘穿「大紅通袍」，孟玉樓自己也穿「大紅通袖袍」等。（見圖1-2-4）

圖 1-2-4 大紅通袖袍

[33] 《明史》，卷 82，〈食貨六〉，頁 1997：「正德元年，尚衣監言：『內庫所諸色紵絲、紗羅、織金、閃色，蟒龍、斗牛、飛魚、麒麟、獅子通袖、膝襴，並胸背斗牛、飛仙、天鹿，俱天順間所織，欽賞已盡。』」

還有一種「麒麟袍」，是繡有麒麟的袍，在明代多是顯貴的官員所穿，[34]命婦也可以穿。在《金瓶梅》則反映出這個規定，例如第四十回吳月娘穿「獸朝麒麟補子緞袍」，第四十三回也穿「大紅五彩遍地錦百獸朝麒麟緞子通袖袍」；第七十八回藍氏穿的是「大紅通袖五彩粧花四獸麒麟袍」；第九十六回中，龐春梅已經從西門慶的丫鬟升格爲周守備的正室，所以她穿著「大紅通袖四獸朝麒麟袍」。其餘像粧花、遍地金、五彩等都是爲了表現華貴而使用的織繡技巧。

四、襖

襖，爲各種身份女性常穿的一種便服，較衫爲厚，有長襖、短襖。質料多厚實，因此女性多做爲冬季外套穿，和褲裙相配。在《金瓶梅》中的使用頻率相當高，按身份地位來區分如下：

（1）正室（吳月娘）

編號	場合	小說原文
1-14-221	潘金蓮生日	大紅緞子襖，青素綾披襖
1-15-341	爲李瓶兒祝壽	大紅粧花通袖襖兒，貂鼠皮襖
2-21-3	燒香祝禱	大紅潞綢對襟襖兒

[34] 《明史》，卷 67，〈輿服三〉，頁 1640：「衍聖公秩正二品，服麒麟袍、玉帶，則景泰中入朝拜賜。自是以為常。」

2-24-76	元宵宴席	貂鼠皮襖
2-40-532	西門慶裁衣	大紅遍地錦五彩粧花通袖襖，大紅緞子遍地金通袖麒麟補子襖兒，一套陳相色粧花補子遍地錦羅襖兒
3-56-436	西門慶與眾妾花園嬉戲	上穿柳綠杭絹對襟襖兒
4-75-538	至應伯爵家吃滿月酒	上穿沈香色遍地金粧花補子襖兒
4-75-548	西門慶請劉、薛二內相、帥府周爺眾位吃慶官酒	銀鼠皮披襖、藕金緞襖兒
4-75-581	吳月娘動了胎氣，任醫官來診	上穿白綾對襟襖兒
4-76-615	晚上回家	銀鼠皮襖，遍地金襖兒
4-78-688	拜見吳大舅	白綾對襟襖兒
4-78-697	從何千戶家赴席返家	藍綾襖
5-96-373	龐春梅來訪	上穿白綾襖

（2）妾

編號	姓名（身份）	場合	小說原文
2-24-75	李嬌兒、孟玉樓、孫雪娥、潘金蓮、李瓶兒、西門大姐（眾妾與女眷）	元宵宴席	白綾襖兒

2-24-82	同上	元宵賞燈	白綾襖兒
4-75-538	李嬌兒、孟玉樓、孫雪娥、潘金蓮（妾）	至應伯爵家吃滿月酒	銀紅織金緞子對襟襖兒
4-75-548	同上	赴家宴	貂鼠皮襖，白綾襖兒
1-15-341	李嬌兒（二妾）	李瓶兒生日	白綾襖兒
同上	孟玉樓（三妾）	同上	同上
3-46-127	同上	元宵雪夜	我倒帶了棉披襖子來了
3-56-436	同上	西門慶與眾妻妾花園嬉戲	上穿鴉青緞子襖兒
4-78-689	同上	吳大舅來訪	白綾襖兒
1-14-330	潘金蓮（五妾）	生日宴客	上穿丁香色潞綢雁啣蘆花樣對襟襖兒，白綾豎領，溜金蜂趕菊鈕釦兒
1-15-344	同上	李瓶兒生日	白綾襖兒
2-40-525	同上	假扮丫鬟	大紅織金襖兒
4-78-689	同上	吳大舅來訪	白綾襖兒
1-14-326	李瓶兒（六妾）	潘金蓮生日	白綾襖兒
4-62-73	同上	病危送馮媽媽	一件白綾襖
4-62-74	同上	病危時送如意兒	一襲紫綢子襖兒，一件舊綾披襖兒
3-56-436	同上	西門慶與眾妾	上穿素青杭絹大襟

		花園嬉戲	襖兒
4-62-91	同上	死後眾妾尋衣	大紅緞遍地錦襖兒、白綾襖、襯身紫綾小襖兒
4-67-237	同上	喪服	底下是白綾襖...貼身是紫綾小襖
4-78-716	同上	死後肖像	繡襖

(3) 婢

編號	姓名	場合	小說原文
2-22-38	宋惠蓮	孟玉樓生日	身上穿著紅綢對襟襖
2-24-83	同上	元宵賞燈	綠閃紅緞子對襟襖兒
2-37-432	王六兒	引著韓愛姐出來拜見西門慶	紫綾襖兒
3-42-32	同上	李瓶兒生日	身上穿著紫潞綢襖兒,玄色一塊瓦領披襖兒
3-41-3	春梅、迎春、玉簫、蘭香	西門慶裁衣	大紅緞子織金對襟襖
3-43-69	同上	因結親吳月娘會見喬太太	身上一色都大紅粧花緞子襖兒
3-46-120	龐春梅	元宵夜	穿著新白綾襖子
4-78-720	同上	來見潘姥姥	藍綾對襟襖兒
5-86-111	同上	賣至周守備家	穿上紅緞襖兒

5-89-197	同上	至永福寺替潘金蓮上香	穿大紅粧花襖兒
5-95-367	同上	吳月娘因平安一案派帶安帶禮謝龐春梅	上穿繡襖
5-96-375	同上	至西門家	更換了一件綠遍地錦粧花襖兒
4-65-170	賁四嫂	女兒定親，帶女兒向西門慶磕頭	藍綢襖兒，青緞披襖
4-77-665	同上	西門慶邀約	上穿紫綢襖，青絹絲披襖
4-65-170	賁四嫂之女	定親，向西門慶磕頭	大紅緞襖兒
4-67-230	如意兒	與西門慶同房	又問西門慶討白綢子做披襖兒與娘（李瓶兒）穿孝
4-74-486	同上	在房中收拾	穿著玉色對襟襖兒
4-74-488	同上	在李瓶兒房中向西門慶要衣服	尋出一件翠藍緞子襖兒
4-75-527	同上	西門慶至李瓶兒屋裡	玉色綢子對襟襖兒
4-78-705	同上	西門慶害腿疼，想吃人乳	藍綢子襖兒，玉色雲緞披襖兒
4-77-660	惠元（家	初來乍到，向吳	紫綢襖，青布披襖

	僕來爵妻）	月娘眾人磕頭	

（4）妓

編號	姓名	場合	小說原文
1-15-353	李桂姐	李瓶兒生日，西門慶先離席，至李桂姐處	上穿白綾對襟襖兒
4-74-492	同上	送禮至西門家	大紅對襟襖兒
3-45-103	同上	西門慶打發他早去	穿著丁香色潞州綢粧花肩子對襟襖兒
4-63-121	鄭愛月兒	弔李瓶兒喪	白雲絹對襟襖兒
4-68-269	同上	在妓家	上著煙裡火迴紋錦對襟襖兒
4-77-645	同上	西門慶至鄭家	上穿白綾襖兒
4-63-124	院裡姐兒三個	西門慶席開十五桌，請三個姐兒開唱	白綾對襟襖兒

（5）其他

編號	姓名（身份）	場合	小說原文
2-33-311	潘姥姥	陪李瓶兒聊到深夜	李瓶兒與了她一件蔥白綾襖兒
3-46-178	卜龜卦的老婆子	卜龜卦	穿著水合襖

3-56-445	常時節妻	西門慶周濟常時節，用錢買衣	一領青杭絹女襖、紅綾襖子兒、鵝黃綾襖子
4-69-300	林氏（王昭宣妻）	西門慶來拜見	身穿白綾寬袖襖兒
6-72-415	同上	林太太生日，西門慶送禮	一套遍地金時樣衣服，紫丁香色通袖緞襖
4-78-693	同上	西門慶至王家拜節	大紅通袖襖兒
4-78-734	同上	潘金蓮生日，放煙火	白綾襖兒，貂鼠披襖
同上	藍氏（何千戶妻）	同上	大紅遍地金貂鼠皮襖

按質料分，有綾襖、羅襖、錦襖、皮襖、棉襖、綢襖及布襖等，適用於各種身份的女性，但是質料卻不同。布襖爲奴婢所穿，如第七十七回奴婢惠元穿的是「青布披襖」。而皮襖則多出現在妻妾身上，例如吳月娘在第十五回、第二十四回穿的都是「貂鼠皮襖」；第七十五回吳月娘穿的是「銀鼠皮披襖」，眾妾穿的也是「貂鼠皮襖」；第七十八回林太太穿的是「貂鼠披襖」，藍氏穿的則是「大紅遍地金貂鼠皮襖」等。

按形式分，則出現對襟襖、大襟襖、寬袖襖、通袖襖、水合襖、披襖、繡襖等。「對襟」、「通袖」及「寬袖」在前面討論過，此處不再贅述。「大襟」是指衣襟右掩，鈕釦也偏向右邊，多爲漢人所穿，如第五十六回李瓶兒穿的「素青杭絹大襟襖」。之所以稱爲「大襟」，據清・徐珂《清稗類鈔》云：

俗以右手為大手，因名右襟曰大襟。[35]

而「披襖」則是披於身上的襖兒，對襟窄袖，下長及膝，如第十四回吳月娘穿的「青素綾披襖」，第四十六回孟玉樓帶的「棉披襖子」，第六十二回奴婢如意兒穿的「舊綾披襖」等。「繡襖」是指繡有花紋的襖，如第七十八回李瓶兒的肖像及第九十六回龐春梅都穿著「繡襖」。

五、比甲

比甲，是一種無袖上衣，類似背心，對襟、直領，長度到臀部，更甚者可長及膝。比甲本爲元制，爲北方婦女所喜愛，在明代多爲年輕女性所穿，而且流行於士庶妻女及奴婢之間，尤喜在日常生活中穿著。罩在衫、襖之外，下著裙，是此時民間女性流行的裝扮。比甲、衫襖及裙子顏色的搭配便成爲一門重要的學問，爲文人所重視，尤其是小說中常出現。比甲無袖、可與其他服飾做搭配，因此不但有實用的功能，也具有裝飾的作用，因此出現的機會也很多。(見圖 1-2-5)

[35] 《清稗類鈔》，第 12 冊，卷 91，〈服飾類〉，頁 70

圖 1-2-5 比甲

在《金瓶梅》中的使用情形如下：

（1）妻妾

編號	姓名（身份）	場合	小說原文
4-78-688	吳月娘（正室）	拜見吳大舅	沈香色遍地金比甲
2-24-82	西門慶五妾，西門大姐（西門家女眷）	元宵賞燈	遍地金比甲
1-15-341	李嬌兒（二妾）	李瓶兒生日	沈香色遍地金比甲
1-15-341	孟玉樓（三妾）	同上	綠遍地金比甲
4-78-689	同上	吳大舅來訪	綠遍地金比甲
1-11-231	孟玉樓、潘金蓮	二人在園中	銀紅比甲

	（三、五妾）	下棋	
1-3-44	潘金蓮（五妾）	王婆製造機會讓她與西門慶相見	藍比甲
1-15-344	同上	李瓶兒生日	大紅遍地金比甲兒
2-37-162	同上	花園中西門慶澆花相遇	密合色挑線銀紅比甲
3-56-436	同上	西門慶與妻妾花園嬉戲	豆綠沿邊金紅比甲兒
4-78-689	同上	吳大舅來訪	紫遍地金比甲兒
2-27-162	李瓶兒（六妾）	花園中西門慶澆花相遇	密合色挑線大紅焦布比甲

（2）婢

編號	姓名	場合	小說原文
2-24-87	賁四嫂	眾人賞燈返家，見她	玄色比甲
2-29-220	龐春梅	吳神仙算命	藍紗比甲兒
3-41-3	同上	西門慶裁衣	大紅遍地錦比甲兒（我還問你要件白綾裙兒，搭襯著大紅遍地錦比甲兒穿）
3-46-120	同上	元宵夜	大紅遍地金比甲
2-37-432	王六兒	引著韓愛姐出來拜見西門慶	玄色緞紅比甲

3-50-236	同上	李嬌兒生日	穿著玉色紗比甲兒
4-61-3	同上	韓氏夫婦宴請西門慶	玉色水褘羅比甲
3-42-26	春梅、迎春、玉簫、蘭香	李瓶兒生日	遍地錦比甲（唯春梅是大紅遍地錦比甲）
3-43-69	同上	因結親吳月娘會見喬太太	綠遍地金比甲兒

（3）妓

編號	姓名	場合	小說原文
1-12-272	李桂姐	西門慶生日	月娘與她一件雲絹比甲
1-15-353	同上	李瓶兒生日，西門慶先行離席，至李桂姐處	綠遍地金掏袖
4-61-38	申二姐	李瓶兒將死，眾人忙請太醫，吳月娘贈物給她	一件雲絹比甲兒並花翠裝了個盒子
4-77-645	鄭愛月兒	西門慶至鄭家	綠遍地錦比甲

《金瓶梅》中出現的「比甲」，多以遍地金、遍地錦為質料，但限於妻妾、妓女或受寵的奴婢，如龐春梅、王六兒；其他也有以緞、紗、絹、羅為質料的。比甲多為女性爭奇鬥豔之用，如第十五回元宵夜宴出現的有李嬌兒的「沈香色遍地金比甲」、孟玉樓「綠遍地金比甲」、潘金蓮「大紅遍地金比甲」等。還有第七

十八回吳大舅來訪時，吳月娘穿的是「沈香色遍地金比甲」，孟玉樓穿的是「綠遍地金比甲」，潘金蓮穿的是「紫遍地金比甲」等。

六、其他

在《金瓶梅》中出現的上衣類型真的是多采多姿，除了前文所討論的以外，還有「眉子」的使用也十分引人注意：

編號	姓名(身份)	場合	小說原文
1-14-330	潘金蓮（五妾）	生日宴客	上穿丁香色潞綢雁啣蘆花對襟襖兒，白綾豎領，粧花眉子，溜金風趕菊鈕釦兒
1-19-284	同上	西門慶至花園遇潘金蓮	上穿水緯羅對襟衫兒，五色縐紗眉子
4-67-236	同上	喬大戶娘子送帖來，潘金蓮入書房叫西門慶	上穿黑青迴紋錦對襟衫兒，泥金眉子，一溜擦五道金三川鈕釦兒
1-15-353	李桂姐(妓)	李瓶兒生日，西門慶先行離席，至李桂姐處	上穿白綾對襟襖兒，粧花眉子，綠遍地金掏袖
4-68-263	吳銀兒(妓)	在妓家	上穿白綾對襟兒，粧花眉子

「眉子」是明代女性所穿的披肩。上施以彩繡，又因爲形狀如雲朵，故又稱爲「雲肩」。清・李漁《閒情偶寄》載「雲肩以護衣領，不使沾油」，[36]再加上《金瓶梅》的描寫，可以知道「眉子」的使用情形，是穿著在外衣之外，肩膀之上的衣領處。（見圖 1-2-6）

圖 1-2-6 眉子

[36] 《閒情偶寄》，卷 2，〈修容〉，頁 145

眉子的質料貴重，如潘金蓮在第六十七回穿的「泥金眉子」；李桂姐在第十五回的「粧花眉子」等。「泥金」是將金屑碾成粉，混水調和以後塗在服飾上；而「粧花」則是以不同顏色的絲線在各種華麗的織物上織出各種紋樣來，如粧花緞、粧花羅、粧花絹等。可見其價值不菲，而在《金瓶梅》中只有潘金蓮及妓女穿著，並不見穿於奴婢身上。

綜上所述，上衣的類型由內而外爲抹胸、衫、袍、襖及比甲。其中衫、袍、襖按照袖的形式，可分爲大袖及小袖，大袖亦稱爲寬袖，小袖又叫窄袖。按照《中國風俗辭典》中的記載，說大袖「因其兩袖寬大，故名」，[37]在正史輿服志中有載后妃、命婦的冠服爲大袖，以後傳到民間，則成爲婦女的禮服，而地位較低的婦女不能穿大袖。在《金瓶梅》中也只見到潘金蓮穿著大袖衫，並不見奴婢使用。

而以襟來區分的話，衫、袍、襖及比甲可分爲對襟及大襟。對襟是衣服交接處在正前方，以線或扣來固定，出現的頻率最高而且使用於各種身份的女性（見圖 1-2-7）。另外大襟即是右衽，衣服交接處在右方，在《金瓶梅》中較少出現。（見圖 1-2-8）

---

[37] 《中國風俗辭典》，頁 324

圖 1-2-7 大襟大袖袍

圖 1-2-8 對襟大袖袍

第三節 下裳

按《中國衣冠服飾大辭典》「裳」條云：

> 亦作「常」，又稱「下裳」。一種專用於遮蔽下體的服裝。男女尊卑，均可穿著。[38]

又「下裳」條云：

> 即「裳」，因著在下體，故名。意指其他下體之服，如褲、裙之類。[39]

說明穿於下半身者叫「裳」，有褲、裙兩種。而明代女性穿裙者多，穿褲者少。因此本節便分爲裙、褲兩大類來探討《金瓶梅》女性的「下裳」。

一、裙

在明代，貴族女性常穿拖地長裙。長裙還有一作用，即掩飾三寸金蓮，且多會在裙擺處以各種花樣作爲裝飾，或繡花、或飾以珠寶。在《金瓶梅》中裙的使用情形如下：

---

[38] 《中國衣冠服飾大辭典》，頁 263
[39] 《中國衣冠服飾大辭典》，頁 263

（1）正室（吳月娘）

編號	場合	服飾名稱
1-14-331	潘金蓮生日	紗綠綢裙
1-15-341	李瓶兒生日	嬌綠緞裙
2-21-3	燒香祝禱	軟黃裙子
2-24-76	元宵宴席	百花裙
2-40-532	西門慶裁衣	大紅金板綠葉百花拖泥裙，翠藍寬拖遍地金裙
3-56-436	西門慶與妻妾花園嬉戲	淺藍水綢裙子
4-75-538	至應伯爵家吃滿月酒	紗綠遍地金裙
4-75-548	西門慶請眾官吃慶官酒	翠藍裙兒
4-75-581	動了胎氣，任醫官來診	插黃寬欄挑繡裙子
4-76-615	至晚回家	藍錦裙
4-78-688	拜見吳大舅	玉色綾寬欄裙
4-78-697	從何千戶家赴席來家	軟黃棉綢裙子
5-91-249	孟玉樓出嫁	百花裙
5-96-373	龐春梅來訪	翠藍緞子織金拖泥裙

（2）妾

編號	姓名（身份）	場合	服飾名稱
4-75-538	李嬌兒、孟玉樓、孫雪娥、潘金蓮（妾）	至應伯爵家吃滿月酒	藍緞子裙

4-75-548	同上	赴家宴	紫丁香色織金裙子
2-24-75	同上	元宵宴席	藍裙子
1-15-341	李嬌兒（二妾）	李瓶兒生日	藍緞裙
3-52-304	孟玉樓、潘金蓮、李瓶兒、西門大姐、李桂姐（女眷）	眾人送薛姑子返家	鵝黃縷金挑線紗裙子
1-11-231	孟玉樓、潘金蓮（三、五妾）	二在園中下棋	挑線裙子
1-7-149	孟玉樓（三妾）	夫死，薛嫂引見西門慶	大紅粧花寬欄裙
1-12-341	同上	李瓶兒生日	藍緞裙
3-56-436	同上	西門慶與妻妾花園嬉戲	鵝黃綢裙子
4-78-689	同上	吳大舅來訪	玉色挑線裙子
5-91-247	同上	嫁入李衙內家	柳黃百花裙
1-2-33	潘金蓮（五妾）	與西門慶初相見	褶兒又短襯湘裙碾絹綾紗
1-3-44	同上	王婆製造機會讓她見西門慶	桃紅裙子
1-14-330	同上	生日	一尺寬海馬潮雲羊

			皮金沿邊挑線裙子
1-15-344	同上	李瓶兒生日	藍緞裙
1-19-437	同上	西門慶至花園遇潘金蓮	白碾光絹挑線裙子，裙邊大紅光素緞子
2-27-162	同上	同上	花鳳縷金拖泥裙子
2-34-364	同上	夜晚回家拜見吳月娘	白碾光絹一尺寬攀枝耍娃挑線拖泥裙子
2-40-525	同上	假扮丫鬟	翠藍緞子裙
3-56-436	同上	西門慶與妻妾花園嬉戲	白杭絹畫拖裙子
4-67-236	同上	喬大戶娘子生日送帖，潘金蓮入房叫西門慶	下著紗裙，內襯潞綢裙，羊皮金滾邊
4-78-689	同上	吳大舅來訪	玉色挑線裙子
5-82-24	同上	與陳經濟私會	翠紋裙
1-13-288	李瓶兒（六妾）	西門慶至花家，花子虛不在	白紗挑線鑲邊裙
1-14-326	同上	潘金蓮生日	藍織金裙
1-20-473	同上	新婚早晨向吳月娘請安	翠藍拖泥粧花羅裙
1-20-479	同上	西門慶家中吃會親酒	金枝線葉紗綠百花裙

2-27-162	同上	花園中西門慶澆花相遇	花鳳縷金拖泥裙子
3-56-436	同上	西門慶與妻妾花園嬉戲	月白熟絹裙子
4-62-73	同上	病危時送馮媽媽	黃綾裙
4-62-74	同上	病危時送如意兒	藍綢裙
4-62-91	同上	死後眾妾尋衣	柳黃遍地金裙，翠藍寬拖子裙，黃綢子裙，白綢子裙
4-62-234	同上	西門慶夢見李瓶兒	白絹裙
4-67-237	同上	喪服	黃絹裙，白絹裙
4-78-716	同上	死後肖像	錦裙

（3）婢

編號	姓名	場合	服飾名稱
2-22-38	宋惠蓮	孟玉樓生日	紫絹裙子
2-24-83	同上	元宵賞燈	白挑線裙子
2-24-87	賁四嫂	眾人元宵賞燈返家見她	玉色裙
4-65-170	同上	女兒定親，帶她見西門慶	白絹裙子
4-74-490	同上	孟玉樓生日	紅裙子
4-77-665	同上	西門慶邀約	玉色綃裙子
4-65-170	賁四嫂之女	定親，向西門慶磕頭	黃綢裙子
2-37-432	王六兒	引韓愛姐出來拜見西門慶	玉色裙子
3-42-32	同上	李瓶兒生日	白挑線絹裙

			子
3-50-236	同上	李嬌兒生日	白腰挑線單拖裙子
4-61-3	同上	韓氏夫婦宴請西門慶	鵝黃挑線裙子
3-41-3	春梅、迎春、玉簫、蘭香	西門慶裁衣	翠藍邊拖裙
3-42-26	同上	李瓶兒生日	翠藍織金裙兒
3-43-69	同上	因結親吳月娘會見喬太太	藍織金裙
2-29-220	龐春梅	吳神仙算命	桃紅裙子
2-29-223	同上	西門慶叫龐春梅提一壺水	桃紅夏布裙子
4-78-720	同上	來見潘姥姥	黃棉綢裙子
5-86-111	同上	賣至周守備家	藍緞裙子
5-89-197	同上	至永福寺替潘金蓮上香	翠藍縷金寬欄裙子
5-95-367	同上	吳月娘派玳安帶禮謝龐春梅	錦裙
5-96-372	同上	西門慶三週年忌，孝哥兒生日，龐春梅至西門家	翠藍十樣錦百花裙
5-96-375	同上	至西門家	紫丁香色遍地金裙
4-74-486	如意兒	在李瓶兒房中	白布裙子

4-74-488	同上	向西門慶要衣服	黃棉綢裙子
4-78-705	同上	西門慶害腿疼，想吃人乳	黃棉綢裙子
4-77-660	惠元	初來乍到，向吳月娘等人磕頭	綠布裙子

（4）妓

編號	姓名	場合	服飾名稱
1-12-253	李桂姐	西門慶命玳安帶衣服給她	藍裙
1-15-353	同上	李瓶兒生日，西門慶先行離席，至李桂姐處	紅羅裙子
2-32-298	同上	認月娘爲娘	翠綾裙
3-45-103	同上	西門慶打發他早去	白碾光五色線挑的寬欄裙子
3-52-301	同上	潘金蓮昨夜見她穿著	五色線掐羊皮金挑的油鵝黃銀條紗裙子
4-74-492	同上	送禮	藍緞裙子
3-58-491	鄭愛月兒	至西門慶家唱歌	白紗挑線裙子
3-59-532	同上	西門慶至鄭家	紫綃翠紋裙
4-63-121	同上	弔李瓶兒喪	藍羅裙子
4-68-269	同上	在妓家	鵝黃杭絹點翠縷金裙
4-77-645	同上	西門慶至鄭家	大幅湘紋裙子
3-59-530	鄭愛香兒	同上	湘紋裙

3-50-245	金兒、賽兒	玳安入蝴蝶巷	紅綠羅裙兒
4-61-6	申二姐	韓氏夫婦請她服侍西門慶	紅裙
4-63-124	院裡姐兒三個	西門慶席開十五桌，請她們唱歌	藍緞裙子
4-68-263	吳銀兒	西門慶至妓家	紗綠潞綢裙，羊皮金滾邊

（5）其他

編號	姓名（身份）	場合	服飾名稱
4-69-300	林氏（王昭宣妻）	西門慶來拜見	大紅官錦寬欄裙子
4-72-414	同上	同上	玄錦百花裙
4-72-415	同上	林太太生日，西門慶赴王家	翠藍拖泥裙
4-78-734	同上	潘金蓮生日	大紅裙
4-78-731	藍氏（何千戶妻）	同上	花錦藍裙
4-78-734	同上	同上	翠藍遍地金裙
3-46-178	卜龜卦的老婆子	卜龜卦	藍布裙子
3-56-445	常時節之妻	買衣服	綠綢裙子，白綢子裙
5-91-247	大姨（孟玉樓大姨）	送孟玉樓出嫁	翠藍裙

由上表可知，裙子按質料分，有緞裙、羅裙、絹裙、綾裙、綢裙、錦裙、布裙、綃裙等。按身份地位的不同而採用各種質料，妻妾多穿錦、綢、緞、綾等，如吳月娘第十四回、第十五回及第七十六回分別穿的是「紗綠綢裙」、「嬌綠緞裙」、「藍錦裙」等，第十五回潘金蓮穿的是「藍緞裙」，第六十二回李瓶兒穿的是「黃綾裙」等；奴婢及身份較爲低下的女性多穿絹、布等，像第二十二回宋惠蓮穿的是「紫絹裙子」，第七十四回如意兒穿的是「白布裙子」，第四十六回鄉下老婆子穿的是「藍布裙子」等。

按紋樣分，有鑲邊裙、寬欄裙、百花裙、挑線裙、遍地金裙、粧花裙、繡裙等多種。「鑲邊裙」及「寬欄裙」是指裙子下擺用各種質料或紋樣鑲出一道寬邊，如第七回孟玉樓穿的是「大紅粧花寬欄裙」，第七十五回吳月娘穿的是「插黃寬欄挑繡裙子」。還有第十九回潘金蓮穿的是「一尺寬海馬潮雲羊皮金沿邊挑線裙子」，及第六十八回吳銀兒穿的是「紗綠潞綢裙，羊皮金滾邊」，羊皮金是將金箔貼在薄羊皮上，剪成細絲，用來做爲服飾的鑲邊。可見其造價不菲，在明清時期多用來裝飾貴族的服飾，[40]在《金瓶梅》中則多爲妻妾所穿。

「百花裙」顧名思義是指裙子上繡有各式花朵的紋樣，在明代多爲年輕女性所穿。如《金瓶梅》吳月娘在第二十四回元宵宴席及第九十一回孟玉樓出嫁時，都穿著「百花裙」；第二十回李瓶兒初嫁入西門家，隔天吃會親酒時穿「金枝線葉紗綠百花裙」；

[40] 《閱世編》，卷 8，〈冠服〉，頁 180：「命婦之服，……有刻絲、織文。領袖襟帶，以羊皮鑲嵌。」

而第七十二回林太太見西門慶時也穿著「玄錦百花裙」。可見「百花裙」也多使用在喜慶宴會。

「挑線裙」是運用十字繡在織物上織成各種紋樣的裙子。例如第十一回孟玉樓及潘金蓮都穿「挑線裙子」，第二十四回宋惠蓮穿的「白挑線裙子」，第五十八回鄭愛月兒穿的「白紗挑線裙子」等，適用於各種身份的女性。眾家女性莫不以裙子的紋樣相互比美，而且形式繁複、花紋錯雜。

按形式分，有拖泥裙、拖地裙、翠紋裙、湘紋裙等，拖泥裙、拖地裙指的是裙子下擺及地，可見當時女性裙裝多爲長裙。「翠紋裙」是指在裙拖處打出細摺，看起來有如翠水的紋路，如第五十九回鄭愛月兒的「紫綃翠紋裙」。「湘紋裙」或稱「湘裙」，以湘水形容女性長裙，是形容女性長裙因爲走動而使裙摺產生波紋，故有「裙拖六幅湘江水」[41]之稱，如第五十九回鄭愛香兒所穿的「湘紋裙子」。而「大幅湘紋裙子」是指裙幅較寬，可以多打摺的裙子，如第七十七回鄭愛月兒穿的即是。

二、褲

今通稱有襠者爲褲，而《金瓶梅》女性穿著褲裝的只有出現過四次，如第二十三回宋惠蓮穿「紅潞紬褲兒」，她是家僕來旺兒之妻，不免要做些粗活，因此褲裝較爲方便。也有在裙子下穿著褲子的情形，如第七十七回賁四嫂在「玉色綃裙子」下穿著「藍

[41] 《閱世編》，卷 8，〈冠服〉，頁 181

布褲子」，第七十八回如意兒在「黃棉綢裙子」底下穿著新做的「大紅潞綢褲兒」。她們都是西門家的奴婢，爲了工作方便而著褲裝，至於其他女性，則只有第二十七回李瓶兒在花園中遇西門慶時，在裙子下「罩著大紅紗褲兒」(2-27-165)，其餘不見妻妾或歌妓等其他身分女性穿褲裝的。

第四節　足服

一、鞋

明代女性多纏足，而腳上的蓮鞋自是十分講究。纏足盛行之時，女性只要腳小，即使身材、相貌平庸，也會受到人們的稱讚，甚至因小腳而使聲名遠播，因此腳的形狀、大小則成了評判女性美醜的重要標準。在《金瓶梅》亦有這樣的現象產生，眾妻妾莫不以小腳爲美而相互競豔。

然而，當時鞋子多半是手工製成的，在《金瓶梅》中便有許多關於妻妾納鞋[42]的描寫。如第十三回中寫李瓶兒「立在二門裡台基上，手中正拿著一隻紗線潞綢鞋扇」，(1-13-288) 第十六回她又對迎春說「明日你拿個樣兒來，我替你做雙好鞋兒穿」；(1-16-362) 又在第二十三回時，宋惠蓮不肯下廚便推說「我不

[42] 明・蘭陵笑笑生，白維國、卜鍵校注，《金瓶梅詞話校注》(長沙：岳麓書社，1995.8)，頁 646。納鞋是指：「家做布鞋，先把碎布一層層地黏成袼褙，按鞋大小剪成足形，再把兩三層剪好的袼褙用細繩密密地縫到一起，作成鞋底，曰納鞋。」

得閒，與娘納鞋哩」；（2-23-53）第八十三回中寫到潘金蓮央求龐春梅送帖子給陳經濟時，她說「我的好姐姐，你若肯可憐見，叫得他來，我恩有重報，不可有忘，我的病好了，替你做雙滿臉花鞋兒」（5-83-51）等等。

在《金瓶梅》中鞋的使用情形如下：

（1）妻妾

編號	姓名（身份）	服飾名稱
3-56-436	吳月娘（正室）	金紅鳳頭高底鞋
4-78-688	同上	紫遍地金扣花白綾高底鞋
5-96-373	同上	玉色緞高底鞋
3-52-304	孟玉樓、潘金蓮、李瓶兒、西門大姐、李桂姐（女眷）	大紅鞋兒
1-7-149	孟玉樓（三妾）	大紅遍地金雲頭白綾高底鞋兒
3-56-436	同上	桃紅素羊皮金滾口高底鞋
4-75-559	同上	大紅綾子繡鞋
1-2-48	潘金蓮（五妾）	山牙老鴉雲頭白綾高底鞋
1-4-96	同上	老鴉緞子鞋
1-6-135	同上	繡花鞋
1-14-330	同上	大紅緞子白綾高底鞋
1-19-437	同上	白綾高底羊皮金雲頭鞋
2-23-68	同上	睡鞋

2-25-98	同上	高底鞋
2-27-175	同上	大紅繡花鞋
2-28-187	同上	大紅平底鞋（大紅四季花，嵌八寶鎖線兒，白綾平底繡花鞋，綠提跟兒，藍金口兒）
2-28-198	同上	紗綢子睡鞋兒，大紅提跟
2-29-203	同上	白綾平底鞋兒，鞋尖兒上扣繡鸚鵡摘桃
2-29-226	同上	睡鞋
3-51-277	同上	睡鞋（春梅床頭上取過睡鞋，與他換了）
3-52-300	同上	大紅平底睡鞋兒
3-56-436	同上	粉紅花羅高底鞋
3-58-506	同上	大紅緞子新鞋
4-75-570	同上	孫雪娥道：「他單行鬼路兒，腳上只穿毡底鞋，你可知聽不見他腳步兒響。」
3-56-436	李瓶兒（六妾）	淺藍玄羅高底鞋兒

（2）婢

編號	姓名	服飾名稱
3-37-432	王六兒	老鴉緞子羊皮金雲頭鞋兒
3-42-32	同上	老鴉緞子紗綠鎖線的平底鞋
4-61-3	同上	老鴉青光素緞子高底鞋兒,羊皮金緝的雲頭兒

4-79-747	同上	大紅潞綢白綾平底鞋
4-74-486	如意兒	蔥白緞子紗綠高底鞋
4-75-528	同上	綠羅扣花鞋兒
4-78-705	同上	紗綠潞綢白綾高底鞋
5-90-250	玉簪兒	裡外油劉海笑撥舡樣四個眼的剪絨鞋
5-96-372	龐春梅	大紅繡花白綾高底鞋

（3）妓女及其他

編號	姓名（身份）	服飾名稱
3-52-321	李桂姐（妓）	大紅素緞白綾高底鞋
4-68-263	吳銀兒（妓）	墨青素緞雲頭鞋
4-68-269	鄭愛月兒（妓）	大紅鳳嘴鞋
4-69-300	林氏（王昭宣妻）	老鴉白綾高底扣花鞋兒

綜上所述，可知在《金瓶梅》一書中所出現的鞋，按鞋面質料分，以綾、緞最多，如第九十六回吳月娘穿的是「玉色緞高底鞋」，第十四回潘金蓮穿的是「大紅緞子白綾高底鞋」，第七十四回如意兒穿的是「蔥白緞子紗綠高底鞋」等；其他還有絨、紗、綢、羅等。這些質料適用於西門家各種身份的女性。

按鞋跟形狀分，有高底鞋、平底鞋兩種。先就書中出現最多次的高底鞋談起。高底鞋是明代流行的女鞋樣式，木制鞋底高厚，穿高底鞋的目的是爲了凸顯金蓮的瘦小，清・李漁《閒情偶寄》中對女性喜好穿高底鞋做了解釋，他說：

鞋用高底，使小者愈小，瘦者愈瘦，可謂制之盡美又盡善者矣。然足之大者，往往以此藏拙，埋沒作者一段初心，是指供醜婦效顰，非為佳人助力。近有矯其弊者，窄小金蓮皆用平底，使與偽造者有別，殊不知此制一設，則人人向高底乞靈。高底之為物也，遂成百世不祧之祀。有之則大者亦小，無之則小者亦大。嘗有三寸無底之足，而與五寸有底之鞋，同立一處，反覺四五寸之小，而三寸之大者。[43]

這是說原本高底鞋是爲了要發揮腳小者、腳瘦者的優點，但是後來也成了腳大者藏拙的工具。結果造成了所有人都競相穿著高底鞋，因爲穿高底鞋會讓大腳看起來比較小，而不穿高底鞋反而會使小腳看起來較大。在清・葉夢珠《閱世編》中也提到：

崇禎之末，閭里小兒，亦纏纖趾，於是內家之履，半從高底。窄小者，可以示美；半跌者，可以揜拙。[44]

此段文字亦有此意。在《金瓶梅》第二十九回中描寫到孟玉樓做鞋時和潘金蓮的對話，她對潘金蓮說「你平日又做平底子紅鞋做什麼，不如高底鞋好看」(2-29-205)，此處她覺得高底鞋較爲好看。但是高底鞋也有壞處，在第二十五回中，潘金蓮等人在花園

43 《閒情偶寄》，卷 2，〈修容〉，頁 147
44 《閱世編》，卷 8，〈冠服〉，頁 182

玩鞦韆，她穿著高底鞋，「只聽得滑浪一聲，把金蓮擦下來」（2-25-98），可見穿高底鞋容易重心不穩。再加上《金瓶梅》中出現高底鞋的次數最多，如第五十六回吳月娘穿的「金紅鳳頭高底鞋」，潘金蓮穿的是「粉紅花羅高底鞋」，第五十二回李桂姐穿的是「大紅素緞白綾高底鞋」等，也可印證當時女性盛穿高底鞋的風氣。

高底鞋除了木製之外，還有在鞋底加上毡的。這種鞋走起路來聲音較小，在第二十九回中描寫孟玉樓和潘金蓮的對話，她對潘金蓮說「你平日又做平底子紅鞋做什麼，不如高底鞋好看，你若嫌木底子響腳，也似我用毡底子，卻不好走著，又不響」（2-29-205）。另外，第七十五回中，孫雪娥卻因爲潘金蓮穿毡底鞋而說她「行鬼路兒」（4-75-570），自然是因爲走路聽不見聲音所做的聯想。

至於鞋底低而平的「平底鞋」則是相對於前述的「高底鞋」，以布帛製成，較爲輕便，是家常所穿的鞋子。在《金瓶梅》較少出現，如潘金蓮在第二十八回穿的是「大紅平底鞋」，王六兒在第四十二回穿的是「老鴉緞子紗綠鎖線的平底鞋」、第七十九回所穿的「大紅潞綢白綾平底鞋」等。

按鞋頭形狀分，則有鳳頭鞋及雲頭鞋等。前者是指鞋頭以鳳凰爲裝飾。清・李漁《閒情偶寄》談到「鳳頭鞋」時有云：

從來名婦人隻鞋者，必曰「鳳頭」。世人顧名思義，遂以金銀製鳳，綴於鞋尖以實之。[45]

後者則是以雲紋為裝飾的鞋子，或鞋頭翹起部份成雲頭形狀，《元史》有載：

雲頭靴，制以皮，幫嵌雲朵，頭作雲象。[46]

在《金瓶梅》中穿著「鳳頭鞋」或「雲頭鞋」的大多是妻妾，如第五十六回吳月娘穿的是「金紅鳳頭高底鞋」，第十九回潘金蓮穿的是「白綾高底羊皮金雲頭鞋」等。

另外還有一種睡鞋，是纏足女性睡覺時所穿的鞋子，其功用在於防止纏足鬆弛，以及防止臭味外洩。[47]一般以紅色絲綢製成，軟底以便睡眠。《采菲錄》有載：

因小足女子恐其足放大，非二者興發時，不輕解行纏。然則若有足汗多、腳氣重，薰洗不能去者，則穿睡鞋伴男子同眠，氣不致外洩。不但可以補其缺憾，而睡鞋繡得美艷，鞋底入以香屑，復有勾魂奪魄之功，故男子恆喜其穿紅鞋

45 《閒情偶寄》，卷 2，〈修容〉，頁 148

46 明・宋濂等撰，《元史》(北京：中華書局，1995.3)，卷 78，〈輿服一〉，頁 1941

47 《清稗類鈔》，第 12 冊，卷 91，〈服飾類〉，頁 103：「睡鞋，纏足婦女所著以就寢者，蓋非此，則行纏必弛，且藉以使惡臭不外洩也。」

同眠。[48]

如第二十五回潘金蓮睡時穿的即是睡鞋，第五十一回睡覺前龐春梅替她換的也是睡鞋等。

但是書中只有對正式女眷的鞋子有較詳細的描寫，而且是纏足後的三寸金蓮。妓女也有稍微描寫到，例如第五十二回李桂姐穿的是「大紅素緞白綾白底鞋兒」，第六十八回吳銀兒穿的是「墨青素緞雲頭鞋兒」等等。

至於奴婢則只有較受寵的龐春梅、王六兒及如意兒描寫其纏足；其餘皆不見有纏足的描寫，如第九十回玉簪兒所穿的「裡外油劉海笑撥舡樣四個眼的剪絨鞋」，則是取笑她像船一樣的大腳。自然是因為奴婢需要進行勞動的工作，若是小腳則不便於行動。

二、 襪、膝褲

除了蓮鞋之外，纏足女性的足服還有襪及膝褲。「膝褲」，又叫膝襪，是明代纏足女性所穿的無底襪，只有兩隻褲腿，清・葉夢珠在《閱世編》中有云：

> 膝襪，舊施於膝下，下垂沒履。長幅與羅襪等，或採鑲，或繡畫，或純素，甚至或裝金珠翡翠，飾雖不一，而體制

[48] 姚靈犀，《采菲錄》第四集（天津：天津書局，1938.12），頁50

則同矣。崇禎十年以後，制尚短小，僅施脛上，而下及於履。[49]

膝褲上至膝蓋，下及腳踝，沒有腰部及襠部。其長度正好罩住蓮鞋，將鞋帶、鞋跟等遮掩起來。襪和膝褲之別乃在於有底或無底。古代只有富貴人家穿襪，一般平民是不穿襪的。然《金瓶梅》中出現襪的次數不多，只有三次：

編號	姓名（身份）	服飾名稱
4-75-581	吳月娘（正室）	凌波羅襪
5-82-24	潘金蓮（五妾）	同上
4-62-91	李瓶兒（六妾）	白綾女襪兒

只有妻妾穿著，並不見奴婢穿襪的描寫。而膝褲的使用如下：

編號	姓名（身份）	服飾名稱
1-2-48	潘金蓮（五妾）	粧花膝褲扣鶯花
1-14-330	同上	粧花膝褲
4-67-236	同上	錦紅膝褲
4-62-91	李瓶兒（六妾）	壽衣在裙下有「紅花膝褲腿」
2-24-83	宋惠蓮（婢）	穿著兩雙紅鞋在腳上，用綠紗線帶兒扎著褲腿

49 《閱世編》，卷 8，〈冠服〉，頁 182

4-74-488	如意兒（婢）	粧花膝褲腿兒
3-52-321	李桂姐（妓）	粧花金欄膝褲，腿兒用紗綠線帶紮著
4-68-269	鄭愛月兒（妓）	粧花膝褲（另外見到西門慶時「裡面穿著紅潞綢底衣，褪下一隻膝褲腿來」）

可見膝褲用線固定，是可以穿在裙子下的「不完整的褲子」。襪及膝褲在《金瓶梅》中較少出現的原因應是這兩者穿著的位置較爲隱密，穿在裙子底下，所以較少描述到。

三、護膝

穿褲子或裙子時著護膝，護膝是一種綁在膝蓋上，用以保暖或防止膝蓋受傷。在《金瓶梅》中使用情形如下：

編號	姓名（身份）	服飾名稱
1-8-179	潘金蓮(五妾）	一雙挑線密約深盟隨君膝下，香草邊欄松竹梅花歲寒三友醬色緞子護膝。
2-23-73	宋惠蓮（婢）	「紅潞綢褲兒」加上「線捺護膝」
2-25-101	同上	打鞦韆時裙子被風吹起，「裡邊露見大紅潞綢褲兒，扎著臟頭紗綠褲腿兒，好五色納紗護膝，銀紅線帶兒」

其中第八回是潘金蓮將自己的護膝送給西門慶做爲禮物，文中對

於這雙護膝的描寫極爲詳盡，除了顏色外，還提及了織法及紋樣。不但採用「挑線」的刺繡法，也以「密約深盟」、「隨君膝下」等雙關語表現，前者是說織法細密，也暗喻男女之深情；後者則指護膝的用途在膝下，也暗喻隨君之意。其紋樣是有香草圖案的邊欄，以及繡上松、竹、梅歲寒三友的圖案，希望這段感情歷久彌堅。

第五節　小結

從以上的分析可以發現，明代女性服飾的類型及搭配方式有一定的特色，而《金瓶梅》中的描寫正鮮明的反映出這樣的特色：

首先是在首服的使用上：妻妾多戴假髻－䯼髻，依質料不同而有黑䯼髻、金絲䯼髻、銀絲䯼髻及白䯼髻等，其中白䯼髻是戴孝時使用的，一般女性不隨便戴白色䯼髻的。又因爲一般奴婢的髮型多爲盤頭楂髻，而且不可以戴䯼髻，因此䯼髻也成爲身份的象徵。卸去䯼髻之後，一般女性家常時將頭髮隨意挽成一窩絲杭州攢，較爲輕便，也是妓女常有的髮型。

女性會以簪、釵等金銀髮飾固定髮髻，或在額頭戴上箍、包頭及臥兔兒作爲固定或裝飾用，華麗的箍裝飾性強、簡樸的包頭實用性強，分別視身分地位及經濟情況而使用。至於臥兔兒則是在天寒時使用，用以保暖，多爲妻妾所用。在整個髮髻的最外層，有時會使用汗巾作爲裝飾，而身份地位較高者如吳月娘、喬太太、林氏以及升格爲周守備正室的龐春梅等人，會戴上裝飾華麗的冠，甚至是鳳冠，以作爲身分地位的象徵。

除此之外，一般女性還會使用耳飾，或以珠子，或以寶石做爲裝飾。總之，女性都以裝飾爲美，甚至是奴婢也都珠翠滿頭。

其次是在上衣下裳的使用上：上衣由內而外的穿著是抹胸在內，其次是衫、袍或襖。妻妾的上衣多半是對襟、大袖，奴婢則爲對襟、小袖。這是因爲前者不需勞動，凡事不必躬親，自然有人服侍，所以極盡所能的裝飾華麗，而大袖較爲美觀；至於後者必須考慮到實用性，小袖便於工作，較具實用性。

一般女性不分身份多穿長裙、少穿長褲，長褲多爲奴婢所穿。而長裙之外會罩上衫、袍或襖，更時興的是將比甲套在最外層。

最後是在足服的使用上：妻妾、歌妓均纏足，她們穿上襪子或無底的膝褲，最後套上各式的蓮鞋。蓮鞋分爲高底及平底，一般多穿高底鞋以顯腳小。睡時換上睡鞋防止纏足鬆弛以及有防臭的功用。至於奴婢，除了受寵的龐春梅、如意兒、宋惠蓮等人外，其餘不見纏足的描寫。

因此，當時女性整套服飾的基本穿著如下圖（圖 1-5-1）：此圖繪出潘金蓮頭戴鬏髻，外戴臥兔兒。上衣下裙，外罩比甲，以及足蹬三寸金蓮的造型，也正是明代女性服飾的基本類型。

圖 1-5-1 整套女性的服飾

第二章《金瓶梅》女性服飾的質料考察

質料是服飾的載體，服飾的質料透露出兩點訊息：一是質料可以反映出當代紡織業的運作概況。二是質料的好壞直接影響到服飾的優劣，更可以反映出穿著者的身份地位。這在《金瓶梅》中亦可以得到印證，以下便由這兩點來作分析：

一、明代的紡織業概況

首先要談的是明代的織造業，《明史》上有記載：

> 太祖初立國即下令，凡民田五畝至十畝者，栽桑、麻、木棉各半畝，十畝以上倍之。……不種桑，出絹一疋。不種麻及木棉，出麻布、棉布各一疋。此農桑絲絹所由起也。[1]

可知明初便立法規定全國各地的人民均需種植桑、麻、棉，不種者需納布，這項法令促進了明代紡織品的發展。《明史》又載：

> 明初設南北織染局，南京供應機房，各省直歲造供用，蘇、杭織造，間行間止。自萬曆中，頻數派造，歲至十五萬匹，

[1] 清．張廷玉等編，《明史》（北京：中華書局，1995.3），卷78，〈食貨二〉，頁1894

> 相沿日久，遂以為常。陝西織造絨袍，弘、正間偶行，嘉、隆時復遣，亦遂沿為常例。[2]

當時在各地設染織局負責各處織造事業，以蘇、杭等地最爲著名，還有陝西則出產較爲貴重的羊絨。此外，兩京各設內、外局，其用途是「內局以應上，外局以備公用」，一般平民百姓是無緣享用的，這種每年一定數量的織造叫做「歲造」。[3]「歲造」的數量龐大，據《大明會典》所載「每歲造紵絲、紗、羅、綾、綢、絹，舊額各處共該三萬五千四百三十六疋」。[4]另外，「於歲造之外，奉旨題派織解者曰坐派。一時急缺，另部買辦者曰召買」。[5]在《明史》中又云：

> 天順四年遣中官往蘇、松、行、嘉、湖五府，於常額外，增造綵緞七千匹。……增造坐派於此始。[6]

又載：

> 正德元年，……乞令應天、蘇、杭諸府依式織造，……乃造萬七千餘匹。[7]

---

[2] 《明史》，卷 82，〈食貨六〉，頁 1998
[3] 明・李東陽等撰，《大明會典》（萬曆十五年禮司監本，台北：東南書報社，出版年不詳），卷 201，〈織造〉，頁 2703
[4] 《大明會典》，卷 201，〈織造〉，頁 2706
[5] 《大明會典》，卷 201，〈織造〉，頁 2706
[6] 《明史》，卷 82，〈食貨六〉，頁 1997
[7] 《明史》，卷 82，〈食貨六〉，頁 1997

可知明代政府對於各地織染局的織造數量，除了常額之外，還會有所增加。而且對這些織品的要求十分嚴格，[8]甚至要在緞疋上寫姓名，以示負責。[9]因此，明代紡織品產量不斷增加，種類也越來越多。

《金瓶梅》正是處於這個紡織業興盛的時代，因此書中出現的服飾質料便反映出這種盛況。首先在《金瓶梅》第五十一回中描寫一段陳經濟與潘金蓮、李瓶兒二人的對話：

> 金蓮道：「不打緊處，我與你銀子，明日也替我帶兩方銷金汗巾子來。」
>
> 李瓶兒便問姐夫：「門外有買金汗巾兒，也稍幾方與我。」
>
> 經濟道：「門外手帕巷，有名王家，專一發賣各色收樣銷金點翠手帕汗巾兒，隨你問多少也有，你老人家要什麼顏色，銷甚花樣，早說與我，明日一齊都替你帶來了。」
>
> 李瓶兒道：「我要一方老金黃綃金點翠穿花鳳汗巾。」
>
> 經濟道：「六娘，老金黃銷上金不現。」
>
> 李瓶兒道：「你別要管我，我要一方銀紅綾銷江牙海水嵌

[8] 《大明會典》，卷 201，〈織造〉，頁 2708：「洪武元年令，凡局院成造段疋，務要緊密，顏色鮮明，丈尺斤兩，不失原樣。局官常切比較工程，合用絲料，申請提調，正官嚴加督察。」

[9] 《大明會典》，卷 201，〈織造〉，頁 2707：「(正統) 十二年奏准，歲造緞疋，俱令腰封編號，開寫提調及經織造官吏匠作姓名，不堪用者，照號問罪，責其賠償。」

八寶兒汗巾兒，又是一方閃色，是麻花銷金汗巾兒。」
經濟便道：「五娘，你老人家要甚花樣？」
金蓮道：「我沒銀子，只要兩方兒勾了，要一方玉色綾瑣子地兒銷金汗巾兒。」
經濟道：「你又不是老人家，白剌剌的要他做什麼？」
金蓮道：「你管他怎的戴不的？等我往後吃孝戴。」
經濟道：「那一方要甚顏色？」
金蓮道：「那一方我要嬌滴滴紫葡萄顏色四川綾巾兒，上銷金間點翠，十樣錦、同心結、方勝地兒。一個方勝地兒裡面一對兒喜相逢，兩邊欄子兒都是絡纓出珠、碎八寶兒。」(3-51-296)

從這一段對話中，不難發現當時已有許多手帕專賣店集中在一條街上，並取名為「手帕巷」，而且從對話中可知當時手帕的質料及花樣已是琳瑯滿目。再加上第七十九回西門慶臨死之前對吳月娘交代一連串的話，他說：

又吩咐我死後，緞子鋪是五萬銀子本錢，有你喬親家爹那邊多少本利，都找與他。教傅夥計把買賣一宗交一宗，休要開了。賁四絨線鋪，本銀六千五百兩；吳二舅紬絨鋪是五千兩，都賣進了貨物，收了來家。(4-79-776)

可知西門慶所開與紡織相關的店鋪計有緞子鋪、絨線鋪、綢絨鋪等，這些都足以反映出當時紡織業的興盛繁榮。

二、 服飾質料反映穿著者的身份地位

至於服飾的質料足以反映穿著者的身份地位一點，史料所載明代對於服飾質料使用的規定極爲嚴格，對於命婦的規定如下：

> （洪武五年）一品禮服，……大袖衫，用真紅色；霞披、褙子，俱用深藍色，紵絲綾羅紗隨用。……常服……長襖長裙，各色紵絲綾羅紗隨用。……六品，大袖衫，綾羅紬絹隨用。[10]

可知命婦可以隨意使用綾羅綢紗等價格較高的質料作爲服飾，而對於一般平民的規定又如下：

> 洪武三年……又令男女衣服，不得僭用金繡、錦綺、紵絲、綾羅，只許用綢、絹、素紗。[11]

一般來說，錦繡絲羅等較爲高級的質料被視爲上品，普遍使用於上層階級。而絹綢麻布等較爲粗糙的質料則被視爲下品，多使用於平民百姓。兩者界線之嚴謹是不容輕易逾越的。但是單就命婦而言，服飾的質料也隨著官位品級的不同而有所不同，例如洪武二十四年的規定是「一品至五品，紵絲綾羅；六品至九品，

---

[10] 《明史》，卷 67，〈輿服三〉，頁 1643

[11] 《明史》，卷 67，〈輿服三〉，頁 1649

綾羅紬絹」，[12]由此可見紵絲貴於綾羅的價值，綾羅又貴於綢絹的價值。

至於平民，又因爲職業的不同而有所不同的規定。如：

> （洪武）十四年令農衣綢、紗、絹、布，商賈止衣布、絹。農家有一人為商賈者，亦不得衣綢、紗。[13]

又如下：

> 正德元年，禁商販、僕役、倡優、下賤，不許服貂裘。[14]

商人不可穿著綢紗等質料，只能穿著布、絹等質料作的服飾。而且將商人與僕役、倡優及下賤的人視爲同等，不許穿著貂裘。由此可知，在當時商人不僅社會地位較低，而且也反映在他們穿著的服飾質料上。

綜上所述，本章將《金瓶梅》女性服飾按棉麻、絲、毛皮等質料來作分析，並分別從前述反映當時紡織業概況及反映穿著者地位兩點進行探討。

---

[12] 《明史》，卷 67，〈輿服三〉，頁 1644
[13] 《明史》，卷 67，〈輿服三〉，頁 1644
[14] 《明史》，卷 67，〈輿服三〉，頁 1650

第一節　棉麻類

「麻布」是以苧麻織成的布，多用於貧者之服或喪服，秦漢之後，麻布成了士庶男女的主要衣料。而「棉布」則是以木棉或草棉織成的布，也是士庶男女的主要衣料，質地大多粗糙。在「棉布」出現之前，人們所說的「布」，多指「麻布」，時間一長，穿著麻布衣的平民階層便被稱爲「布衣」。[15]

到了明代，前文談到明太祖獎勵種植桑、麻、棉，其中棉的種植十分普遍，如《大學衍義補》所載：

> 至我朝（明朝）其種乃遍布天下，地無南北皆宜之，人無貧賤皆賴之，其利是絲枲蓋倍焉。[16]

《天工開物》也有當時「種遍天下」、[17]「棉花寸土皆有」，[18]「十室必有」[19]等的記載，都反映出當時棉花生產的盛況，甚至有取代麻布的趨勢。

---

[15] 漢・桓寬，王利器校注，《鹽鐵論》（北京：中華書局，1992.7），卷6，〈散不足〉，頁350：「古者庶人耋老而後衣絲，其餘則麻枲而已，故命曰『布衣』。」

[16] 明・丘濬，《大學衍義補》（台北：中文出版社，1979.4），卷22，〈貢賦之常〉，頁11

[17] 明・宋應星，《天工開物》（台北：中華叢書委員會，1955.7），卷上，〈乃服篇〉，頁68

[18] 《天工開物》，卷上，〈乃服篇〉，頁69

[19] 《天工開物》，卷上，〈乃服篇〉，頁69

《金瓶梅》中服飾以棉、麻爲質料的有兩種情形：一是作爲喪服，如第六十三回中，吳月娘等人參加李瓶兒喪禮時，「皆孝髻頭鬚，腰繫麻布孝裙出來，回禮舉哀」(4-63-117)。二是奴婢所穿，在《金瓶梅》中使用的情形如下：

編號	姓名(身份)	場合	小說原文（棉布／麻布）[20]
1-7-140	孟玉樓（三妾）	薛嫂向西門慶引見孟玉樓	他也有上千兩，好三梭布（麻布）也有三二百桶
1-2-48	潘金蓮（五妾，此時爲武大郎之妻）	和西門慶初次相遇	露菜玉酥胸無價，毛青布（棉布）大袖衫
1-3-77	同上	替王婆縫衣，王婆製造機會與西門慶相遇	上穿白夏布(麻布)衫兒，藍比甲
2-29-223	龐春梅(婢)	西門慶叫龐春梅提一壺茶來	穿著毛青布(棉布)褂兒，桃紅夏布（麻布）裙子
3-50-236	王六兒(婢)	李嬌兒生日	夏布（麻布）衫子
4-74-486	如意兒(婢)	西門慶到李瓶兒房間	穿著玉色對襟襖兒，白布（棉布）裙子
4-77-660	惠元（婢）	初來乍到，向吳月娘及眾人	紫綢襖，青布（棉布）披襖，綠布（棉布）裙子

[20] 此處棉、麻布的區分參考周汛、高春明編的《中國衣冠服飾大辭典》（上海：上海辭書出版社，1996.12，頁515-529）中的定義。

		磕頭	
4-77-665	賁四娘(婢)	應西門慶之邀	玉色絹裙子，藍布（棉布）褲子
3-46-143	老婆子（卜龜卦的）	走過西門家	穿著水合襖，藍布（棉布）裙子

由上表可見穿著棉麻布衣的多是奴婢之類的女性，大體上有三種：染色棉布、毛青布（棉布）、夏布（麻布）。染色棉布便是將白色的棉布染色，可染成藍色、青色等。毛青布是明代流行的一種深青色棉布，明‧宋應星《天工開物》中有云：

> 毛青乃出於近代，其法取松江美布染成深青，不復漿碾，吹乾，用膠水參豆漿水一過。先蓄好靛，名曰標缸，入內薄染即起，紅焰之色隱然。此布一時重用。[21]

說明毛青布不經上漿碾光，只用膠水過布，富有毛感，所以叫做「毛青布」。

夏布是麻布或稱爲苧布，白夏布則是白麻布，明‧宋應星《天工開物》中有云：

> 凡苧麻無土不生，......色有青黃兩樣。每歲有兩刈者，有三刈者，績為當屬衣裳帷帳。[22]

---

[21] 《天工開物》，卷上，〈彰施篇〉，頁 103

[22] 《天工開物》，卷上，〈乃服篇〉，頁 70

又云：

> 苧質本淡黃，漂工化成至白色，先用稻灰石水煮過，入長流水再漂再曬，以成至白。[23]

可見夏布原是青色或黃色，經漂白成為白夏布，或染色成為桃紅、青、藍等色。總之，在明代棉布、麻布都是一般平民所穿，冬天以棉布為主，而夏天則以透氣性佳的麻布為主。

第二節　絲類

上節所討論以麻、棉布所製成的服飾多為平民或奴婢所穿，而上層階級所穿著的服飾則以絲織品為多。絲指的是從蠶繭中取絲而織成的織物，絲的種類很多，如絹、紗、綃、綢、綾、緞、羅、錦等，相對於前述的棉、麻則較為輕柔、有光澤。明代的絲織品種類眾多，生產技術也空前進步。明代織機工具已達空前發展，例如平紋織物可用腰機製造（見圖 2-2-1），據《天工開物》所載：

> 凡左右手各用一梭，交互織者曰縐紗。凡單經曰羅地，雙經曰絹地，五經曰綾地。凡花分實地與綾地，綾地者光，

[23] 《天工開物》，卷上，〈乃服篇〉，頁 70-71

實地者暗。[24]

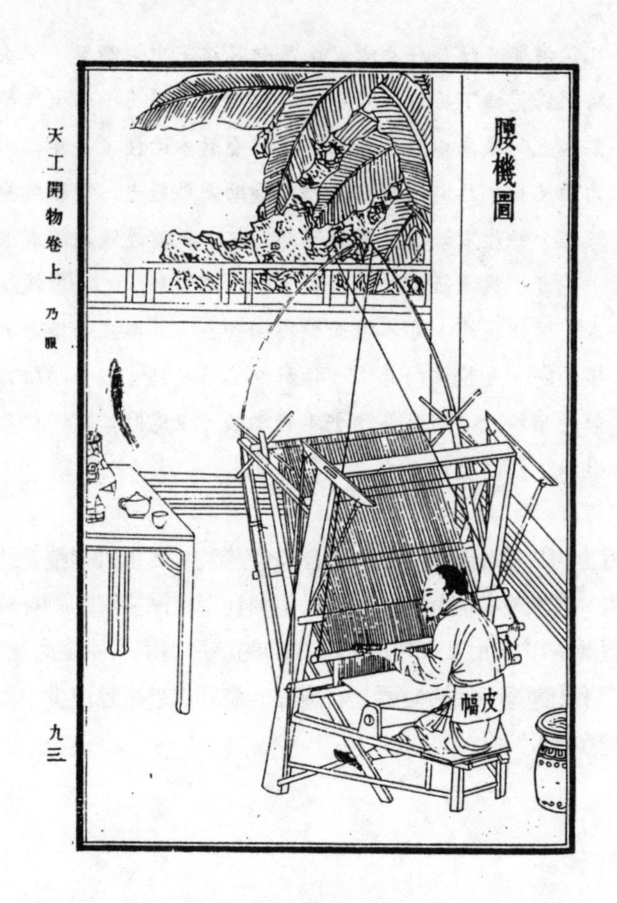

圖 2-2-1 腰機圖

---

[24] 《天工開物》，卷上，〈乃服篇〉，頁 66

而提花織物可用花機製造（見圖 2-2-2）：

> 凡花機通身度長一丈六尺，隆起花樓，中拖衢盤，下垂衢腳。對花機下掘坑二尺許，以藏衢腳。提花小廝坐立花樓架木上，機末以的扛卷絲，中用疊助木兩枝，直穿二木，約四尺長，其尖插於簆兩頭。疊助織紗羅者，視織綾絹者減輕十餘斤方妙。其素羅不起花紋，與軟紗綾絹踏成浪梅小花者，視素羅只加桄兩扇。一人踏織自成，不用提花之人，閒住花樓，亦不設衢盤與衢腳也。其機式兩接，前一接平安，自花樓向身；一接斜倚低下尺許，則疊助雄力。若包頭細軟，則另為均平不斜之機。坐處鬥二腳，以其絲微細，防遏疊助之力也。[25]

在花機上可以織出素羅，也可織出提花織物，更可以調整疊助木的重量，來織成各個品種的織物。這種利用機械撞擊的斜身式花機，更改善了宋元以來利用人力操作的織造習慣，使生產量大增。[26]可見隨著時代的變遷，絲織品的發展也越來越進步，種類越來越多樣化。

---

[25] 《天工開物》，卷上，〈乃服篇〉，頁 62-63

[26] 范金民、金文，《江南絲綢史研究》（北京：農業出版社，1993.10），頁 349-351

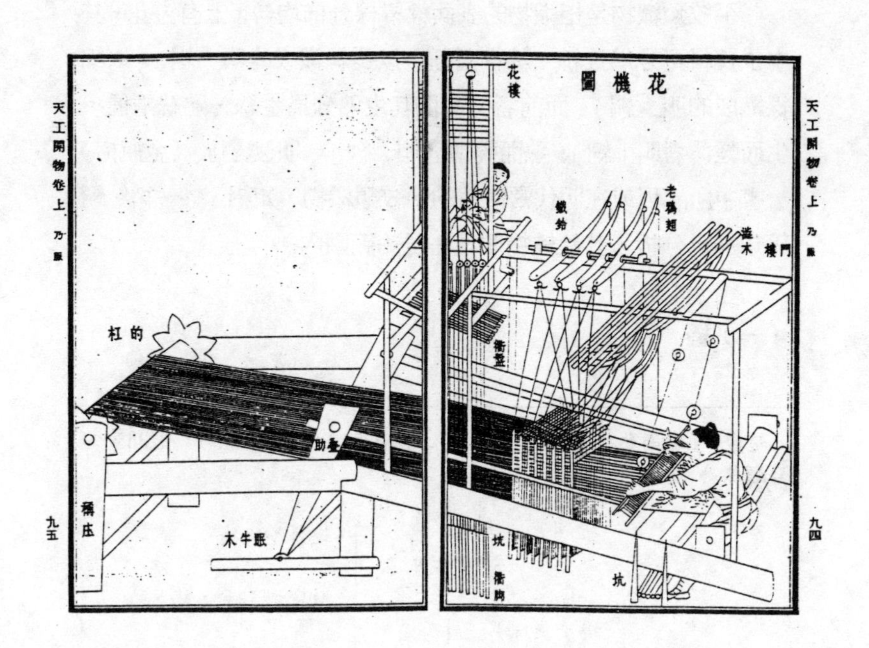

圖 2-2-2 花機圖

本節將《金瓶梅》一書中常出現的絲織品種類，先按照其組織分爲平紋、斜紋、緞紋、絞經及其他等五類，其中再細分爲絹、紗、綃、綢、綾、緞、羅、錦八類加以討論。

一、平紋類

平紋類織物是指織物的表面經緯線分佈均勻，上有方孔。其中依質料可分爲長絲、綿線兩種，以長絲織成的叫「絹」，以綿線織成的叫「綢」。而前者又可依其生熟分爲生絲、熟絲兩種，生而輕薄者叫「綃」，熟而輕薄者叫「紗」。[27]此處對於《金瓶梅》一書中所出現或在明代常使用的平紋類織物，如絹、紗、綃、綢等類加以分析，其餘織物並不在討論範圍內。

（一）絹

[27] 趙豐，《絲綢藝術史》（杭州：浙江美術出版社，1992.9），頁36。其分類法為：

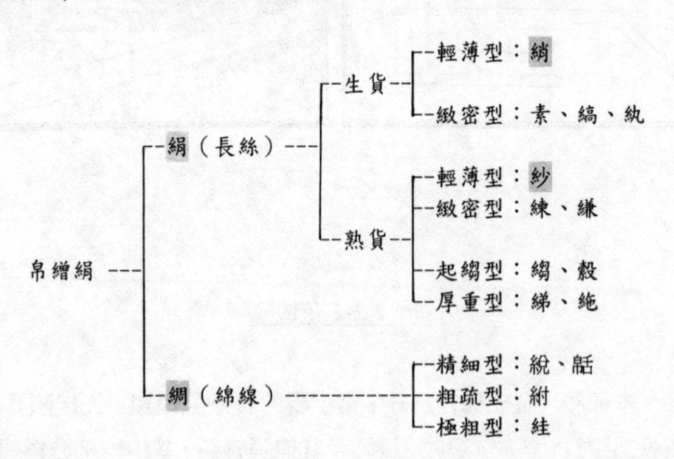

「絹」是以長絲織成的平紋絲織物的通稱，輕薄柔軟，經緯線較爲稀疏。絹有素絹及提花絹，明代規定一般商人也可以穿著素絹，[28]可知絹較爲普遍，各種身份地位的人都可以穿著。《金瓶梅》中女性服飾以絹爲質料的有下面幾種情形：

編號	姓名（身分）	場合	服飾名稱
3-56-436	吳月娘(正室)	西門慶與妻妾花園嬉戲	柳綠杭絹對襟襖兒
1-19-437	潘金蓮(五妾)	西門慶至花園遇潘金蓮	白碾光絹挑線裙子
2-34-364	同上	夜晚回家拜見吳月娘	白碾光絹拖泥裙子
3-56-436	同上	西門慶與妻妾花園嬉戲	白杭絹畫拖裙子
3-56-436	李瓶兒(六妾)	同上	素青杭絹大襟襖兒、月白熟絹裙子
4-67-234	同上	死後，西門慶夢見	白絹裙
4-67-237	同上	喪服	黃絹裙、白絹裙
2-22-38	宋惠蓮（婢）	孟玉樓生日	紫絹襖子
3-42-32	王六兒（婢）	李瓶兒生日	白挑線絹裙子
4-61-3	同上	韓氏夫婦宴請西門	白杭絹對襟衫兒

---

[28] 《明史》，卷67，〈輿服三〉，頁1649：「（洪武）十四年令農衣紬、紗、絹、布，商賈止衣布、絹。農家有一人為商賈者，亦不得衣紬、紗。」

		慶	
4-65-170	賁四嫂（婢）	女兒定親，帶她向西門慶磕頭	白絹裙子
4-77-665	同上	西門慶邀約	青絹絲披襖
1-12-272	李桂姐（妓）	西門慶生日	雲絹比甲
4-61-38	申二姐（妓）	李瓶兒將死，吳月娘贈物	雲絹比甲
4-63-121	鄭愛月兒(妓)	弔李瓶兒喪	白雲絹對襟襖兒
4-68-269	同上	西門慶至鄭家	鵝黃杭絹點翠縷金裙
3-56-445	常時節之妻	買衣服	青杭絹女襖

由上表可知，穿著者的身份上自妻妾、下至奴婢以及歌妓等各種身份的女性都穿著絹出現，而且適用於各種場合。「絹」的種類除了普通的染色絹之外，還有熟絹、白碾光絹、雲絹等。熟絹是以熟絲織成的絹。杭絹，顧名思義即是出產自杭州的絹，明代以來，杭州成爲絲織品的產地，因此，杭絹也在明代大量流行起來。碾光絹則是經上漿、碾刮過的絹，表面又滑又挺；而雲絹則是織有雲紋的絹。

「絹」又可依絲的生、熟分爲兩類，生者叫「綃」，熟者叫「紗」：

1.綃

「綃」是一種以生絲織成的輕薄型平紋絲織物，多使用於夏季。而在《金瓶梅》中服飾以「綃」爲質料的有下面幾種情形：

編號	姓名（身分）	場合	服飾名稱
29-2-225	潘金蓮（五妾）	房中	紅綃抹胸兒
77-4-665	賁四嫂（婢）	西門慶邀約	玉色綃裙子
59-3-532	鄭愛月兒（妓）	西門慶至鄭家	紫綃翠紋裙

因爲使用情形較少，所以難以進行討論。

2.紗

「紗」是一種以熟絲織成的輕薄型平紋絲織物，「紗」的絲線細、密度小，在同等大小的織物之中，其所用的絲線最少，十分透風，故適合夏季穿著。「紗」在春秋戰國時期已出現，是較爲古老的一種絲織物。在明代只有「四品以上官」、「在京五品堂上官」及「經筵講官」才可以穿著紵絲、紗、羅等服飾。[29]可見「紗」也是有相當地位的人才能穿著的。明代的「紗」有兩種，一種是孔眼呈方形的平紋紗，另一種則是經緯線糾結交錯而孔眼呈椒形的「紗」，此種則屬於絞經組織的「紗羅類」。而在《金瓶梅》中服飾以「紗」爲質料的有下面幾種情形：

---

[29] 《明史》，卷 67，〈輿服三〉，頁 1640

編號	姓名（身分）	場合	服飾名稱
1-11-231	孟玉樓、潘金蓮（三、五妾）	園中下棋	白紗衫兒
1-7-149	孟玉樓（三妾）	夫死，薛嫂引西門慶相見	翠藍補子粧花紗衫、鵝黃縷金挑線紗裙子
1-4-90	潘金蓮（五妾）	與西門慶喝酒相見	綠紗裙子
1-19-437	同上	西門慶至花園遇潘金蓮	五色縐紗眉子
2-27-162	同上	同上	白銀條紗衫兒、密合色紗挑線銀紅比甲
2-28-183	同上	房中	紅紗抹胸兒
3-56-436	同上	西門慶與妻妾花園嬉戲	銀紅縐紗白絹裡對襟衫子
1-13-288	李瓶兒（六妾）	西門慶至花家，花子虛不在	白紗挑線鑲邊裙
2-27-162	同上	花園中與西門慶相遇	白銀條紗衫兒
2-25-101	宋惠蓮（婢）	打鞦韆	好五色納紗護膝
2-29-220	龐春梅（婢）	吳神仙算命	藍紗比甲兒
3-50-236	王六兒（婢）	李嬌兒生日	玉色紗比甲
2-32-288	玉釧兒（妓）	李桂姐拜吳月娘，西門慶邀	大紅紗衫

		眾歌妓來家	
3-52-301	李桂姐（妓）	潘金蓮咋見李桂姐	五色線掐羊皮金挑的油鵝黃銀條紗裙子
3-58-491	鄭愛月兒（妓）	會見薛、劉二公公	紫紗衫兒、白紗挑線裙子

由此可看出使用者的身分地位除了妻妾以外，奴婢中只有較受寵愛的宋惠蓮、龐春梅、及王六兒穿著，其餘不見地位較低的奴婢所穿。

「紗」經上表的歸納可分爲兩大類，一是普通平紋紗染色而成：有紅紗、綠紗、白紗、玉色紗、紫紗等。二則是經過變化的「紗」：有粧花紗、織金紗、縐紗、納紗等。粧花紗、織金紗是明代時興的織造技術，在後文會有較詳細的分析。縐紗是相對於平紋的紗，在織造前先將絲線捲曲，使織造後產生縐縮效果，增加美感，通常作爲舞衣或夏服。納紗又稱爲「戳紗」，是在素紗上以彩色的線戳出花紋來，常作爲女子服飾。

（二）綢

相較於前面提到的絹，綢是以粗絲或綿線織成的平紋織物，柔軟密實，多用作士庶男女的服飾。明代出現眾多種類的綢，清．葉夢珠《閱世編》有載：

> 花雲素緞，向來有之，宜於公服。其便服則惟有潞綢、歐綢、綾地、秋羅、松羅、杭綾、縐紗、軟綢以及湖綢、棉綢。[30]

可知當時綢的種類十分繁多，有依產地而命名的，如潞綢、歐綢、湖綢等；也有因性質而命名的，如軟綢、棉綢等。而在《金瓶梅》中服飾以綢爲質料的有下面幾種情形：

編號	姓名（身分）	場合	服飾名稱
1-14-331	吳月娘（正室）	潘金蓮生日	紗綠綢裙頭
2-21-3	同上	燒香祝禱	大紅潞綢對襟襖兒
3-56-436	同上	西門慶與妻妾花園嬉戲	淺藍水綢裙子
4-78-679	同上	從何千戶家赴席回家	軟黃棉綢裙子
3-56-436	孟玉樓（三妾）	西門慶與妻妾花園嬉戲	鵝黃綢裙子
1-14-330	潘金蓮（五妾）	生日宴客	丁香色潞綢雁啣盧花對襟襖兒
4-67-236	同上	喬大戶娘子生日送帖來	潞綢裙

[30] 清・葉夢珠，《閱世編》（台北：木鐸出版社，1982.4），卷 8，〈冠服〉，頁 174

4-62-74	李瓶兒（六妾）	病危時送如意兒	紫綢襖兒、藍綢裙
4-62-91	同上	死後，眾妾爲之尋衣	白綢子裙、丁香色雲綢粧花衫、黃綢子裙
2-23-73	宋惠蓮（婢）	買梅花	紅潞綢褲兒
2-25-101	同上	打鞦韆	大紅潞綢褲兒
3-42-32	王六兒（婢）	李瓶兒生日	紫潞綢襖兒
4-78-720	龐春梅（婢）	來見潘姥姥	黃棉綢裙子
4-65-170	賁四嫂（婢）	女兒定親，帶她向西門慶磕頭	藍綢襖兒
4-77-665	同上	西門慶邀約	紫綢襖
4-65-170	賁四嫂之女	定親，向西門慶磕頭	黃綢裙子
4-67-230	如意兒（婢）	與西門慶同房	（向西門慶討做）白綢子披襖兒
4-78-705	同上	西門慶腿疼，想吃人乳	藍綢子襖兒、黃棉綢裙子、大紅潞綢褲兒
4-74-488	同上	向西門慶要（李瓶兒的）衣服	黃棉綢裙子、藍綠綢褲子
4-77-660	惠元（婢）	初來乍到，向吳月娘等人請安	紫綢襖
3-45-103	李桂姐（妓）	西門慶打發她早去	紫丁香色潞州綢粧花肩子對襟襖兒
4-68-263	吳銀兒（妓）	西門慶至妓家	紗綠潞綢裙

4-68-272	鄭愛月兒（妓）	西門慶來鄭家	紅潞紬底褲
3-56-445	常時節之妻	買衣服	月白雲紬衫兒、綠紬裙子、白紬子裙、丁香色紬直身兒

由上表可知，「紬」適用於各種身份的女性，各種場合都可以穿，可知在當時「紬」的使用具有相當的普遍性。其中出現的種類除了染色的紬之外，還有棉紬、潞紬及水紬等。棉紬是用瑕疵的粗絲所製的絲織物，十分堅固耐用，所以用於一般平民的常服。潞紬是山西潞安出產的紬，明代山西潞安是北方絲織品生產的中心，《潞安府志》有萬曆年間潞紬「達及川湖之地」的記載，又說當時「其登機鳴杼者，悉啻數千家」，[31]可見當時潞紬一定非常普及。至於水紬，是以散絲製成的紬，質地粗厚，因此多為平民所穿。

二、斜紋類：綾

「綾」是在斜紋上起斜花的絲織物，因此表面有如同冰凌之理，故稱為綾。[32]唐、宋時為綾的興盛期，多以綾為官服，明代

[31] 清・李中白，《潞安府志》（清順治 18 年刊，台北：台灣學生書局，1963.2），頁 179

[32] 漢・劉熙，《釋名》（據明嘉靖翻宋本影印，上海：涵芬樓圖書館，出版年不詳），卷 4，〈釋綵帛〉，頁 33：「綾，凌也，其文望之如冰凌之理也。」

亦是如此。而在《金瓶梅》中服飾以綾爲質料的有下面幾種情形：

編號	姓名（身分）	場合	服飾名稱
1-14-331	吳月娘（正室）	潘金蓮生日	素青綾披襖
4-75-581	同上	動了胎氣，任醫官來診	白綾對襟襖兒
4-78-679	同上	從何千戶家赴席回家	藍綾襖
4-78-688	同上	拜見吳大舅	白綾對襟襖兒、玉色綾寬藍裙
5-96-373	同上	龐春梅來訪	白綾襖
2-24-75	西門慶眾妾	元宵宴席	白綾襖兒
2-24-82	同上	元宵賞燈	白綾襖兒
4-75-548	同上	赴家宴	白綾襖兒
1-15-341	李嬌兒（二妾）	李瓶兒生日	白綾襖兒
1-15-341	孟玉樓（三妾）	李瓶兒生日	白綾襖兒
4-78-689	同上	吳大舅來訪	白綾襖兒
1-15-344	潘金蓮（五妾）	李瓶兒生日	白綾襖兒
4-78-689	同上	吳大舅來訪	白綾襖兒
1-14-326	李瓶兒（六妾）	潘金蓮生日	白綾襖兒
4-62-73	同上	病危時送馮媽媽	白綾襖、黃綾裙
4-62-74	同上	病危時送如意兒	舊綾披襖兒

4-62-89	同上	病死	紅綾抹胸兒
4-62-91	同上	死後，眾妾爲之尋衣	紫綾小襖兒、白綾襖
4-67-237	同上	喪服	白綾襖、紫綾小襖
2-37-432	王六兒（婢）	引韓愛姐拜見西門慶	紫綾襖兒
3-41-3	龐春梅（婢）	央西門慶裁衣	白綾裙兒
3-46-120	同上	元宵夜	白綾襖兒
4-78-720	同上	來見潘姥姥	藍綾對襟襖兒
1-15-353	李桂姐（妓）	李瓶兒生日，西門慶至李桂姐處	白綾對襟襖兒
2-32-298	同上	認吳月娘爲娘	翠綾裙
4-63-124	院裡姐兒三個（妓）	西門慶請她們來家唱歌	白綾對襟襖兒
4-68-263	吳銀兒（妓）	西門慶至妓家	白綾對襟襖兒
4-77-645	鄭愛月兒（妓）	西門慶至妓家	白綾襖兒
2-33-311	潘姥姥	李瓶兒房中聊天	蔥白綾襖兒
3-56-445	常時節之妻	買衣服	鵝黃綾襖子、紅綾襖子
4-69-300	林氏（王昭宣妻）	西門慶拜見	白綾寬袖襖兒
4-78-734	同上	潘金蓮生日	白綾襖兒

奴婢中只有王六兒及龐春梅穿著，但都是特殊的情況，例如王六兒在介紹女兒韓愛姐拜見西門慶時才穿，至於龐春梅則是想要與眾不同而央求西門慶裁一件白綾裙。可見「綾」的使用者多是具有相當身分地位的女性，如吳月娘、林氏以及西門慶的眾妾，而且大都是在婚喪喜慶時穿著。又據上所述，「綾」多製成襖來穿著，其中出現最多次的是「白綾襖兒」。

三、 緞紋類：緞

緞紋是這四種基礎組織中最晚出現的。古時「緞」寫作「段」，原是高級絲織物的記量單位，[33]到了清代才創緞字。而「緞」在明代叫「紵絲」，[34]並被大量的使用，成爲流行的織物。典籍中記載了各式各樣的「緞」，有依產地命名的：如川緞、京緞等，有依紋樣命名的：如雲緞、蟒緞等，還有依織造技術命名的：如織金緞、粧花緞等。明・宋應星《天工開物》有載：

> 凡花分實地與綾地，綾地者光，實地者暗。先染絲而後織者曰緞。[35]

---

[33] 武敏，《織繡》(台北：幼獅文化有限公司，1992.8)，頁 215：說段「大概沒有嚴格的尺寸規定，以一件長袍的面料為準(比如以二丈一尺或二丈二尺為一段)」。

[34] 王岩，《萬曆帝后的衣櫥》(台北：東大出版社，1995.3)，頁 117：「定陵共出土紵絲十一疋，十疋出自萬曆帝棺內，紋飾均為織金細龍。從疋料腰封題字『上用黃金細龍紵絲』可知，『紵絲』是明代人的稱謂，文獻記載中多與紗、羅、綾、綢、絹並稱。」

[35] 《天工開物》，卷上，〈乃服篇〉，頁 66

可見「緞」是使用染色後的絲所製成的，有異於其他織物先織成而後染絲的做法。其經線或緯線只有一種顯露於織物表面，因而使緞看起來厚實而光滑。

「緞」是極為豪華的高級衣料，明代的帝王及貴族多喜穿緞作成的服飾。又清·葉夢珠《閱世編》載「花雲素緞，向來有之，宜于公服」，[36]可見當時一般平民是很少穿「緞」的。而在《金瓶梅》中服飾以緞為質料的有下面幾種情形：

編號	姓名（身分）	場合	服飾名稱
1-14-331	吳月娘（正室）	潘金蓮生日	大紅緞子襖
1-15-341	同上	李瓶兒生日	嬌綠緞裙
2-40-532	同上	西門慶裁衣	獸朝麒麟補子緞袍兒、大紅緞子遍地金通袖麒麟補子襖兒
3-43-67	同上	因結親會見喬太太	大紅五彩遍地錦百獸朝麒麟緞子通袖袍兒
4-75-548	同上	西門慶請眾官吃慶官酒	金緞襖兒
5-96-373	同上	龐春梅來訪	翠藍緞子織金拖泥裙
2-40-532	西門慶眾妾	西門慶裁衣	大紅五彩通袖粧花錦雞緞子袍兒
4-75-538	同上	至應伯爵家吃	銀紅織金緞子對襟襖

[36] 《閱世編》，卷 8，〈冠服〉，頁 174

		滿月酒	兒、藍緞子裙
1-15-341	李嬌兒（二妾）	李瓶兒生日	藍緞裙
1-15-341	孟玉樓（三妾）	李瓶兒生日	藍緞裙
3-56-436	同上	西門慶與眾妾花園嬉戲	鴉青緞子襖兒
1-15-344	潘金蓮（五妾）	李瓶兒生日	藍緞裙
2-40-525	同上	扮丫鬟	翠藍緞子襖
4-62-91	李瓶兒（六妾）	死後，眾妾尋衣	大紅緞遍地錦襖兒
4-67-237	同上	喪服	大紅緞小衣
2-24-83	宋惠蓮（婢）	元宵賞燈	綠閃紅緞子對襟襖兒
2-37-432	王六兒（婢）	引韓愛姐拜見西門慶	玄色緞紅比甲
3-41-3	春梅、迎春、玉簫、蘭香（婢）	西門慶裁衣	大紅緞子織金對襟襖
3-42-26	同上	李瓶兒生日	大紅緞袍
3-43-69	同上	吳月娘因結親會見喬太太	大紅妝花緞襖兒
4-78-705	如意兒（婢）	西門慶腿疼，想吃人乳	玉色雲緞披襖兒
5-86-111	龐春梅（婢）	被賣至周守備家	紅緞襖兒、藍緞裙子
2-24-87	賁四嫂（婢）	眾人賞燈返家見她	玄色緞比甲

4-65-170	同上	女兒定親，帶她向西門慶磕頭	青緞披襖
4-74-490	同上	孟玉樓生日	綠緞襖兒
4-65-170	賁四嫂之女	定親，向西門慶磕頭	大紅緞襖兒
4-74-488	如意兒（婢）	向西門慶要（李瓶兒的）衣服	翠藍緞子襖
4-63-124	院裡姐兒三個（妓）	西門慶請她們來家唱歌	藍緞裙子
4-74-492	李桂姐（妓）	送禮	藍緞裙子
4-69-300	林氏（王昭宣妻）	西門慶拜見	沈香色遍地金粧花緞子鶴氅
4-72-415	同上	林太太生日，西門慶送禮	紫丁香色通袖緞襖

由上表可知，「緞」的使用多在特殊的場合，如生日宴會、會見賓客等喜慶場合，可見「緞」多做爲禮服。

除了素緞（表面不起花紋的單色緞）以外，在《金瓶梅》中還出現了粧花緞、閃色緞、雲緞等。最常見的粧花緞興於明清時期，是在緞上織出五彩繽紛的紋樣，後文有較詳細的論述。而閃色緞則是利用有強烈對比效果的色彩作爲經緯線，使織物產生閃色的效果，也是流行於明清時期，如第二十四回宋惠蓮所穿的「綠閃紅緞子對襟襖兒」。雲緞，是織有雲紋的緞子，流行於明代，多用於官吏的服飾。

四、 絞經類：羅

明・宋應星《天工開物》有云：

> 凡羅中空小路以透風涼。[37]

又云：

> 凡單經曰羅。……織時兩梭輕，一梭重，空出稀路者，名曰秋羅。[38]

可知羅是一種經線絞紐織成的絲織物，其孔成椒狀，不僅質地輕薄，而且透風，所以常用於夏季。漢代以來常用作貴族服飾，[39]而明代也有了空前的發展，例如上述的「秋羅」即創於明代。[40]在《金瓶梅》中服飾以「羅」為質料的有下面幾種情形：

---

[37] 《天工開物》，卷上，〈乃服〉，頁 65
[38] 《天工開物》，卷上，〈乃服〉，頁 66
[39] 《鹽鐵論》，卷 6，〈散不足〉：「夫羅紈文繡者，人君后妃之服也。」
[40] 《天工開物》，卷上，〈乃服〉，頁 66：「就絲綢機上，兩梭輕，一梭重，空出稀路者，名曰秋羅，此法亦起近代。」

編號	姓名（身分）	場合	服飾名稱
2-40-532	吳月娘（正室）	西門慶裁衣	玄色五彩金遍邊葫蘆樣鸞鳳穿花羅袍、沈香色粧花補子遍地錦羅襖兒
1-19-437	潘金蓮（五妾）	西門慶至花園遇潘金蓮	沈香色水緯羅對襟衫兒
3-48-180	同上	抱官哥兒	藕絲羅襖兒
1-20-473	李瓶兒（六妾）	新婚早晨向吳月娘請安	大紅遍地金對襟羅衫兒、翠藍拖泥粧花羅裙
1-20-479	同上	西門慶家中吃會親酒	五彩粧花通袖羅袍兒
4-61-3	王六兒（婢）	韓氏夫婦宴請西門慶	玉色水緯羅比甲兒
1-15-353	李桂姐（妓）	李瓶兒生日，西門慶至李桂姐處	紅羅裙子
3-50-245	金兒、賽兒(妓)	玳安入蝴蝶巷	紅綠羅裙兒
4-63-121	鄭愛月兒（妓）	弔李瓶兒喪	藍羅裙子

「羅」的使用除了妻妾之外，奴婢中間只見王六兒在宴請西門慶時穿著，可見多使用於妻妾及重要場合。

以上出現各種羅製品，除了素羅之外，還有粧花羅、水緯羅、穿花羅等。水緯羅是蘇吳地區出產的一種羅，孔眼橫向彎曲，有如水之波紋，因此而得名。明清時流行於士庶之間。穿花羅是在羅上織出各種不同的花紋，明代花羅技術十分進步，並且加入織金，使得羅上的紋樣顯得更加多采多姿。

五、其他類：錦

「錦」是聯合前述幾種基本組織，並使用兩種色彩以上的絲所織成各式紋樣的絲織物，由於其價如金，故合「金」、「帛」爲「錦」。[41]其織造技術複雜、色彩華麗，成爲中國絲織物的經典，多用於貴族服飾。而《金瓶梅》中服飾以錦爲質料的有下面幾種情形：

編號	姓名（身分）	場合	服飾名稱
2-40-532	吳月娘（正室）	西門慶裁衣	大紅通袖遍地錦袍兒、大紅遍地錦五彩粧花通袖襖
4-76-615	同上	至晚回家	錦藍裙
4-67-236	潘金蓮（五妾）	喬大戶娘子生日送帖來	黑青迴紋錦對襟衫兒
4-78-716	同上	死後肖像	錦裙

[41] 《釋名》，卷 4，〈釋綵帛〉，頁 33：「錦，金也。作之用功重，於其價如金，故其制字帛與金也。」

3-41-3	春梅、迎春、玉簫、蘭香（婢）	央西門慶裁衣	大紅遍地錦比甲
3-42-26	同上	李瓶兒生日	遍地錦比甲
3-41-3	龐春梅（婢）	央西門慶裁衣	大紅遍地錦比甲
5-95-367	同上	吳月娘叫玳安送禮	錦裙
5-96-372	同上	西門慶三週年忌，至西門家	翠藍十樣錦百花裙
5-96-375	同上	至西門家	綠遍地錦妝花襖兒
4-68-269	鄭愛月兒（妓）	西門慶至鄭家	煙裡火迴紋錦對襟襖兒
4-77-645	同上	同上	綠遍地錦比甲
4-72-414	林氏（王昭宣妻）	西門慶至王家	玄錦百花裙
4-78-731	藍氏（何千戶妻）	潘金蓮生日	花錦藍裙

其中穿著「錦」的有西門慶的妻妾、林氏、藍氏等官宦之妻，還有受寵的龐春梅等四名奴婢。而且使用的時機多爲喜慶宴會，可見「錦」之貴重了。

以上「錦」的種類也是多采多姿，有遍地錦、迴紋錦、十樣錦等。遍地錦是織金的一種，於後文再詳細的分析。迴紋錦是織有回紋的錦；十樣錦是在一塊錦上織有十種以上小塊狀紋樣，據朱啓鈐《絲繡筆記》引元・戚輔之《佩軒楚客談》所載，這十種紋樣分別叫「長安竹、雕團、象眼、宜男、寶界地、天下樂、方勝、獅團、八搭韻、鐵梗蘘荷」[42]。

明代除了上面討論的傳統絲織品之外，其織造技術不斷的創新，例如粧花、織金等新品種的出現，以下將《金瓶梅》一書中最常使用的粧花、織金兩類加以分析：

一、 粧花

「粧花」是在織造時以裝有不同顏色的小梭，一邊織、一邊配色，在錦緞上織出五彩繽紛的紋樣來。其紋樣少者四色、多者十幾色，一般爲較大的紋樣。其主要花紋呈現多層次的表現，較爲複雜的紋樣甚至要花費大量的時間、精力才能完成，因此多爲貴族的服飾之用。根據地紋組織的不同而有粧花緞、粧花錦、粧花紗、粧花絹等。

在《金瓶梅》中使用粧花的情形有：

編號	姓名（身份）	場合	服飾名稱
2-40-532	吳月娘(正室)	西門慶裁衣	大紅遍地錦五彩粧花通袖襖、沈香色粧花補

[42] 朱啟鈐，《絲繡筆記》(收入藝術叢編第一集第32冊《繡譜》六種中，台北：世界書局，1982.4)，頁310-311

			子遍地錦羅襖兒
2-40-532	西門慶眾妾	同上	大紅五彩通袖粧花錦雞緞子袍兒
1-7-149	孟玉樓(三妾)	夫死，薛嫂引見西門慶	翠藍補子粧花衫、大紅粧花寬藍裙
1-20-473	李瓶兒(六妾)	新婚早晨向吳月娘請安	翠藍拖泥粧花羅裙
1-20-479	同上	西門慶家中吃會親酒	五彩粧花通袖羅袍兒
4-62-91	同上	死後眾妾尋衣	丁香色雲綢粧花衫
3-43-69	春梅、迎春、玉簫、蘭香（婢）	吳月娘因結親會見喬太太	大紅粧花緞子襖兒
5-96-372	龐春梅（婢）	至西門家	綠遍地錦粧花襖兒
3-45-103	李桂姐（妓）	西門慶打發她早去	紫丁香色潞州綢粧花肩子對襟襖兒
4-69-300	林氏（王昭宣妻）	西門慶拜見	沈香色遍地金粧花緞子鶴氅

由上表可看出使用粧花為服飾者多為妻妾，並且多在喜慶時穿著。除了第四十一回四位受寵奴婢曾穿著外，其餘不見奴婢使用。

二、 織金

織金是在絲織品上加入金線而成的特殊織物，元代稱之爲「納石矢」。宋元以來較爲流行，元代織金錦緞原作爲官服之用，[43]後來多用於貴族的服飾。明清多用作衣服的鑲邊，明代以扁金線，即片金爲主，使織物較有光澤，但是不牢固。發展到後來，有稱爲遍地金或遍地錦的，則是在花紋的部份使用片金，給人華麗的感覺，亦多用於貴族服飾。在《金瓶梅》中的使用情形如下：

編號	姓名（身份）	場合	服飾名稱
2-40-532	吳月娘（正室）	西門慶裁衣	大紅緞子遍地金通袖麒麟補子襖兒、玄色五彩金遍邊葫蘆樣鸞鳳穿花羅袍、沈香色粧花補子遍地錦羅襖兒、大紅遍地錦袍兒、大紅遍地錦五彩粧花通袖襖、翠藍寬拖遍地金裙
3-43-67	同上	因結親會見喬太太	大紅五彩遍地錦百獸朝麒麟緞子通袖襖兒
4-75-538	同上	至應伯爵家吃滿月酒	紗綠遍地金裙
5-96-373	同上	龐春梅來訪	翠藍緞子織金拖泥裙
3-52-304	西門慶眾妾	眾人送薛姑	鵝黃縷金挑線紗裙子

[43] 明・宋濂等奉敕撰，《元史》（北京：中華書局，1995.3），卷 78，〈輿服一〉，頁 1938：「百官質孫，冬之服凡九等，大紅納石矢一，……夏之服凡四等：素納石矢一……。」

		子返家	
4-75-538	同上	至應伯爵家吃滿月酒	銀紅織金緞子對襟襖
4-75-548	同上	赴家宴	紫丁香色織金裙子
1-7-149	孟玉樓(三妾)	夫死，薛嫂引見西門慶	鵝黃縷金挑線紗裙子
2-27-162	潘金蓮(五妾)	與西門慶花園相遇	密合色挑線穿花鳳縷金拖泥裙子
3-48-180	同上	抱官哥兒	銷金衫兒
1-14-326	李瓶兒(六妾)	潘金蓮生日	藍織金裙
1-20-473	同上	新婚早晨向吳月娘請安	大紅遍地金對襟羅衫兒
2-27-162	同上	花園中與西門慶澆花相遇	花鳳縷金拖泥裙子
4-62-91	同上	死後，眾妾尋衣	大紅緞遍地錦襖兒、柳黃遍地金裙
3-41-3	春梅、迎春、玉簫、蘭香（婢）	西門慶裁衣	大紅緞子織金對襟襖、大紅遍地錦比甲
3-42-26	同上	李瓶兒生日	遍地錦比甲、翠藍織金裙
3-43-69	同上	因結親會見喬太太	藍織金裙
5-89-197	龐春梅（婢）	至永福寺替	翠藍縷金寬欄裙子

		潘金蓮上香	
5-96-375	同上	至西門家	紫丁香色遍地金裙
4-69-300	林氏（王昭宣妻）	西門慶拜見	沈香色遍地金粧花緞子鶴氅
4-78-734	藍氏（何千戶妻）	潘金蓮生日	翠藍遍地金裙

織金的使用於前述粧花的使用一樣，都是身分地位較高的妻妾或受寵的奴婢在喜慶宴會時所穿。明代織金的技術多達三十三種之多，[44]在《金瓶梅》中出現的有盤金、縷金、銷金等類。盤金是將金線盤繡在織物上；縷金是是在織物上繡金線為裝飾，如第七回孟玉樓穿的「鵝黃縷金挑線紗裙子」，第二十七回潘金蓮穿的「密合色挑線穿花鳳縷金拖泥裙子」等。銷金是將金塊磨成粉末，用來染色或在衣物上繪圖，例如第四十八回中潘金蓮穿的「銷金衫兒」等。

第三節　毛皮類

與前述各類織物相比，毛皮最為厚實，因此以毛皮製成的服飾適合在冬季天冷時穿戴。按《天工開物》的說法：

凡取獸皮製服，統名曰裘。貴至貂、狐，賤至羊、麂，值

[44] 回顧，《中國絲綢紋樣史》，（遼寧：黑龍江出版社，1990.11），頁 167-168

分百等。[45]

又說：

一貂之皮，方不盈尺，積六十餘貂，僅成一裘。服貂裘者，立風雪中更煖，於宇下眯人目中拭之即出，所以貴也。[46]

可見貂皮既保暖又貴重。最常出現的毛皮即是貂鼠皮，貂鼠的顏色有許多種，黑色叫黑貂、紫色叫紫貂、白色叫銀貂或銀鼠等。這種貂鼠的毛皮又輕又軟，是十分珍貴的衣料。

在本論文第一章第一節中已對臥兔兒做了詳細的討論，因此本節便不再贅述。其餘毛皮服飾在《金瓶梅》中的使用情形如下：

編號	姓名（身份）	場合	小說原文
1-15-341	吳月娘（正室）	爲李瓶兒祝壽	大紅粧花通袖襖兒，貂鼠皮襖
2-24-76	同上	元宵宴席	大紅遍地金通袖袍兒，貂鼠皮襖
4-75-548	同上	赴家宴	穿著銀鼠皮，披藕金緞襖兒
同上	眾妾	同上	貂鼠皮襖，白綾襖兒

[45] 《天工開物》，卷上，〈乃服〉，頁 71
[46] 《天工開物》，卷上，〈乃服〉，頁 72

同上	孫雪娥（四妾）	同上	原來月娘見金蓮穿著李瓶兒皮襖（貂鼠皮襖），把金蓮舊皮襖與了孫雪娥穿了。
2-23-64	宋惠蓮（婢）	西門慶留宿宋惠蓮	蓋著一件貂鼠禪衣
4-78-734	林氏（王昭宣妻）	潘金蓮生日	白綾襖兒，貂鼠披襖

由搭配的服飾來看，毛皮所搭配的服飾多半爲價值較高的質料，如緞、綾、粧花緞、遍地金等。由穿著者的身份來看，毛皮大多是地位較高的人物所穿著，例如吳月娘、西門慶眾妾、林氏等。《明史》也記載著毛皮的使用限制：

> 正德元年，禁商販、僕役、倡優、下賤，不許服用貂裘。[47]

可見地位下賤的人是不能以毛皮爲服飾的。至於偶有奴婢也穿戴毛皮，也是爲了陪襯主人的身份地位，並非任意逾越嚴格的等級限制。例如上述宋惠蓮因受到西門慶的寵愛而蓋著「貂鼠禪衣」。

[47] 《明史》，卷 67，〈輿服三〉，頁 1650

第四節 小結

由以上的考察可以發現，明代由於棉紡織業、絲織業發展的普遍與進步，爲人們帶來了豐富多樣的服飾質料。再加上紡織工具與紡織技術的高度發展，爲人們創造了各種各樣前所未有的織物，如粧花、織金的紗、綢、緞、錦等。而《金瓶梅》中的女性服飾正反映出當時織造業蓬勃的發展，並且可從服飾的質料看出穿著者的身份地位，其特點如下：

首先談到的是棉麻類的使用。在明代，麻、棉布的使用十分普及，而棉布有逐漸取代麻布的趨勢。麻布多作爲喪事之用，例如白色孝髻、孝布麻裙等。其它使用棉、麻布者多爲奴婢之類，冬天穿棉布，而夏天則穿透氣性佳的麻布。

其次是絲類的使用。由於織造技術的進步，使得絲類織物更加多元化發展。從上面的分析討論中發現，在《金瓶梅》中使用絲類服飾的情形十分普遍，但是因爲身份地位或時機場合的不同，因此使用的質料也大不相同。

使用較爲普遍的有絹、綢兩類，上自妻妾，下至奴婢都可穿著，且多爲家常時所穿。使用上較有限制的是紗、綾、緞、羅以及錦等類：紗、羅因爲質地輕薄，所以多在夏季穿著；其他如綾、緞、錦質地較爲厚實，所以多適用於春、秋或冬季。這幾類絲織物因爲價格較爲昂貴，所以多爲妻妾等身分地位較高的女性所穿。至於受寵的奴婢，如龐春梅、如意兒及王六兒等人也會偶爾使用這些質料作爲服飾，但多爲喜慶宴會或特殊場合所穿。粧花或織金等特殊技術的絲織物也是如此。可見雖然同樣是絲類織物，在使用上還是會因爲身分地位或時機場合不同而有所選擇。

最後談到的是毛皮類的使用。毛皮較前面兩種織物厚實，因此多在冬季使用。有作爲臥兔兒使用的，也有作爲襖穿著的，是相當保暖的質料。而且穿著者多爲地位較高的女性，如吳月娘、林氏等，並且搭配質料較高貴的服飾一起使用，如綾、緞、妝花緞、織金錦等，並不見奴婢穿著。

但是妓女並不在上面的討論之列，她們並不受社會道德所規範，也不屬於西門慶家的一員，沒有妻妾、奴婢等身分地位的限制，所以她們的服飾質料並沒有一定的限制或規律。

第三章 《金瓶梅》女性服飾的色彩探討

當人們從遠處看見另一個人時，由於光的反射及視覺刺激，總是首先看到他身上的顏色，然後才注意到其他的細節。而服飾色彩的選擇雖然因人而異，但是也會因為時間、空間的轉移而出現不同的特性。

中國自古以來便對服飾的色彩有所規定，隋代是史書中記載最早以固定顏色來區別等級的，據《隋書》所載：

> （大興六年隋煬帝下詔）貴賤異等，雜用五色。五品以上，通著紫袍，六品以下，兼用緋綠，胥吏以青，庶人以白，屠商以皂，士卒以黃。[1]

說明服色不僅可以區分官員的品級，也用來區分百姓的職業。此時，紫色成了高級官員特有的服色，而白色代表庶民，黑色代表屠夫、商人，黃色代表士卒。很明顯的，在當時可由一個人的服色看出他的身份地位。唐代以前，認為「正色」是尊貴的顏色，而「間色」則是較為卑微的顏色。「正色」指的是黑、白、黃、青、赤五色，「間色」則是由正色混合而成的顏色。[2]據《中國衣

---

[1] 唐・魏徵等撰，《隋書》（北京：中華書局，1995.3），卷 9，〈禮儀七〉，頁 279

[2] 漢・鄭玄注、唐・孔穎達疏，《禮記》，（《十三經注疏本》，台北：藝文印書館，1977.4），卷 29，〈玉藻〉，頁 533：「正謂青、赤、黃、黑、白，五方正色也。不正曰五方間色也，綠、紅、碧、紫、騮黃是也。正色者，青、赤、黃、白、黑，五方之正色也。木青克土黃，故綠色，青黃，為東方之間色。火赤克金，故紅色，赤白，為南方之間色。金白克木青，

冠服飾大辭典》所載，正色及間色在服飾上的用途各異：

> 古時重正色而輕間色，正色用於上衣，間色用於下裳；正色用於表，間色用於裡。[3]

但宋代的官服卻出現紫、緋、綠等間色。宋・朱熹在《朱子語類》中對此現象有所解釋，他說：

> 今朝廷服色三等，乃古間服，此起於隋煬帝時。然當時亦只是做戎服，當時以巡幸煩數，欲就簡便。故三品以上服紫，五品服緋，六品以下服綠。……只從此起，遂為不易之文。[4]

他也認爲以服色區別官品起於隋代，雖然當時的官服雖爲間色，但是因爲便於區分官品而沿用至今。在這樣的社會中，色彩是區別身份的一種標誌，某些色彩是貴族或有官位的人才能使用的；而另一些則是平民的色彩。因此長期以來人們的心中自然有一個服色的等級觀念，用以辨別尊卑貴賤。到了明初，對於服色也有

故碧色，青白，為西方之間色。水黑克火赤，故紫色，赤黑，為北方之間色。土黃克水黑，故騮黃之色，黃黑色，中央之間色也。」可知間色乃是相對於正色而言，由青、赤、白、黑、黃五種正色調和而成的綠、紅、碧、紫及騮黃五種顏色。

[3] 周汛、高春明編，《中國衣冠服飾大辭典》(上海：上海辭書出版社，1996.12)，頁 553

[4] 宋・黎靖德編，《朱子語類》(據中央圖書館藏明成化九年江西藩司覆刊宋咸淳六年導江黎氏本影印，台北：正中書局，出版年不詳)，卷 91，〈禮八・雜儀〉，頁 3689-3690、3694

所限制。《明史》云：

> 洪武三年，庶人初戴四方巾，改四方平定巾，雜色盤領衣，不許用黃。[5]

此後，對於服色的限制也越來越嚴格。不只是對服色有所限制，甚至嚴格禁止用象徵皇權的黃色。《明史》云：

> （洪武）五年令民間婦人禮服惟紫絁，不用金繡，袍衫止紫、綠、桃紅及諸淺淡顏色，不許用大紅、鴉青、黃色，帶用藍絹布。[6]

是說民間女性就算是禮服也只能穿著紫、綠、桃紅等間色及其他淺色服飾，不得任意使用紅、青、黃等正色。其他又如：

> （洪武二十四年）官吏衣服、帳幔，不許用玄、黃、紫三色。[7]

以及：

> （弘治十七年）因言服色所宜禁，曰：「蟒、龍、飛魚、斗牛，'本在所禁，不合私織。間有賜者，或久而敝，不宜

[5] 清．張廷玉等編，《明史》（北京：中華書局，1995.3），卷 67，〈輿服三〉，頁 1649

[6] 《明史》，卷 67，〈輿服三〉，頁 1650

[7] 《明史》，卷 67，〈輿服三〉，頁 1638

> 自織用。玄、黃、皂乃屬正禁，及柳黃、明黃、薑黃諸色、亦應禁之。」……然內官驕恣已久，積習相沿，不能止也。[8]

不只是代表皇帝的黃色不可使用，連柳黃、明黃、薑黃等色也在禁止之列。明代對於服制的釐定，用了二十多年的時間，從洪武二十六年確定主要服裝之後，數百年間沒有多大的改變。例如前述禁用的顏色，規定一直很嚴格，直到萬曆以後，禁令才逐漸鬆弛。

除了受到政治的影響之外，服色也會因爲穿著者年齡而有所改變。清・李漁《閒情偶寄》云：

> 記予兒時所見，女子之少者，尚銀紅、桃紅，稍長者，尚月白。未幾，而銀紅、桃紅，皆變大紅，月白變藍，再變則大紅變紫，藍變石青。[9]

這說明了年齡不同，對服色的喜好也有所不同。紅色系由銀紅、桃紅變爲大紅，再變爲紫色；而青色系則由月白變爲藍，再變爲石青。

其次，穿著者的膚色也會影響到服飾色彩。一般來說，膚色

---

8 《明史》，卷 67，〈輿服三〉，頁 1647

9 清・李漁，《閒情偶寄》(台北：長安出版社，1979.9)，卷 2，〈修容〉，頁 143

較白的穿著者在爲自己的穿著進行選擇時，正如同在一張白紙上作畫，任何顏色都可以畫在上面，不用多加考慮穿哪一種顏色的衣服。這點李漁《閒情偶寄》也談到了，他說：

> 面顏近白者，衣色可深可淺；其近黑者，則不宜淺，而獨宜深。[10]

又說：

> 大約面色之最白最嫩與體態之最輕盈者，斯無往而不宜。色之淺者，顯其淡，色之深者，愈顯其淡。衣之精者，形其嬌，衣之麗者，愈形其嬌。[11]

此處也談到面色、體型與服色的對應關係，面色越白、體型越嬌小者，越適合各色各樣的服飾。

除此之外，社會的經濟及手工業生產因素也是原因之一。明代對於織物的染色，分工極細。明・宋應星在《天工開物》中對明代染料生產及染色技術做了十分詳盡的記載，其中所記載的染料有：紅花、蘇木、黃檗（木）、盧木、蓮子、槐花、楊梅皮、青樊棓子、莧藍（葉）、栗殼、菘藍（葉）、蓼藍（葉）、馬藍（葉）、木藍（葉）等十四種植物，其中有從花提煉出色素的，也有從葉、木、子、皮或殼提煉出色素的。由這些染料分別可以製造出下面

---

[10] 《閒情偶寄》，卷 2，〈修容〉，頁 142

[11] 《閒情偶寄》，卷 2，〈修容〉，頁 142

幾種顏色，分別是：

一、紅色系：大紅、蓮紅、桃紅、銀紅、水紅色、木紅色。
二、青色系：大紅官綠色、豆綠色、草豆綠色、油綠色、天青色、葡萄青色、蛋青色、翠藍色、天藍色、包頭青色、毛青布色。
三、黃色系：赭黃色、鵝黃色、金黃色、茶褐色。
四、其他：玄色、月白、草白、象牙色、藕褐色、紫色等二十七色。[12]

在《大明會典》中也有類似詳盡的記載。[13]而且當時對染色業的分工極細，在《木棉譜》中有載：

> 染工有藍坊，染天青、淡青、月下白。紅坊染大紅、露桃紅。漂坊染黃糙為白。雜色坊染黃、綠、黑、紫、古銅、水墨、血牙、駝絨、蝦青、佛面青等。[14]

可見明代對於染料及染色技術已有了相當成熟的發展，所以在服飾色彩的表現上，就更爲多采多姿了。以下便以《金瓶梅》女性服飾中最常出現的紅、白、青三色系爲例，討論明代服飾的色彩

---

[12] 參見明・宋應星，《天工開物》（台北：中華叢書委員會，1955.7），卷上，〈彰施〉，頁 101-102
[13] 明・李東陽等撰，《大明會典》（台北：東南書報社，出版年不詳，乃萬曆十五年李司監本），卷 201，〈織造〉，頁 2703
[14] 明・褚華，《木棉譜》（收於《百部圖書集成》，台北：藝文印書館，1968.2），頁 10

問題。

第一節 紅色系

據《中國衣冠服飾大辭典》「紅」條云：

紅顏色之統稱。包括大紅、深紅及淺紅。[15]

紅色在中國是十分討喜且貴重的顏色，婚禮、宴會等都穿紅色的衣服以顯喜氣。清·陳丁佩《繡譜》有載：

顏色中極絢爛者，惟紅是也，極貴重亦惟紅。萬綠叢中一點紅，能令諸色增麗。[16]

正說明紅色的炫麗及貴重。另外有趣的是明代皇帝姓朱，朱即紅色，[17]而且《明史》中有載「今國家承元之後，取法周、漢、唐、宋，服色所尚，於赤爲宜」，[18]而且在明代的服制中，紅色乃命婦的服色，禁止一般平民穿著，[19]可知紅色服飾在明代有相當重要

---

15 《中國衣冠服飾大辭典》，頁 554

16 清·陳丁佩，《繡譜》（台北：世界書局，1982.4），卷 4，〈辨色，頁 238-239〉

17 《繡譜》，頁 239：「朱與紅有別，今則悉呼為紅，故不另判為一色矣。」

18 《明史》，卷 67，〈輿服三〉，頁 1634

19 明代對紅色服飾的規定於《明史》中有載如下，首先是對命婦的規定：「皇后常服，洪武……四年更定，龍鳳珠翠冠，真紅大繡衣霞被，紅羅長裙，紅褙子。」（卷 66，〈輿服二〉，頁 1622）又如：「洪武五年更定品官命婦冠服，一品，……大袖衫，用真紅色。」（卷 67〈輿服三〉，頁

的意義。然而在《金瓶梅》一書中，出現紅色服飾的次數最多，而均有相當特別的意義，茲分析如下：

（1） 妻（吳月娘）

編號	場合	服飾名稱
1-14-331	潘金蓮生日	大紅緞子襖
1-15-341	李瓶兒生日	大紅粧花通袖襖
2-21-3	燒香祝禱	大紅潞綢對襟襖
2-24-76	元宵宴席	大紅遍地金通袖襖
2-40-532	西門慶裁衣	大紅通袖遍地錦袍兒、大紅遍地錦五彩粧花通袖襖、大紅緞子遍地金通袖麒麟補子襖兒、大紅金枝綠葉百花拖泥裙
3-43-67	因結親會見喬太太	大紅五彩遍地錦百獸朝麒麟緞子通袖袍兒
5-91-249	孟玉樓出嫁	大紅通袍兒

（2） 妾

編號	姓名（身份）	場合	服飾名稱
2-4-532	李嬌兒、孟玉樓、潘金蓮、李瓶兒	西門慶裁衣	大紅五彩通袖粧花錦雞緞子袍兒
4-75-538	李嬌兒、孟玉樓、孫雪娥、潘金蓮	至應伯爵家吃滿月酒	銀紅織金緞子對襟襖兒

1643）」至於對平民的規定則是：「（洪武）五年令民間婦人……不許用大紅、鴉青、黃色。」（卷 67，〈輿服三〉，頁 1650）

1-11-231	孟玉樓、潘金蓮	園中下棋	銀紅比甲
1-7-149	孟玉樓（三妾）	夫死，薛嫂引西門慶相見	大紅粧花寬欄裙
5-91-247	同上	嫁李衙內	大紅通袖袍兒
1-3-44	潘金蓮（五妾）	與西門慶相見	桃紅裙子
1-15-344	同上	李瓶兒生日	大紅遍地金比甲
2-28-183	同上	西門慶至潘金蓮房中	紅紗抹胸兒
2-29-225	同上	房中	紅綃抹胸兒
2-40-525	同上	假扮丫鬟	大紅織金襖兒
3-56-436	同上	西門慶與妻妾花園嬉戲	銀紅縐紗白絹裡對襟衫子
5-87-149	同上	嫁武松	紅衣服
1-19-452	李瓶兒（六妾）	嫁西門慶	大紅衣服
1-20-473	同上	新婚隔日向吳月娘請安	大紅遍地金對襟羅衫兒
1-20-479	同上	吃會親酒	大紅五彩通袖羅袍兒
2-25-100	同上	打鞦韆	大紅底衣
4-62-89	同上	病死	紅綾抹胸兒
4-62-91	同上	死後，眾妾尋衣	大紅緞遍地錦襖兒、大紅小衣兒
4-63-111	同上	死後畫像	大紅通袖五彩遍地金袍兒
4-63-118	同上	喪服	大紅粧花袍兒

4-78-716	同上	死後肖像	大紅遍地金袍兒

（3） 婢

編號	姓名	場合	服飾名稱
2-22-38	宋惠蓮	孟玉樓生日	紅綢對襟襖
2-23-73	同上	買梅花	紅潞綢膝褲
2-24-83	同上	元宵賞燈	綠閃紅緞子對襟襖兒
2-25-101	同上	打鞦韆	大紅潞綢褲兒
3-41-3	春梅、迎春、玉簫、蘭香	央西門慶裁衣	大紅遍地金比甲（春梅）、大紅緞子織金對襟襖
3-42-26	同上	李瓶兒生日	大紅緞袍、大紅遍地金比甲（春梅）
3-43-69	同上	因結親會見喬太太	大紅粧花緞襖兒
2-29-220	龐春梅	吳神仙算命	桃紅裙子
2-29-223	同上	西門慶叫她提一壺湯	桃紅夏布裙子
3-41-3	同上	央西門慶裁衣	大紅遍地錦比甲
3-46-120	同上	元宵夜	大紅遍地金比甲
5-86-111	同上	賣至周守備家	紅緞襖兒
5-89-197	同上	至永福寺替潘金蓮上香	大紅粧花襖兒
5-96-372	同上	西門慶三週年忌	大紅通袖四獸麒麟袍兒

5-97-415	同上	陳經濟大婚	通袖大紅袍兒
2-24-87	賁四嫂	眾人賞燈返家見她	紅襖
4-65-170	賁四嫂之女	定親，向西門慶磕頭	大紅緞襖兒

（4） 妓

編號	姓名	場合	服飾名稱
1-12-253	李桂姐	西門慶至妓家	紅衫
1-15-353	同上	同上	紅羅裙子
4-74-492	同上	送禮	大紅對襟襖兒
2-32-288	玉釧兒	李桂姐拜吳月娘爲娘，眾歌至西門家	大紅紗衫
4-68-272	鄭愛月兒	妓家	紅潞紬底衣

（5） 其他

編號	姓名（身份）	場合	服飾名稱
4-69-300	林氏（王昭宣妻）	西門慶拜見	大紅官錦寬欄裙子
4-72-414	同上	同上	大紅通袖袍兒
4-78-693	同上	同上	大紅通袖襖兒
4-78-734	同上	潘金蓮生日	大紅裙
4-79-739	同上	吳月娘夢見	大紅絨袍兒
4-78-731	藍氏（何千戶妻）	潘金蓮生日	大紅通袖五彩粧花四獸麒麟袍兒
4-78-734	同上	同上	大紅遍地金貂鼠皮襖

5-91-247	大姨（孟玉樓大姨）	孟玉樓出嫁	大紅粧花袍兒

在《金瓶梅》中所出現紅色系的服飾共有大紅、銀紅及桃紅等三種色彩。其中以大紅色最常出現，按《中國衣冠服飾大辭典》所載，大紅色指的是「以紅花、烏梅及鹼水等染成」的「鮮豔的紅色」。[20]又明・宋應星《天工開物》對大紅色的說明如下：

> 大紅色：其質紅花餅一味，用烏梅水煎出，又用鹼水澄數次，或稻槁灰代鹼，功用亦同。澄得多次，色則鮮甚。[21]

所以大紅色是顏色鮮豔的紅色。在《金瓶梅》中多爲妻妾所穿，例如第十四回吳月娘穿「大紅緞子襖」，第十五回穿「大紅粧花通袖襖」等，其使用情形均有十分特殊的意義，因此留待下文詳細分析。

至於銀紅色，按《中國衣冠服飾大辭典》所載，銀紅色指的是「以紅花汁淺染而成，猶今之淺紅。其色較桃紅爲淺」。[22]又明・宋應星《天工開物》在大紅色之後列舉了紅色系諸色，其說明如下：

> 蓮紅、桃紅色、銀紅、水紅色：以上質亦紅花餅一味，淺深分兩，加減而成，是四色皆非黃繭絲所可為，必用白絲

---

[20] 《中國衣冠服飾大辭典》，頁 554
[21] 《天工開物》，卷上，〈彰施〉，頁 101
[22] 《中國衣冠服飾大辭典》，頁 557

> 方現。[23]

說明這些顏色要染在白色絲上，顏色才會明顯。在《金瓶梅》中只出現過三次，第十一回孟玉樓、潘金蓮穿的是「銀紅比甲」，第五十六回潘金蓮穿的是「銀紅縐紗白絹裡對襟衫子」，第七十五回眾妾穿的是「銀紅織金緞子對襟襖兒」等。

由上面所引的說明可知桃紅色則是介於大紅色、銀紅色中間的顏色。在《金瓶梅》中只出現過二次，都是龐春梅所穿，在第二十九回中她穿的是「桃紅裙子」及「桃紅夏布裙子」。銀紅色及桃紅色在明代都是年輕女性所穿著的顏色，據清・李漁《閒情偶寄》所載：

> 記予兒時所見，女子之少者，尚銀紅、桃紅，稍長者，尚月白。未幾，而銀紅、桃紅，皆變大紅，月白變藍，再變則大紅變紫，藍變石青。[24]

可見年紀不同對服飾色彩的喜好也不相同，年輕女性喜穿銀紅、桃紅，稍長的女性則喜穿大紅色及紫色。以下便對《金瓶梅》中紅色服飾使用的情形作一分析：

一、表現身份與地位

首先，可以看到西門慶正室吳月娘的出場多著紅衣。第十四

---

[23] 《中國衣冠服飾大辭典》，頁 102

[24] 《閒情偶寄》，卷 2，〈修容〉，頁 143

回潘金蓮生日時，吳月娘穿的是「大紅緞子襖」，而壽星潘金蓮穿的不過是「丁香色」的襖兒；第十五回描寫西門慶家舉辦元宵酒席時，吳月娘到獅子街燈市李瓶兒新家爲之祝壽時，穿的是「大紅粧花通袖襖」，其他妾穿的是「白綾襖兒，藍緞裙」，配上「沈香色」及「綠」色比甲。諸位妻妾無不極盡所能打扮自己，但在服色方面，很明顯地可以看出身份地位之差異。

此外，第二十四回元宵宴席，吳月娘穿的是「大紅遍地金通袖襖兒」，而眾妾穿的是「白綾襖兒」；第四十回西門慶爲眾妻妾裁衣時，吳月娘所得到的各式服飾都是大紅色的，有「兩套大紅通袖遍地錦袍兒」、「一件大紅遍地錦五彩粧花通袖襖」、「一套大紅緞子遍地金通袖麒麟補子襖兒」以及「大紅金枝綠葉百花拖泥裙」，而其他李嬌兒、孟玉樓、潘金蓮、李瓶兒則只有一件「大紅五彩通袖粧花錦雞緞子袍兒」，至於孫雪娥「只是兩套，就沒與她袍兒」，因此根據身份的不同，所得到的紅衣件數也不同了。

其他如第四十三回吳月娘因與喬太太結爲親家，當她去見喬太太時穿的是「大紅五彩遍地錦百獸朝麒麟緞子通袖袍兒」；第九十一回孟玉樓出嫁時，吳月娘穿的也是「大紅通袖袍兒」等。

李福清在《李福清論中國古典小說》一書中談到，吳月娘穿著紅衣可能是和她在小說中起的象徵作用有關，他說：

> 月娘穿紅衣裳可能與她是富家裡的大太太和她在小說中起的象徵作用有關。紅色是生命的顏色，難怪在舊中國新娘定是要穿紅衣裳，同時還認為紅色可以驅魔，要知道，恰恰是月娘在西門慶死去的那一天給他生下了一個繼承

人。[25]

在《金瓶梅》中妻妾同時出現時，吳月娘多穿著紅衣，正如同她在西門慶家中的正室地位一般，是較爲突出、無可取代的，而且多半藉由眾妾較爲淺淡的服色來加以襯托。

除了在重要場合穿著紅衣之外，這同時也是炫耀富貴的一種表現，第二十一回寫吳月娘在家吃齋上香時也是一襲「大紅潞綢對襟襖兒」，就算是身處家中，也要維持該有的身分和地位。除了正室之外，顯貴人家的女性也著紅衣，如第四十三回寫喬五指揮使之妻一喬五太太和吳月娘結親家時，「身穿大紅官袖袍兒」，雖然年約七旬，但紅衣更顯出她的雍容華貴；第七十二回王昭宣之妻林氏拜西門慶爲義父時，也穿「大紅通袖袍兒」；而第七十八回何千戶之妻藍氏至西門慶家喝酒時，身穿「大紅通袖五彩粧花四獸麒麟袍兒」，她們三人均是達官貴人之妻，再加上欣逢喜事[26]，因此更要穿著紅衣了。

二、僭越身分與地位

當女子的身分不是正室，卻見她穿著紅衣時，那便別有意涵了。如第十二回西門慶因爲「貪戀桂姐姿色，約半月不曾來家」，所以叫玳兒送衣服給李桂姐，送的是「紅衣藍裙」，在此處他將

[25] 李福清，《李福清論中國古典小說》(台北：洪葉文化事業有顯公司，1997.6)，頁 146

[26] 本節所做的分類方法並非絕對，所以此處也可歸為後面談到的「喜慶節日」一類。

大紅衣裳送給心愛女人。

其次，在第二十七回西門慶與妻妾嬉戲於自家花園，這時潘金蓮著「白銀條紗衫兒」,「不戴冠兒，拖著一窩子杭州攢翠雲子網兒，露著四鬢，額上貼著三個翠面花兒」，只是一付家常打扮；至於李瓶兒，則穿「大紅焦布比甲」，此處便以紅色服飾突顯出李瓶兒受寵的地位。隨後西門慶即得知李瓶兒懷孕的消息，著實欣喜若狂，更是加倍寵愛。在第二十九回潘金蓮見李瓶兒有張「螺鈿敞廳床」，便向西門慶也要了一張，只著「紅綃抹胸兒，蓋著紅紗衾」，躺在那床上，想引起西門慶的注意。不料，西門慶只惦記著渾身雪白的李瓶兒，如第二十九回所寫，西門慶一直盯著她「新做的兩隻大紅睡鞋」瞧。至於第六十二回寫到李瓶兒死時，「身上只著一件紅綾抹胸兒」，眾人爲她準備的的壽衣也是「大紅緞遍地錦襖兒」、「大紅小衣兒」、「紅花膝褲腿兒」及「大紅粧花袍兒」等各式齊全的紅衣裳。西門慶見到李瓶兒死時不但不避諱，反而撫著她的滿臉血漬，大聲哭號把聲音都哭啞了。諸如此類的描寫，都是藉由鮮明的紅色服飾突出李瓶兒的出場，足見她有多麼受西門慶的寵愛了。

前述正室與受寵之妾穿著紅衣，那麼奴婢爲何也有著紅衣出場的呢？如第四十一回龐春梅要西門慶爲她裁一件「大紅遍地錦比甲」，她又在第四十六回身穿「大紅遍地金比甲」參加元宵晚宴，龐春梅的身份只是一個小丫鬟，那裡需要穿大紅衣裳呢？要知道「春梅、玉簫、迎春、蘭香四個，是西門慶貼身答應得寵的姐兒」，尤其是龐春梅更是恃寵而嬌，也想得到和妻妾一般的地位，因此穿著紅衣。

三、喜慶節日

穿大紅衣裳最吸引人目光的，大概莫過於新嫁娘了。例如第二十回李瓶兒初嫁至西門慶家時，身穿「大紅衣服」，隔天向吳月娘請安時，也穿「大紅遍地金對襟羅衫兒」；過沒幾天正式請眾家親朋好友吃會親酒時，則身穿「大紅五彩通袖羅袍」。而第六十五回賁四嫂女兒要出嫁時也穿著「大紅緞襖兒」，第八十七回潘金蓮嫁給武松時「身穿紅衣服」，第九十一回孟玉樓嫁給李衙內時穿「大紅通袖袍兒」。

除了新娘之外，紅色也可表現喜氣洋洋的意味，例如參加生日宴會時眾多女性也多穿著紅衣出現，在第二十二回孟玉樓生日時宋惠蓮穿「紅綢對襟襖」出現。第十四回潘金蓮生日時，吳月娘穿著「大紅緞子襖」，林氏穿著「大紅裙」出現，藍氏穿著「大紅通袖五彩粧花四獸麒麟袍兒」。而第十五回李瓶兒生日時，吳月娘穿「大紅粧花通袖襖」，潘金蓮穿「大紅遍地金比甲」，連丫鬟春梅、迎春、玉簫、蘭香都穿著「大紅緞袍」及「大紅遍地金比甲」出現。

其他如第七十四回李桂姐送禮至西門慶家時「穿著大紅對襟襖兒」，第七十八回西門慶至王家拜年，林氏穿「大紅通袖袍兒」；第九十七回春梅為義弟陳敬濟娶妻時穿「通袖大紅袍兒」。紅衣也可作為送禮的好東西，如第三十五回潘金蓮便送了吳大妗子一襲「大紅衫子」。

因此在喜慶宴會時眾多女性都喜歡穿著紅色服飾出現。

四、其他

至於出現紅衣的其他場合，較值得一提的是在第三十五回書童應西門慶要求之下男扮女裝，於是穿了一件「大紅對襟絹衫兒」，並且在頭上插了「四根銀簪子，一個梳背兒」，「面前一件仙子兒，一雙金鑲假青石墜子」，十足女性打扮，同時爲了西門慶的喜好而穿著紅衣。而第四十回金蓮扮丫鬟時也穿「大紅織金襖兒」，她扮丫鬟也是爲了取悅西門慶。

第二節　白色系

按《中國衣冠服飾大辭典》所載「白」條云：

> 白色，通常用織物本色，也有用鉛粉、白雲母等礦物質顏料印繪者。[27]

所以白色通常指的是織物未經染印的本色，而白色服飾在《金瓶梅》中的使用情形如下：

（1）妻（吳月娘）

編號	場合	服飾名稱
4-75-581	動了胎氣，任醫官來診	白對襟襖兒
4-78-688	拜見吳大舅	白綾對襟襖兒

[27] 《中國衣冠服飾大辭典》，頁 573

5-96-373	龐春梅來訪	白綾襖

（2）妾

編號	姓名（身份）	場合	服飾名稱
2-24-75	李嬌兒等妾	元宵宴席	白綾襖兒
2-24-82	同上	元宵賞燈	同上
3-52-304	同上	眾人送薛姑子返家	白銀條對襟衫兒
4-75-548	同上	赴家宴	白綾襖兒
1-15-341	李嬌兒（二妾）	李瓶兒生日	同上
1-11-231	孟玉樓、潘金蓮（三、五妾）	園中下棋	白紗衫兒
1-15-341	孟玉樓（三妾）	李瓶兒生日	白綾襖兒
4-78-689	同上	吳大舅來訪	同上
1-3-77	潘金蓮（五妾）	與西門慶相見	白夏布衫兒
1-15-344	同上	李瓶兒生日	白綾襖兒
1-19-437	同上	花園遇西門慶	白碾光絹挑線裙子
2-27-162	同上	同上	白銀條紗衫兒
2-34-344	同上	夜晚回家拜見吳月娘	白碾光絹一尺寬攀枝耍娃挑線裙子
3-56-436	同上	西門慶與妻妾花園嬉戲	白杭絹畫拖裙子
4-78-689	同上	吳大舅來訪	白綾襖兒

1-13-288	李瓶兒（六妾）	西門慶至花家，花子虛不在	白挑線鑲邊裙
1-14-326	同上	潘金蓮生日	白綾襖兒
2-27-162	同上	花園遇西門慶	白銀條紗衫兒
4-62-73	同上	病危時送馮媽媽	白綾襖
4-62-91	同上	死後，眾妾尋衣	白綾襖、白綢子裙
4-67-234	同上	西門慶夢見	白絹裙
4-67-237	同上	喪服	白綾襖
4-71-374	同上	托夢給西門慶	素白舊衫

（3） 婢

編號	姓名	場合	服飾名稱
2-24-83	宋惠蓮	元宵賞燈	白挑線裙子
2-29-220	龐春梅	吳神仙算命	白挑線衫兒
3-41-3	同上	央西門慶裁衣	白綾裙
3-46-120	同上	元宵夜	白綾襖子
3-42-32	王六兒	李瓶兒生日	白挑線絹裙
3-50-236	同上	李嬌兒生日	白腰挑線單拖裙子
4-61-3	同上	韓氏夫婦宴請西門慶	白杭絹對襟襖兒
4-74-486	如意兒	房中	白布裙子
4-65-170	賁四嫂、	女兒定親，帶她向西門慶磕頭	白絹裙子

（4） 妓

編號	姓名	場合	服飾名稱
1-15-353	李桂姐	西門慶來妓家	白綾對襟襖兒
3-45-103	同上	西門慶打發她早去	白碾光絹五色線挑的寬欄裙子
3-58-491	鄭愛月兒	西門慶會見薛、劉二公公	白紗挑線裙子
3-59-532	同上	西門慶至鄭家	白藕絲對襟仙裳
4-63-121	同上	弔喪	白雲絹對襟襖兒
4-77-645	同上	西門慶至鄭家	白綾襖兒
4-67-124	院裡三個姐兒	西門慶請她們來家唱歌	白綾對襟襖兒
4-68-263	吳銀兒	西門慶來妓家	白綾對襟襖兒

（5） 其他

編號	姓名（身份）	場合	服飾名稱
4-69-300	林氏（王昭宣妻）	西門慶來拜見	白綾寬綢襖兒
4-78-734	同上	潘金蓮生日	白綾襖兒

傳統的服飾由兩個系統組成，「一個是在重大禮儀場合所穿的典禮服飾；一個是在日常生活中所穿的普通服飾」。[28]前者較爲繁複華麗，後者較爲簡單樸素，所以穿著者會因爲所屬的時機場合而選擇適合的服飾。據此，我們可將服飾的穿著時機分爲「常」與「非常」兩類，「常」是一般日常生活，而「非常」則是指日

[28] 李雲，《髮飾與風俗》（上海：上海文化出版社，1997.9），頁106-107

常生活以外的特殊節日或時機，可分爲祭服、禮服及喪服。[29]然而《金瓶梅》中並沒有出現祭祀的場面，因此本節將白色衣服依穿著時機分爲常服、禮服及喪服三類。

一、常服

常服即日常生活中所穿的服飾。如第三回賣茶的王婆引見西門慶和潘金蓮時，潘金蓮身上只是「白布衫兒」；第十一回潘金蓮、孟玉樓在家下棋，服飾極爲簡單，兩人也是身穿「白紗衫兒」，一付家常打扮；在第十五回中，元宵佳節西門慶至李桂姐家，只見她「家常挽著一窩絲，杭州攢金縷絲釵，翠梅花鈿，珠子箍兒，金籠墜子，上穿白綾對襟襖兒」；第二十七回潘金蓮、李瓶兒在自家花園嬉戲，穿的是「白銀條紗衫兒」，和前述李桂姐髮式一樣，也是「一窩子杭州攢翠雲子網」，不做繁複的髮髻，只是隨意的挽起來而已。至於第二十九回算命先生爲龐春梅算命時，也是一付平常打扮，身穿「白挑線衫兒」。其他小丫頭如第五十回金兒、賽兒身穿「洗白衫兒」，一副普通模樣。

二、禮服

第二十四回元宵節賞燈，眾女性皆穿「白綾襖兒遍地金比甲」，此處衣裳的質料明顯比家常服飾要來的貴重，而且眾人頭

[29] 參考李應強，《中國服裝色彩史理論》（台北：南天書局，1993.9），頁57-60。其中他對大禮服的分類法，書中將重大典禮分為吉禮（祭禮）、嘉禮（婚禮）和凶禮（喪禮）三種。

上皆是「珠翠堆滿」，華貴非凡。前述第四十一回西門慶裁衣時，龐春梅爲了參加西門慶邀請眾家娘子的宴會，向他要了一件「白綾襖兒」；第六十九回寫林氏壽宴時身穿「白綾寬袖襖兒」；又第七十八回西門慶家酒宴，林氏先離席，當時她也是身穿「白綾襖兒」，以展現其雍容華貴的氣質。而妓女鄭愛月兒在第五十九回的出現則是「上著白藕絲對襟衣裳，下穿紫綃翠紋裙，腳下露紅鴛鳳嘴鞋，步搖寶玉玲瓏」，則是整套華貴的裝扮。凡以華貴布料製成的白色服飾，在本書中多做爲禮服之用。

三、喪服

白色在古代屬於命運不濟的一種顏色，民間以「紅白之事」來形容婚喪，白色象徵素淨而寡欲，服白表盡哀，後爲喪事的代稱，如《史記》載荊軻刺秦王行前：

> 太子及賓客知其事，皆白衣冠以送之。[30]

作爲喪服者，例如在《金瓶梅》第十四回中雖然正值潘金蓮生日，但花子虛未過五七，身爲妻子的李瓶兒身穿「白綾襖兒」、頭綁「白紵布髻兒」，正是戴孝在身的裝扮。

除了孝服之外，陪葬、壽衣也多用白色，如第六十二回眾妻妾爲李瓶兒準備的壽衣有「新做的白綾襖」、「一件白綢子裙」及

[30] 漢・司馬遷，《史記》（北京：中華書局，1996.1），卷 86，〈刺客列傳〉，頁 2534

「白綾女襪兒」，十分完整。又第七十一回李瓶兒託夢給西門慶時的形象是「素白舊衫籠雪體」，身上穿的仍然是素白的衣服。而且在李瓶兒喪禮上，西門家奴婢都是「白唐巾、一件白直綴」。不只是西門家的人穿白色喪服，連在第六十三回中來弔喪的鄭家三名妓女都身著「白綾對襟襖兒」。更甚者，第六十八回西門慶至吳銀兒家喝酒，吳銀兒竟然「頭上戴著白縐紗𩮀髻」、「上穿白綾對襟襖兒」，西門慶聽到她爲李瓶兒戴孝不覺欣喜若狂。第九十六回西門慶三週年忌日中，正室吳月娘「亦盛粧，縞素打扮，頭上五梁冠兒，戴著稀稀幾件金翠首飾，上穿白綾襖」，雖是戴孝身分，卻不免淡淡裝飾一番，不失其身分。此外，第九十二回吳月娘因爲女兒被陳經濟逼的自縊身亡，她以五品官妻身分具狀上告，「身穿縞素，腰繫孝裙」。

第三節　青色系

《中國衣冠服飾大辭典》所載之「青」條：

> 俗謂靛青，藍色之屬，以蓼藍之葉練染而成。[31]

純粹青色服飾的描寫在《金瓶梅》一書中出現的次數較少，一般多是奴婢穿著的服飾。如第七十七回家僕來爵之妻惠元出場時，即身穿「青布披襖，綠布裙子」(4-77-660)；同回賁四嫂見西門慶時亦穿「青絹絲披襖」(4-77-665)。在唐宋時期青色官服

[31] 《中國衣冠服飾大辭典》，頁566

品位最低，[32]而青衣也多爲地位低下的人所穿，例如在《金瓶梅》在第四十三回中對喬五太太轎子所做的描寫爲「四名校尉抬衣箱、火爐，兩個青衣眾人騎著小馬後面隨從」，(3-43-67) 在此甚至成了衙役、奴僕的代稱。

《金瓶梅》中其他青色系的服飾還有玉色、蔥白色、豆綠色、沙綠色、柳綠色、鴉青色、綠色、黑青色、月白色、翠藍色、藍色等，十分多采多姿。以下分別舉例說明：

一、 玉色

按《中國衣冠服飾大辭典》所載，玉色是「介於青、白之間，猶今淡青」，[33]明清一般多用於女性家居所穿。如第二十四回賁四嫂穿的是「玉色裙」(2-24-87)，又在第七十七回穿「玉色綃裙子」(4-77-665)。王六兒在第三十七回穿的是「玉色裙子」(2-37-432)，又在第五十一回穿的是「玉色紗比甲兒」(3-50-236)，第六十一回穿的是「玉色水緯羅比甲兒」(4-61-3)。如意兒在第七十四回穿的是「玉色對襟襖兒」(4-74-486)，第七十五回穿的是「玉色綢子對襟襖兒」(4-75-527)，又在七十八回穿的是「玉色雲緞披襖兒」

---

[32] 宋・歐陽修等撰，《新唐書》(北京：中華書局，1995.3) 卷 24，〈車服〉，頁 1029：「以紫為三品之服，...緋為四品之服，...淺緋為五品之服，...深綠為六品之服，...淺綠為七品之服，...深青為八品之服，淺青為九品之服。」。又見元・脫脫等撰，《宋史》(北京：中華書局，1995.3)，卷 153，〈輿服五〉，頁 3561：「宋因唐制，三品以上服紫，五品以上服朱，七品以上服綠，九品以上服青。」

[33] 《中國衣冠服飾大辭典》，頁 568

（4-78-705）。第七十八回吳大舅來訪時，孟玉樓、潘金蓮穿的是「玉色挑線裙子」（4-78-689），吳月娘穿的是「玉色寬欄裙」（4-78-688）。可見玉色服飾大多是奴婢所穿，而妻妾偶爾也會穿。

二、 蔥白色

段玉裁《說文解字注》談到「淺青，俗所謂蔥白色」，故知蔥白色即淺青色。在《金瓶梅》中只出現過一次，第三十三回李瓶兒送給潘姥姥的是「蔥白綾襖兒」（2-33-311）。

三、 豆綠色

「豆綠色」是黃綠色，《天工開物》載豆綠色是「黃蘗水染，靛水蓋。今用小葉莧藍煎水蓋者，名草豆綠，色甚鮮」[34]，是說以黃蘗水染爲底色，再以藍靛水套染而成的顏色。如第五十六回潘金蓮穿的是「豆綠沿邊金紅比甲兒」（3-56-436）。

四、 沙綠色

又可稱爲「紗綠色」。按《中國衣冠服飾大辭典》所載，沙綠色「介於綠白之間，猶今粉綠」[35]。如第十四回吳月娘穿的是「沙綠綢裙頭」（1-14-331），又在第七十五回穿的是「沙綠遍地

[34] 《天工開物》，卷上，〈彰施〉，頁 102
[35] 《中國衣冠服飾大辭典》，頁 566

金裙」(4-75-538),第二十回李瓶兒穿的是「金枝線葉沙綠百花裙」,第六十八回吳銀兒穿的是「沙綠潞綢裙」(4-68-263)。僅見妻、妾、妓穿著,其餘並不見奴婢穿著。

五、 柳綠色

按《中國衣冠服飾大辭典》所載,柳綠色是「淺綠微黃,如新柳之色」[36]。如第五十六回吳月娘穿的是「柳綠杭絹對襟襖兒」(3-56-436)。

六、 鴉青色

按《中國衣冠服飾大辭典》所載,鴉青色是「深青,近似黑色。因與烏鴉之色相類,故名」[37]。如第五十六回孟玉樓穿的是「鴉青緞子襖兒」(3-56-436)。

七、 墨青色

按《中國衣冠服飾大辭典》所載,墨青是深青色。[38]見第六十八回吳銀兒穿的是「墨青素緞雲頭鞋兒」(4-68-263)。

---

36 《中國衣冠服飾大辭典》,頁 565

37 《中國衣冠服飾大辭典》,頁 569

38 《中國衣冠服飾大辭典》,頁 569

此外，《荀子》有云：「青，取之於藍，而青於藍」，[39]此爲成語「青出於藍」的出處，故在此也將藍色視爲青色系之一，《金瓶梅》中有藍色、月白色、翠藍色等，以下分別舉例說明：

一、月白色

按《中國衣冠服飾大辭典》所載，月白色是「以靛青水薄染而成，猶今之淺藍」[40]，而清・陳丁佩《繡譜》對此色的解釋爲「月白即三藍之淺者」。[41]《天工開物》載其色之染法爲「月白、草白二色，俱靛水微染，今法用莧藍煎水，半生半熟染」，[42]可見月白色乃淺藍色，如第五十六回李瓶兒穿的是「月白熟絹裙子」（3-56-436）。

二、翠藍色

淺青色，《天工開物》載其色之染法爲「翠藍、天藍，二色俱靛水分深淺」，[43]明清時多爲年輕女性服飾的色彩。如第七回孟玉樓穿的是「翠藍麒麟補子粧花紗衫」（1-7-149），第二十回李瓶兒穿的是「翠藍拖泥粧花羅裙」（1-20-473），第四十回潘金蓮穿的是「翠藍緞子裙」（2-40-525），第四十二回龐春梅等四丫鬟

---

[39] 清・王先謙，《荀子集解》（台北：藝文印書館，1977.2），卷1，〈勸學〉，頁105

[40] 《中國衣冠服飾大辭典》，頁570

[41] 《繡譜》，卷4，〈辨色〉，頁242

[42] 《天工開物》，卷上，〈彰施〉，頁102

[43] 《天工開物》，卷上，〈彰施〉，頁102

穿的是「翠藍織金裙」(3-42-26)，第七十二回林氏穿的是「翠藍拖泥裙」(4-72-415)，第七十八回藍氏穿的是「翠藍遍地金裙」(4-78-731)，第七十五回吳月娘穿的是「翠藍裙兒」(4-75-548)，龐春梅在第九十六回穿的是「翠藍十樣錦百花裙」(5-96-372)。因此可見翠藍色多爲妻妾等身分地位較高的女性所穿。

而《金瓶梅》女性的服裝中很令人注意的是「紅衣藍裙」的搭配方式。據統計共十三套，其出現情況如下：

編號	姓名（身份）	場合	小說原文
2-40-532	吳月娘（正室）	西門慶爲眾女眷裁衣	一套大紅緞子遍地金通袖麒麟補子襖兒，翠藍寬拖遍地金裙
4-75-538	李嬌兒、孟玉樓、孫雪娥、潘金蓮（妾）	至應伯爵家吃滿月酒	銀紅織金緞子對襟襖兒，藍緞子裙兒
5-91-247	孟玉樓（三妾）	出嫁	大紅粧花袍兒，翠藍裙
1-15-344	潘金蓮（五妾）	至李瓶兒壽宴	大紅遍地金比甲兒，藍緞裙
2-40-525	同上	打扮成丫鬟	大紅織金襖兒，翠藍緞子裙
1-20-473	李瓶兒（六妾）	早晨向吳月娘請安	大紅遍地金對襟羅衫兒，翠藍拖泥粧花羅裙
3-42-26	春梅、迎春、玉	李瓶兒生日	遍地錦比甲、大紅緞

	簫、蘭香（婢）		袍，翠藍織金裙
3-43-69	同上	因結親吳月娘會喬太太	大紅粧花緞襖兒，藍織金裙
5-86-111	龐春梅（婢，現爲周守備正室）	賣給周守備	紅緞襖兒，藍緞裙子
5-89-197	同上	清明節至香火院祭拜潘金蓮	大紅粧花襖，翠藍鏤金寬欄裙子
5-96-372	同上	西門慶死三週年，孝哥兒生日，龐春梅至西門家	大紅通袖四獸朝麒麟袍兒，翠藍十樣錦百花裙
1-12-253	李桂姐（妓）	西門慶命玳安送衣給她	紅衫，藍裙
4-74-492	同上	送禮至西門慶家	大紅對襟襖兒，藍緞子裙
4-78-734	藍氏（何千戶妻）	潘金蓮生日	大紅遍地金貂鼠皮襖，翠藍遍地金裙

「紅衣藍裙」是西門慶生前喜好的顏色，是以眾家女性多穿著「紅衣藍裙」出現，例如第七十八回藍氏至西門慶家喝酒時穿的是「大紅遍地金貂鼠皮襖」配上「翠藍遍地金裙」，西門慶一見便「餓眼將穿，饞涎空嚥，恨不得就要成雙」；第八十六回西門慶死後龐春梅爲周守備妻時穿「紅緞襖兒」配上「藍緞裙子」，是西門慶生前所好；第八十九回清明節龐春梅至香火院祭拜潘金蓮時穿「大紅粧花襖」配上「翠藍鏤金寬欄裙子」，布料、花色

更考究了，仍然是「紅衣藍裙」的搭配；第九十六回龐春梅弔西門慶喪時穿的是「大紅通袖四獸朝麒麟袍兒」配上「翠藍十樣錦百花裙」。因此，就算是西門慶已死，龐春梅另已嫁他人，但仍穿著「紅衣藍裙」。

值得玩味的是，西門慶生前喜歡「紅衣藍裙」的搭配，所以眾家女性多以「紅衣藍裙」的服飾出現；當西門慶死後，有些女性還是維持一樣的搭配方式。足見西門慶的影響力有多大了。

至於「白衣藍裙」搭配方式也較爲多見，在《金瓶梅》中出現的情形如下：

編號	姓名（身份）	場合	小說原文
5-96-373	吳月娘（正室）	西門慶忌日，龐春梅來訪	上穿白綾襖，下邊翠藍緞子織金拖泥裙
2-24-75	李嬌兒、孟玉樓、孫雪娥、潘金蓮、李瓶兒、西門大姐（眾女眷）	元宵宴席	白綾襖兒，藍裙子
1-15-341	李嬌兒（二妾）	參加李瓶兒壽宴	白綾襖兒、沈香色遍地金比甲，藍緞裙
1-15-341	孟玉樓（三妾）	參加李瓶兒壽宴	白綾襖兒，藍緞裙
1-14-326	李瓶兒（六妾，	潘金蓮生日，	白綾襖兒，藍織金裙

	現仍爲花子虛之妻）	花子虛死未過五七	
4-63-121	鄭愛月兒（妓）	弔西門慶之喪	白雲絹對襟襖兒，藍羅裙子
4-63-124	院裡三姐兒（妓）	西門慶席開十五桌，請三個姐兒唱	白綾對襟襖兒，藍緞子裙

由此可見，守喪期間女性多半出現「白衣藍裙」的搭配方式。如第十四回李瓶兒夫死守喪，身穿「白綾襖兒」配上「藍織金裙」；第六十三回鄭家三名妓女來弔李瓶兒喪時，穿的是「白綾對襟襖兒」配上「藍緞子裙」；第九十六回西門慶忌日，吳月娘穿的也是「白綾襖」配上「翠藍緞子裙」。可見這樣的搭配方式是最素淨的了。

至於其他顏色的服飾因爲出現次數較少，因此本文並不贅述。

第四節　小結

綜上所述，本文發現《金瓶梅》女性服飾在色彩的表現上有以下幾個特點：

首先可以發現紅色系服飾的穿著十分值得玩味。在穿著者的身份方面，多爲正室所穿，例如西門慶妻吳月娘、王昭宣妻林氏、何千戶妻藍氏以及後來成為周守備正室的龐春梅等人，用以凸顯身份地位。此外還有受到主子寵愛的妾或奴婢也喜歡紅色服飾出現，如潘金蓮、李瓶兒、龐春梅、如意兒等人，但是這種情形較少出現。而在穿著時機方面，多在喜慶宴會時使用，以表現喜氣。例如新娘的禮服、參加生日宴會或送禮時，多使用紅色服飾。

其次，可以看見白色系服飾的穿著時機因其所使用的質料而有所不同。以麻布質料製成者者，無論是任何身份的女性，多使用於喪禮或戴孝，例如白布孝髻、白紵布鬏髻等。以絹、紗、綢等普通質料製成者，多為各種身份女性家常所穿著；而以綾、緞等昂貴質料製成的，多作為妻妾的禮服。

至於青色系服飾在明代較為流行，使用的情形十分普遍，無論是家常或特殊時機都常使用。而穿著者的身份上自正室吳月娘，眾妾李嬌兒、孟玉樓、孫雪娥、潘金蓮及李瓶兒，下至奴婢等，都常出現。相較於典籍上的記載，也有相合之處。[44]

---

[44] 參見趙豐，《中國絲綢史》（杭州：浙江美術學院出版社），1992.9，頁 28。所制之表：

著作名稱	時代	紅	黃	紫	褐	青	綠	黑	白	合計
《說文》	漢	12	2	4	0	4	3	3	5	33
《碎金》	元	9	6	2	20	4	6	4	1	52
《天工開物》	明	6	4	1	2	8	4	1	2	28
《杭州畫舫錄》	清	9	5	6	1	13	10	1	2	47
《布經》	清	9	15	14	1	24	12	13	3	91
《雪宧繡譜》	清末民初	8	14	9	8	18	14	11	2	84

至於在服飾色彩的搭配方面，從《金瓶梅》也可看出其中的特點，例如常出現的紅衣藍裙，則是因爲受到西門慶喜好的影響。

從趙豐的表中不但可以看出歷代出現的色彩名稱，也可以看出當時流行的趨勢。例如漢代紅色系出現較多，元代褐色系出現較多，明代紅色系及青色系出現較多，而清代也是青色系較為流行。在明代，青色系的染料有較大的發展，而《金瓶梅》便凸顯出這樣的特色。

下編：

《金瓶梅》女性服飾的內在意涵

晉・傅元有〈衣銘〉一文：

> 衣服，從其儀，君子德也。衣以飾外，德以備內，內修外飾，禮有制也。[1]

此說明君子的服飾需按禮來穿著，雖然有外在的服飾可以裝飾，但仍需要內在的道德修養，如此兩者並進，才可稱爲合乎禮。因此，服飾有其外在的表現，更需要內在的道德互爲補充。

今將服飾兩字分別說明，「服」指的是服飾的實用功能，而「飾」指的則是服飾的裝飾功能。服飾是日常生活中的必需品，其所扮演的角色，除了滿足生理需求之外，還具備了其他功能，例如社會功能，亦即人們在參加社會活動時，需要藉穿著適當的服飾來表現自己。因此「服飾」一詞所代表的意義有二，一是物質層次，包括服飾的種類、色彩、質料等表象；二是精神層次，包括藉由服飾所展現的政治、社會、經濟，甚至道德規範等層面。由此可知，服飾雖然是穿在人體之外的物質，但是卻有豐富的精神內涵，更是人類物質文化及精神文化的綜合表現。透過服飾，我們可以窺探當時人們的生活情形。故在從事服飾的研究時，應該循序漸進，不但要研究服飾史、服飾制度，也要研究服飾美學，最後則進行服飾的文化探討，才能完整的概括服飾所代表的意義。

---

[1] 清・陳夢雷編，《古今圖書集成》（台北：鼎文書局，1977.4），〈禮儀典〉第336卷〈衣服部〉，730冊，頁7

本論文所討論的主題在女性服飾方面，眾所周知，正史的〈輿服志〉多鉅細靡遺的記載王公貴族、百官命婦的服飾。至於平民百姓的服飾則很少涉及，偶有提及，則多為法令限制，而較少專門的介紹。但是平民的服飾較貴族服飾更加貼近生活，更能反映社會的風氣與變化。而《金瓶梅》一書所描寫的人物服飾，正好提供了正史之外平民服飾的詳細資料。本論文便試圖從《金瓶梅》的女性服飾找出明代女性生活的脈絡。

然而，從服飾在日常生活中的使用情形以及所蘊含的意義著手，來研究服飾與人的關係，是一項重要而充滿趣味的課題。本文上編已討論了《金瓶梅》一書中女性服飾的外在表現，故本編的重點在於從《金瓶梅》一書的女性服飾中，找出其所表現的內在意涵。由於人與服飾之間的關係甚為密切，因此本編選擇了屬於個人心理和性格的部分、屬於群體社會的好尚和風氣部分，以及個人在群體之中的定位（亦即身份地位）來分別探討《金瓶梅》女性服飾與身份地位、人物性格及社會風氣的關係等三項議題。

第四章 《金瓶梅》的女性服飾與身份地位

雖然服飾只是一層加諸於人體之外的物質，但是由於穿著者的身份、地位、職業等等的不同，使得服飾也有了不同的意涵，成爲被注入寓意的物質和精神雙重產物。因此服飾從物質產物上升爲身份地位的代表，成爲另外一種符號。其中包括標誌和象徵兩種。標誌乃是指服飾上以某一種圖案、顏色或是紋樣固定的表示某對象，例如現今台灣以綠色代表郵差、白色則爲護士的制服等；象徵則是一種隱喻的作用，例如紅色表示熱情之類的。所以雖然服飾只是表達身份的其中一項要件，但卻是傳達形象最顯而易見的視覺符號。

由此可知，服飾是一種身份地位的象徵，是一種符號，它足以表現每個人的政治、經濟地位及社會地位。各個階層的人自有其特定的式樣，某些樣式象徵較上層的人物，而另一些樣式象徵較下層的人物。

而中國自古以來對於服飾多有嚴格的規定，如《後漢書》有「非其人不得服其服」[1]的記載，足見服飾在中國是禮制的重要組成部份，並以服飾配合禮來區別身份，也就是說服飾在階級社會中成爲標明身份的外在符號。甚至在正史中多有《輿服志》，用以維護社會中身份地位的等級區別。由此可知，人的身份地位已被格式化，什麼人穿什麼服飾也有明確的規範。

---

[1] 南朝宋・范曄撰、唐・李賢注，《後漢書》（臺北：鼎文書局，1981.4），

在明代亦是如此，《天工開物》說服飾可以使「人物相麗，貴賤有章」，[2]正說明服飾足以代表穿著者的身份地位，所以服飾可以使「貴賤之別，望而知之」。[3]還有洪武二十四年（1391）文武百官補服制度的確立，[4]讓人透過服飾可以一目了然的看出官員的品級，使服飾除了質料、色彩之外，又加上了一項足以區分身份地位的標誌。

但是正史〈輿服志〉多鉅細靡遺的記載王公貴族、百官命婦的服飾。至於平民百姓的服飾則很少涉及，偶有提及，則多爲法令限制，而較少專門的介紹，而平民的服飾較貴族服飾更加貼近生活，更能反映社會的風氣與變化。《金瓶梅》一書所描寫的人物服飾，正好作爲正史之外平民服飾的補充資料。

本文試圖從《金瓶梅》的女性服飾找出明代女性生活的脈絡，爲了便於討論，本文將《金瓶梅》一書中出現的女性按身份地位分爲妻、妾、婢、妓等四大類來加以分析。此處所作的分類乃是相對於西門慶而言，例如吳月娘是西門慶的妻；李嬌兒雖然原本是妓女，但是對西門慶來說，是他的第二妾；孟玉樓雖原爲楊宗錫之妻，但在楊死後嫁給西門慶爲第三妾；孫雪娥原爲西門家的奴婢，後來西門慶收她爲第四妾；潘金蓮身份更爲多重，她

卷 29，〈輿服上〉，頁 1021

[2] 明．宋應星，《天工開物》（臺北：中華叢書委員會，1955.7），卷上，〈乃服〉，頁 45

[3] 清．葉夢珠，《閱世編》（臺北：木鐸出版社，1982.4），卷 8，〈冠服〉，頁 175

[4] 清．張廷玉等編，《明史》（北京：中華書局，1995.3），卷 67，〈輿服三〉，頁 1638

原在王昭宣府中學習女樂彈唱，後爲武大郎之妻，但是對於西門慶來說，則是他的第五妾；李瓶兒雖然原爲花子虛之妻，但是對西門慶來說，是他的第六妾；龐春梅雖然後來成了周守備之妻，但是對於西門慶來說，則是他的奴婢；而宋惠蓮雖是來旺兒之妻，但是她對於西門慶來說確是處於丫鬟、奴婢一類。

因此，無論該女性的身份如何複雜，本章的分類原則上採取相對於西門慶的角度來做討論，若有多重身份則另補充於每類之後，行有餘力再旁及其他女性。

第一節 妻（正室）

據《明史・輿服志》所載，當時朝廷對於百姓之妻服飾的規定如下：

> 洪武三年定制：士庶妻，首飾用銀鍍金，耳環用金珠，釧鐲用銀，服淺色團衫，用紵絲、綾羅、綢絹。五年，另民間婦人禮服惟紫絁，不用金繡，袍衫止紫、綠、桃紅及諸淺淡顏色，不許用大紅、鴉青、黃色，帶用藍絹布。[5]

由此可知，一般士庶妻的服飾在類型、色彩及質料上是有所限制的。至於命婦則另有規定，命婦是指受朝廷冊封的女性，一般爲官員之妻、母等，她們也有和丈夫、兒子相應的品級，她們的官

---

[5] 《明史》，卷 67，〈輿服三〉，頁 1650

服則稱之爲「冠服」。大凡皇后、皇妃、命婦都有冠服，一般由真紅大袖衫，深青色褙子，彩繡霞披，珠玉金鳳冠，金繡花紋履等所組成。此外在服色上的規定是「自一品至五品，衣色隨夫用紫。六品、七品，衣色隨夫用緋」[6]等。而在質料上的規定是：

> （洪武24年定制）一品至五品，紵絲綾羅；六品至九品，綾羅綢絹。霞披、褙子皆深青緞。[7]

這些雖是洪武年間的規定，但是明代命婦的通則便是妻以夫貴、母以子貴，隨著夫與子的官階而決定能穿的服飾。[8]

因此，即便都是命婦，也可由服飾上看出她們的品級來，尤其是霞披上的紋飾及頭飾的繁簡，[9]而她們在日常生活中所穿著

---

[6] 《明史》，卷67，〈輿服三〉，頁1642

[7] 《明史》，卷67，〈輿服三〉，頁1645

[8] 《閱世編》，卷8，〈冠服〉，頁180：「命婦之服，繡補從夫，外加霞披、環佩而已。」以及明・董倫等撰，《太祖實錄》（臺北：中研院史語所，1964），卷36下，頁829：「命婦冠服……今擬唐宋制度，惟色不用青，隨其夫與子之服色。」

[9] 命婦的服飾隨品級而不同，其差異如下表：（本表製作參考《明史》，頁1641-1644之文字記載）

<table>
<tr><th>品級</th><th>冠（洪武元年）</th><th>耳墜（26年）</th><th>首飾（4年）</th><th>服色（元年）</th><th>霞披紋飾（26年）</th></tr>
<tr><td>一品</td><td>花釵九樹冠
兩博鬢九鈿</td><td rowspan="4">鈒花金墜子</td><td rowspan="2">金玉珠翠</td><td rowspan="4">紫</td><td rowspan="2">蹙金繡雲霞翟紋</td></tr>
<tr><td>二品</td><td>花釵八樹冠
兩博鬢八鈿</td></tr>
<tr><td>三品</td><td>花釵七樹冠
兩博鬢七鈿</td><td rowspan="2">金珠翠</td><td rowspan="2">金繡雲霞孔雀紋</td></tr>
<tr><td>四品</td><td>花釵六樹冠
兩博鬢六鈿</td></tr>
</table>

的服飾也有別於士庶之妻。

《金瓶梅》一書中出現的妻有許多個，最爲引人注意的便是吳月娘。西門慶原爲生藥鋪老闆，亦即一介平民，後來官至副千戶，[10]這是第三十回以後的事。此後吳月娘貴爲五品官[11]之妻，服飾自然與其他女性有所不同。而本文主要討論的除了西門慶之正室吳月娘之外，另討論達官貴人之妻，如喬五太太（喬五指揮使之妻）、林氏（王昭宣之妻、王三官之母）、藍氏（何千戶之妻）等，下面便分別討論吳月娘及其他正室的服飾特徵。

<table>
<tr><td>五品</td><td>花釵五樹冠
兩博鬢五鈿</td><td>鍍金鈒花銀墜子</td><td>金翠</td><td></td><td>繡雲霞鴛紋</td></tr>
<tr><td>六品</td><td>花釵四樹冠
兩博鬢四鈿</td><td rowspan="2">鈒花銀墜子</td><td rowspan="3">金銀鍍間珠</td><td rowspan="2">緋</td><td rowspan="2">繡雲霞練鵲紋</td></tr>
<tr><td>七品</td><td>花釵三樹冠
兩博鬢三鈿</td></tr>
<tr><td>八品</td><td></td><td></td><td></td><td>繡纏枝花紋</td></tr>
</table>

[10] 《金瓶梅詞話》，第三十回來保見蔡太師，太師說：「我安你主人（西門慶）在你那山東提刑所做個理刑副千戶，頂補千戶賀金的員缺，好不好？」(2-30-238)

[11] 「千戶」在明代為正五品官，「副千戶」為從五品官。《明史》，卷76，〈職官五〉，頁1861：「明初，.... 又改置各衛親軍指揮使司，設指揮使，正三品，同指揮使，從三品，副使，正四品，經歷，正七品，知事，從八品，照磨，正九品，千戶所正千戶，正五品，副千戶，從五品，鎮撫、百戶，正六品。」而《金瓶梅詞話》，第92回中寫道：「又見吳月娘身穿縞素，腰繫孝裙，係五品職官之妻。」(5-92-284)

一、以服飾突出身份地位的吳月娘

首先，本文在第三章第二節中已談過西門慶正室吳月娘的出場多著紅衣，足以表現自己在西門慶家的獨特地位。然而吳月娘在《金瓶梅》中只有少數幾回因爲某種原因而不穿紅衣，例如第七十五回吳月娘因爲動了胎氣，請醫生來看診時穿的是「白後對襟襖兒」(4-75-581)；而在西門慶死後爲了守喪而穿白衣，如第八十四回至碧霞宮還願時「頭戴孝髻，身穿縞素衣服」(5-84-68)，第九十二回到官府告陳經濟逼死女兒時也是「身穿縞素，腰繫孝裙」(5-92-248)等，其餘出場多穿著紅色服飾。

命婦在明朝多有穿大紅衣的習慣，以顯其貴。《明史》載「定命婦團衫之制，以紅羅爲之」，[12]朝見君後、在家見翁姑需穿「大袖衫，真紅色」，[13]還規定民間婦女「不許用大紅、鴉青、黃色」，[14]因此命婦及士庶妻的服飾在色彩上還是有所區別的。然而命婦服飾的等級與男性相同，正足以顯現出她們在家族中與眾不同的地位，因此在《金瓶梅》中正室吳月娘、林氏、藍氏等身穿紅衣是合情合理的。

而紅衣也帶有暗示的意味，在第七十九回吳月娘曾經做過一個夢，並告訴西門慶說道：

---

[12] 《明史》，卷67，〈輿服三〉，頁1645

[13] 《明史》，卷67，〈輿服三〉，頁1645

[14] 《明史》，卷67，〈輿服三〉，頁1650

> 敢是我日看見他王太太穿著大紅絨袍兒，我黑夜就夢見你李大姐（李瓶兒）廂子內尋出一件大紅絨袍兒，與我穿在身。被潘六姐（潘金蓮）匹手奪了去，披在他身上，叫我就惱了，說道：「他的皮襖你要的去穿了罷了，這件袍兒你又來奪！」他使性兒，把袍兒上身扯了一道大口子。吃我大嚶（吆）喝，和他罵嚷，嚷嚷著就醒了。(4-79-739)

前文談到紅色衣服代表著家中較高地位的妻，這一段文字又特別寫出潘金蓮和吳月娘搶奪紅衣的經過，可見潘金蓮在這個家中一直是和吳月娘相抗衡的。雖然只是一個夢，卻也顯示出潘金蓮在吳月娘眼中佔有舉足輕重的威脅地位。

除了以紅色爲服飾主要色彩外，正室們的服飾在類型上也有其獨特之處。例如冠的使用，吳月娘在第三十五回與眾房共五頂轎子到吳大妗子家做三日時，頭戴「珠翠冠」(2-35-390)；第七十五回無論是去應伯爵家吃滿月酒，或是在家就診，都是戴著冠的，前者是「白縐紗金梁冠兒」(4-75-538)，後者則輕描淡寫「戴上冠兒」(4-75-581)；第九十六回龐春梅來訪時，她也頭戴「五梁冠兒」(5-96-373)。其餘並不見正室以外的妾或奴婢使用。

其餘最顯著的特徵還有補子和通袖的使用。第四十回西門慶裁衣時，裁了「獸朝麒麟補子緞袍兒」及「麒麟補子襖兒」(2-40-532)給吳月娘，第四十三回因結親會見喬太太時，吳月娘身穿「大紅五彩遍地錦百獸朝麒麟緞子通袖袍兒」(3-43-69)等，這種補子的使用正是模仿男性官服而出現的。

「通袖」是指袍服的紋樣，胸前、後背及兩袖的紋樣連成一體，常見於明代官服，[15]是喜慶場合所用，如結婚、晚宴、壽宴等，而且多爲大紅色，例如在第十五回吳月娘爲李瓶兒祝壽時，身穿「大紅粧花通袖襖兒」（1-15-341）；第二十四回元宵宴席上吳月娘穿著「大紅遍地通袖袍兒」（2-24-76）；第四十回西門慶裁衣時，爲吳月娘所裁的多是通袖的服飾；第九十一回吳月娘參加孟玉樓的婚禮時，也是「身穿大紅通袖袍兒」（5-91-249）等。

由以上的分析可見，吳月娘在《金瓶梅》中所穿著的服飾與其他女性相較之下，不僅是在顏色上有所不同，而在類型上也有顯著的差異。

二、以服飾彰顯身份地位的官夫人

其他像喬大戶之妻喬五太太，第四十三回出場時「戴著疊翠寶珠冠」，身穿「大孔宮繡袍兒」（3-43-68）。

王昭宣之妻林氏在第六十九回西門慶來訪時，「頭上戴金絲翠葉冠兒，身穿白綾寬綢襖兒，沈香色遍地金粧花緞子鶴氅，大紅宮錦寬欄著裙子，老鴉白綾高底扣花鞋兒」（4-69-300）；第七十二回西門慶來訪時，「帶著滿頭珠翠，身穿大紅通袖袍兒，腰繫金鑲碧玉帶，下著玄錦百花裙，搽抹的如銀人也一般，梳著縱鬢，點著朱唇，耳帶一雙胡珠環子，裙拖垂兩挂，玉佩叮噹」（4-72-414）。

而何千戶之妻藍氏在第七十八回參加潘金蓮生日宴會時，

[15] 《明史》，卷 82，〈食貨六〉，頁 1997：「正德元年，尚衣監言：『內庫所諸色紵絲、紗羅、織金、閃色，蟒龍、鬥牛、飛魚、麒麟、獅子通袖、膝襴，並胸背鬥牛、飛仙、天鹿，俱天順間所織，欽賞已盡。』」

「頭上珠翠堆滿，鳳翅雙插，身穿大紅通袖五彩粧花四獸麒麟袍兒，繫著金鑲碧玉帶，下襯花錦藍裙，兩邊禁步叮噹，麝蘭香噴」（4-78-731）。

三人都儼然一付官夫人派頭，不只是衣服的質料極其高級，而且更極盡所能地將表現財富的裝飾品都放到身上。因而命婦服飾的特點，也充分表現在她們身上。

第二節 妾

明代商業發達，出現了市民階級，他們的經濟活動越來越重要。再加上金錢的聚集，使有錢的人可以蓄妾。據《大明會典》的記載：

> 親王媵妾，許奏選一次，多者止於十人。世子及郡王額妾四人，長子及將軍額妾三人，中尉額妾二人。世子、郡王選婚之後，年二十五歲，嫡配無出，……於良家女內選取二人，如有生子，以後不拘嫡庶，則止於二妾，至三十歲復無出，仍前具奏，選足四妾。長子及將軍、中尉選婚之後，年三十歲，嫡配無出，照例具奏，選取一人，以後不拘嫡庶，如有生子，則止於一妾，至三十五歲復無出，方許仍前具奏。長子將軍取足三妾，中尉取足二妾。至於庶人，必年四十以上無子，方許奏選一妾。[16]

[16] 明・李東陽等奉敕撰，《大明會典》（臺北：東南書報社，出版年不詳，

由此可見，法律明文規定貴族、平民納妾有人數及年齡的限制，而且違法者要接受鞭笞四十的嚴厲懲罰，但是明末納妾的風氣卻更加氾濫。

這從《金瓶梅》一書中，也可以看出混亂的情形。西門慶死時年僅三十三，卻有一妻五妾，這還未包括已死的妻妾在內。但是妻妾對他來說實際上只是一件物品，他想如何擺弄就如何擺弄，例如第十二回西門慶懷疑潘金蓮和僕人琴童有染時，當時的情景如下：

> 他（西門慶）便坐在床，令婦人（潘金蓮）脫靴，那婦人不敢不脫，須臾脫了靴，打發他上床。西門慶且不睡，坐在一隻枕頭上，令婦人褪了衣服，地下跪著。那婦人諕的捏兩把汗，又不知因為甚麼，於是跪在地下，放聲大哭道：「我的爹爹，你與奴箇伶俐說話，奴死也甘心，饒奴終夕恁提心吊膽，陪著一千箇小心，還投不著你的機會，只拿鈍刀子鋸處我，叫奴怎生吃受？」西門慶罵道：「賊淫婦，你真箇不脫衣裳，我就沒好意了。」因叫春梅門背後有馬鞭子，與我取了來。那春梅只顧不進房來，叫了半天，才慢條廝禮推開房門進來，看進見婦人跪在床地平上，向燈前倒著卓兒下了油。西門慶使他不動身。婦人叫道：「春梅，我的姐姐，你救我救兒，他如今要打我。」西門慶道：「小油嘴兒，你不要管他，你只管馬鞭子與我打這淫婦。」

為萬曆十五年司禮監本），卷163，〈刑部五〉，頁986

（12-1-277）

西門慶根本是把她當作私人財產一般，不容許旁人染指，甚至施以嚴厲懲罰。在《金瓶梅》中，西門慶雖然只是一個小小的平民百姓，但是在他以非法手段掠取財富之後，他不只將富貴展現在他個人的享樂和官場的賄賂上，還花費巨資興建豪宅，更可以在他一群妻妾身上發現富比公侯家眷的華麗服飾。因此他的財富便藉由妻妾的服飾展現出來，他把她們當作炫耀的工具。藉由妻妾華麗的服飾，他也得到了心理上的滿足。此外，在西門慶的眾妾之中，也有地位高低之分，服飾對此亦有所反映。因此，本文便從服飾可誇耀丈夫的財富以及反映眾妾地位的差異兩點上作一探討。

一、服飾可誇耀丈夫的財富

在《金瓶梅》中每一場宴會都可說是一場服裝展示會，例如第十五回西門家眾妾前往花子虛家向李瓶兒祝壽時，「都穿著粧花錦繡衣服」（1-15-340）；第二十四回元宵宴席，眾妾「都穿著錦繡衣裳，白綾襖兒，藍裙子」（2-24-76），只有吳月娘穿著「大紅遍地通袖袍兒」（2-24-76）；第二十四回元宵賞燈時，眾妾「都是白綾襖兒，遍地金比甲，頭上珠翠堆滿，粉面朱唇」（2-24-82）等等，這些都還是大略描寫一下而已。

至於其他部份，則描寫得更為詳盡。例如第五十二回送薛姑子返家時，眾妾「穿著白銀條對襟衫兒，鵝黃縷金挑線紗裙子，戴著銀絲髮髻，翠水祥雲鈿兒，金累絲簪子，紫夾石墜子，大紅鞋兒」(3-52-304);第七十五回西門慶一家至應伯爵家吃滿月酒時 ,吳月娘頭戴「白縐紗金梁冠兒,海獺臥兔兒,珠子箍兒,上穿沉香色遍地金粧花補子襖兒,紗綠遍地金裙」(4-75-538);其他小妾李嬌兒、孟玉樓、孫雪娥、潘金蓮則「都是白鬏髻,珠子箍兒,用翠藍銷金綾汗巾兒搭著,頭上珠翠堆滿,銀紅織金緞子對襟襖兒,藍緞子裙兒」(4-75-538),還有大小轎子共五頂,一同前往應家等。這些段落不再是輕描淡寫,在前文的探討中已經知道這些服飾有多麼貴重而華麗,從實用觀點來看這些女子的服飾,她們的穿戴多而繁雜、昂貴而累贅,不只衣服本身,連隨身的飾物也都如此。

事實上她們是一群沒有生產力、不需勞動的生命,她們永遠需要奴婢的協助。例如《金瓶梅》中的主要女性都是裹小腳的,自然不能勝任需要勞動的工作,她們每天打扮得花枝招展,只需花費心思去計算如何才能得到丈夫的寵愛。她們相信那些使她變形、失去自由的服飾,是有其必要性的,而有錢人擁有這樣的妻子正如同擁有一大筆財富一般,是身分地位的象徵,她的長相不重要,只有衣服可以證明她是一個昂貴的奢侈品。

二、服飾可反映眾妾地位的差異

雖然西門慶有五個妾,但是彼此間的地位仍有不同,這也反映在服飾上。例如第十四回李瓶兒參加潘金蓮生日宴會時,「只見孫雪娥走過來,李瓶兒見他粧飾少次與眾人」(1-14-327)。又在第四十回描寫西門慶裁衣時,要趙裁縫「每人做件粧花通袖袍兒，一套遍地錦衣服，一套粧花衣服」(2-40-532)，並爲李嬌兒、孟玉樓、潘金蓮、李瓶兒四個多裁了「一件大紅五彩通袖粧花錦雞段子袍兒」(2-40-532)，但是孫雪娥「只是兩套，就沒與他袍兒」(2-40-532)。孫雪娥雖然是西門慶的第四妾，但是她在西門家的地位仍然比其他妾來得低，畢竟她是由奴婢收爲妾的，從這裡便看出彼此地位的不同。

第三節 婢

就《金瓶梅》中所描寫，奴婢的身價極低，一般十歲上下的丫鬟約賣四五兩銀子，不及富人到妓家一夜之資，足見當時經濟方面是極爲貧富不均的。例如第一回潘金蓮被賣時，因爲她十五歲就會「描鸞刺繡，品竹彈絲，又會一手琵琶」(1-1-19)，所以賣了三十兩銀子，這在《金瓶梅》中算是蠻高的價錢。反觀李瓶兒的一件皮襖，便值六十兩銀子，足足是當時潘金蓮身價的兩倍，可見奴婢的身價有多低。

然而奴婢在服飾上受到的限制也十分嚴格，因爲她們是主人的財產之一，也是失去人身自由的一群人。雖然都是奴婢，但是地位越低下，所享有的人身自由及服飾自由也越少。對於主人來說，她們不只是奴婢，也是家庭的門面之一，所以她們的服飾也有華麗的一面。對於奴婢而言，她們的服飾不只是給主人看的，而且也是給其他觀賞者看的，如主人的朋友、左鄰右舍、達官貴人等。本節將《金瓶梅》中所出現的奴婢區分爲一般及特殊兩類，前者探討的是普通奴婢的服飾；而後者則爲受主人西門慶寵愛的奴婢，如宋惠蓮、如意兒二人。至於龐春梅，則因為她的身份有極大的變化，服飾也較為複雜，她先是西門家的奴婢，而後嫁給周守備為妾，在周守備之妻死後儼然是正室的地位。因此本論文將之獨立出來，於第五章第三節專節討論其服飾與性格的關係。

一、一般奴婢

基本上一般奴婢負責家中較為粗重的工作，所以她們的服飾無論是在質料或是色彩上多半較為樸素。例如第七十七回西門家僕來爵之妻惠元初來乍到，拜見吳月娘時穿著「紫綢襖，青布披襖，綠布裙子」(4-77-660)，質料只是「布」；同回賁四嫂與西門慶相見時，她「頭上勒著翠藍銷金箍兒䯼髻，插著四根金簪兒，耳朵上兩個丁香兒，上穿紫綢襖，青綃絲披襖，玉色綃裙子」(4-77-665)，因為她在西門家中地位較其他奴婢為高，所以也有質料較好的衣服以及繁複的首飾，其餘奴婢的服飾則較為簡單樸實。

至於髮式部份，她們則多為盤頭楂髻，如第九十四回孫雪娥被龐春梅賣到酒家時，見到幾個老丫鬟，她們都「打著盤頭楂髻」(5-94-337)。而第九十一回中李衙內丫鬟玉簪兒「頭上打著盤頭楂髻」(5-91-250)，她因為李衙內娶了孟玉樓而起了嫉妒之心，仗著自己先來李家就恃寵而驕，她頭上「用手帕占蓋，周圍勒銷金箍兒，假充作䯼髻，又插著些銅釵蠟片，敗葉殘花，耳朵上帶著雙甜瓜墜子」(5-91-250)，她想用頭上的飾物將盤頭揸髻假裝成䯼髻；而服飾則是「身上穿一套前露殿月（「殿月」二字應爲一「臂」字之誤）後露襯怪紅喬綠的裙襖，在人前好似披荷葉老鼠」(5-91-250)；至於化妝，則是「臉上搽著一面鉛粉，東一塊白，西一塊紅，好似青冬瓜一般」(5-91-250)，可見她東施效顰的結果是如何地可笑了。

二、特殊奴婢

此處指的是受到西門慶寵愛的奴婢，她們擁有較一般奴婢優厚的待遇，此處以宋惠蓮及如意兒爲例。

（一）宋惠蓮

在《金瓶梅》的眾多奴婢中，除了龐春梅之外，便以宋惠蓮較爲突出。雖然同樣是奴婢，但是宋惠蓮卻有所不同。宋惠蓮是賣棺材宋仁之女，賣在蔡通判家裡使喚，後因壞了事出來，嫁與廚役蔣聰爲妻，蔣聰被打死後，西門家僕來旺兒又娶了她。但是吳月娘只花了五兩銀子便買下她，可見當時奴婢有多麼不值錢。在《金瓶梅》中描寫她服飾變化的一段文字：

> 初來時同眾家人媳婦上灶，還沒什麼裝飾，猶不作在意裡。後過了一個月有餘，看了玉樓、金蓮眾人打扮，他把髮髻墊的高高的，梳的虛籠籠的，把水鬢描的長長的，在上邊遞茶遞水，被西門慶睃在眼裡。(2-22-37)

剛進門時她的裝扮樸素，後由於常常和孟玉樓、潘金蓮等妾在一起，過了月餘便有樣學樣，如墊髮髻、描水鬢等。不只是如此，而「自從和西門慶私通之後，背地不算，與他衣服、汗巾、首飾、香茶之類。只銀子成兩，家帶在身邊，在門首買花翠胭粉，漸漸顯露打扮的與以往不同」(2-22-42)。

且看她的服飾描寫，第二十三回她「頭上治的珠子箍兒，金燈籠墜子，黃烘烘的，衣服底下穿著紅潞綢褲兒，線捺護膝，又大袖子袖著香茶、木樨、香桶子三四個」(2-23-73)，都是西門慶背地給她的。不只是在服飾上與從前大不相同，到後來因為西門慶「只叫他和玉簫兩個在月娘房裡後邊小灶上，專頓茶水，整理菜蔬，打發月娘房裡吃飯，與月娘做針指」(2-22-42)，她便以為主子寵愛她，越來越會使性子了。直到有一次，潘金蓮、孟玉樓等人要宋惠蓮燒個豬首、豬蹄來吃，宋惠蓮卻推說「我不得閒，與娘納鞋哩」(2-23-53)，竟然叫不動了。

其次，在《金瓶梅》中一再描寫她的腳比潘金蓮要小。如在第二十二回剛出場時，說她「小金蓮兩歲，今年二十四歲了，生的黃白淨面，身子兒不肥不瘦，模樣兒不短不長，比金蓮腳還小些」(2-22-36)。在第二十三回西門慶留宿宋惠蓮處時描寫的一段對話：

> (宋惠蓮說)「怎的只顧端詳我的腳怎的？你看過那小腳兒的來？相我沒雙鞋面兒，那個買與我雙鞋面兒，也怎看著人家做鞋，不能勾做。」
>
> 西門慶道：「我兒，不打緊處。到明天替你買幾錢的各色鞋面，誰知你比你五娘腳兒還小！」

> 老婆(宋惠蓮)道:「拿什麼比他?昨日我拿他的鞋略試了試,還套著我的鞋穿,倒也不在乎大小,只是鞋樣子周正纔好。」(2-23-64)

在這一段對話中,宋惠蓮不只是向西門慶討妻妾常做的鞋面,還不時誇耀自己的腳比潘金蓮還小,甚至可以套著潘金蓮的鞋穿,頗有挑釁的意味。另外在第二十四回中,宋惠蓮與眾妾元宵賞燈時,宋惠蓮一直掉鞋,並與陳經濟調情,此處也有相似的對話:

> 玉樓看不上,說了兩句:「如何只見你吊了鞋?」
> 玉簫道:「他怕地下泥,套著五娘的鞋穿哩!」
> 玉樓道:「你叫他過來我瞧,真個穿著五娘的。」
> 金蓮道:「他昨日問我討了一雙鞋,誰知成精的狗肉,他套著穿。」
> 惠蓮於是摟起裙子來,與玉樓看,看見他穿著兩雙紅鞋在腳上,用紗綠線帶兒扎著褲腿,一聲也不言語。(2-24-83)

因此小腳的宋惠蓮也引起了潘金蓮的嫉妒,甚至在宋惠蓮死後要將她的鞋剁碎,第二十八回潘金蓮對西門慶說「你看著越心疼,我越發偏蹅個樣兒」(2-28-200)。然而,此時宋惠蓮出場時的全套服飾是:首服是「用一方紅綃金汗巾搭著額頭,額角上貼著飛金並面花,金燈籠墜子」(2-24-83),上衣是「綠閃紅緞子對襟衫兒」配上「白挑線裙兒」(2-24-83),足服是「穿著兩雙紅鞋在腳上,用紗綠線帶兒紮著褲腿」(2-24-83)。宋惠蓮只是西門慶家僕來旺兒之妻，也是奴婢的身分，但是卻也金銀滿身、服飾講究。

除此之外，宋惠蓮更妄想戴上妻妾才能帶的鬏髻。第二十五回來旺說西門慶的壞話，西門慶叫宋惠蓮來問話時，有這麼一段對話：

> 婦人道：「爹你許我編鬏髻，怎的還不替我編？恁時候不戴，到幾時戴？只教我成日戴這頭髮殼子兒？」
> 西門慶：「不打緊，到明日將八兩銀子往銀匠家，替你拔絲去。」
> 西門慶又道：「怕你大娘問，怎生回答？」
> 老婆（宋惠蓮）道：「不打緊，我自有話打發他，只說問我姨娘家借來戴戴，怕怎的？」
> (2-25-118)

宋惠蓮竟想戴妻妾的鬏髻，並且在西門慶怕吳月娘怪罪時，已準備好一套說詞了。

（二）如意兒

至於其他的奴婢也有如此的，如李瓶兒之子官哥兒的奶娘如意兒便是。第六十七回如意兒與西門慶同房，見西門慶寵愛她，便「問西門慶討蔥白綢子做披襖兒，與娘穿孝」(4-67-230)，這次是以替李瓶兒戴孝爲藉口而向西門慶要衣服，當她越來越得寵時，西門慶便「瞞著月娘，背地銀錢、衣服、首飾，什麼不與他」（4-67-230）。

其次，在第七十四回西門慶至李瓶兒房中找貂鼠皮襖與潘金蓮時，如意兒又大膽地向西門慶要衣服，她說「我沒件好皮襖兒，你趁著手兒，再尋出來與了我罷。有娘小衣裳，再與我一件兒」（4-74-488），西門慶果真「尋出一套翠藍緞子襖兒，黃棉綢裙子，又是一件藍潞綢棉褲兒，又是一雙粧花膝褲腿兒」（4-74-488）。此外，第七十五回西門慶說「你沒正面戴，等我叫銀匠拿金子另打一件與你。你娘的頭面廂兒，你大娘都拿的後邊去了，怎好問他要的？」（4-75-530）又說「我的心肝，不打緊處，到明日鋪子裡，拿半個紅緞子，與你做小衣兒穿，再做雙紅緞子睡鞋兒穿在腳上，好服侍我」（4-75-530）。

不只如此，第七十八回西門慶想吃人乳來找如意兒時，她「頭上戴著黃霜霜簪環，滿頭花翠勒著翠金銷金汗巾，藍綢子襖兒，玉色雲緞披襖兒，黃棉綢裙子，腳下紗綠綢白綾高底鞋兒，妝點打扮，比昔時不同，手上戴著四個烏銀戒指兒」（4-78-705），西門慶則要爲她「尋出件好粧花緞子比甲兒來，你正月十二日穿」（4-78-705）。可見若奴婢受到主人的寵愛時，則會得到較好的待遇，這也反映在服飾上。

第四節　妓

明初對於妓女服飾的規定極爲嚴格，例如《明史》所載：

> 正德元年，禁商販、僕役、倡優、下賤，不許服用貂裘。[17]

又云：

> 樂妓，明角冠，皂褙子，不許與民妻同。[18]

但是明代因爲官妓的取消、私妓的出現，使得妓女逐漸對全社會開放，不再是上層社會的專用品，一般百姓只要是有錢，便可以召妓，使得明代娼妓事業逐漸興盛。清・余懷《板橋雜記》中有這樣的描寫：

> 妓家分別門戶，爭妍獻媚，鬥勝誇奇。淩晨則卯酒淫淫，蘭湯艷艷，衣香一園。亭午乃蘭花茉莉，沈水甲煎，馨聞數裏。入夜而撅笛搊箏，梨園搬演，聲徹九霄。[19]

而對於妓女爭奇鬥妍的服飾也有所記載：

> 初破瓜者，謂之梳籠；已成人者，謂之上頭。衣衫皆客為之措辦，巧樣新裁，出於假母；以其餘物，自取用之。故假母雖年高，亦盛裝豔服，光彩動人。衫之短長，袖之大

---

[17] 《明史》，卷 67，〈輿服三〉，頁 1650

[18] 《明史》，卷 67，〈輿服三〉，頁 1654

[19] 清・余懷，《板橋雜記》(收於《筆記小說大觀》，第 3 編，第 10 冊，臺北：新興書局，1988.5)，頁 6408

> 小，隨時變易，見者謂是時世妝也。[20]

儘管她們有著悲慘的身世，但是在物質生活上，卻遠比一般百姓優越。她們的服飾多半質料華美、價值非凡，有的是主人爲表現自己的財富、地位，刻意將妓女打扮一番；有的是由客人餽贈財物、衣物。如果她們想得到更多收入及較爲突出的地位，便要靠外貌來吸引人，不只是容貌美麗，也要加上適當的修飾。由於妓女之間的競爭十分激烈，也使她們將大量精力放在服飾上；再加上她們不像良家婦女一樣受到束縛，在服飾的選擇上更爲大膽與隨意。

妓女的服飾常爲其原本就美豔的容貌及姣好的身材加分，尤其是展現嫵媚動人的一面。以下便將《金瓶梅》中妓女的服飾就髮飾與服飾兩項加以討論：

一、嫵媚的髮型與精巧的髮飾

前面談到妓女的髮型多半是「一窩絲杭州攢」，例如在第十五回李瓶兒壽宴結束，西門慶先行離席，至李桂姐家，此時李桂姐「家常挽著一窩絲杭州攢，金纍絲釵，翠梅花鈿兒，珠子箍兒，金籠墜子」(1-15-353)；第五十回玳安入蝴蝶巷，見金兒及賽兒都是「一窩絲盤髻」(3-50-245)；第五十九回西門慶至鄭家，鄭愛月兒「不戴䯼髻，頭上挽著一窩絲杭州攢，梳的黑鬖鬖光油油的，烏雲霞著四鬢；雲鬢堆縱，猶若輕煙，都用飛金巧貼帶著翠

---

[20] 《板橋雜記》，頁6410

梅花鈿兒，周圍金纍絲簪兒，齊插後鬢，鳳釵半卸，耳邊帶著紫瑛墜子」（3-59-532）；第七十七回西門慶至鄭家，鄭愛月兒「頭挽一窩絲杭州攢，翠梅花鈿兒，金鈒釵梳，海獺臥兔兒，打扮的霧靄雲鬟，粉妝粉香花琢」（4-77-645）。可見「一窩絲杭州攢」的髮型較為隨意、嫵媚，而且她們多在頭髮上用盡所有華麗精巧的頭飾，將自己裝扮得亮麗動人。

二、精美華貴的服飾

她們的服款式奇異，引人注意，甚至以裸露為美。例如常穿對襟的褙子或衫，因為這種對襟的服飾很容易露出酥胸，許多妓女便故意將外衣領口敞開，露出酥胸，引此這便成了妓女常穿的服飾。如第五十回玳安進入蝴蝶巷見金兒、賽兒都穿著「洗白衫兒」（3-50-245）；第五十八回鄭愛月兒穿著「紫紗衫兒」（3-58-491）等等。

還有，她們的服飾都是極為華美的。如在第四十五回李桂姐的裝扮是「穿著紫丁香色潞州綢粧花肩子對襟襖兒，白碾光五色線挑的寬欄裙子」（3-45-103），第五十二回潘金蓮見李桂姐的穿著是「五色線掏羊皮金挑的油鵝黃銀條紗裙子」（3-53-301）；在第五十九回西門慶至鄭愛月兒家時，見鄭愛月兒「上著白藕絲對襟仙裳，下穿紫綃翠紋裙，腳下露一雙紅鴛鳳嘴，胸前搖璫瑠寶玉玲瓏」（3-59-532）。她所穿的服飾都是上等質料，而且紋樣精美，再加上胸前掛的飾品，儼然一副仙女下凡模樣，無怪乎西門慶常至妓家。又，第七十七回她穿的是「上穿白綾襖兒，綠遍地金比甲，下著大幅湘紋裙子」（4-74-645），西門慶被她所吸引，甚至對她說「昨日舍夥記打遼東來，送了我十個好貂鼠。你娘都沒圍脖兒，到明日一總做了，送一個來與你」(4-74-645)，此刻便是將鄭愛月兒與家中妻妾一視同仁了。

至於服飾類型、質料與色彩的選用上，妓女是不受任何限制的。由於她們靠外貌來吸引男性的注意，因此在服飾上極盡所能的表現華麗。

第五節 小結

以往中國長篇小說描寫的重點是男性社會，雖有涉及女性，但多爲陪襯。自《金瓶梅》起則重視女性社會的存在，然而《金瓶梅》雖非一本專門描寫女性的小說，但是全書人物有八百多位，女性約佔了三分之一，其中多處描寫妻、妾、婢、妓等各類女性和西門慶之間的關係，爲晚明女性生活提供了不少資料，但是鮮見專書探討其中的女性服飾與身分地位的問題。而本章便是從不同身份地位女性所穿著的服飾來作一探討，由以上的分析可歸納出以下結論：

首先，根據所得資料分析，我們發現服飾可以代表穿著者的身份地位，在明代尤甚，如文武百官的補服及命婦的鳳冠、霞披，都可以明顯看出穿著者的品級。而《金瓶梅》中的女性也是有身份地位之分的，若以西門慶爲中心，其中的女性可分爲妻、妾、婢、妓等類。吳月娘是西門慶的正室，因此她的服飾有獨特之處，無論家常或宴會大多穿著紅色服飾出現。其餘達官貴人之妻如喬五指揮使之妻喬五太太、王昭宣之妻林氏、何千戶之妻藍氏的服飾均是雍容華貴，展現十足的貴氣，也都符合明代命婦應有的穿著，如冠的使用、通袖袍及麒麟補子的出現等，她們四人都在服飾上表現出與眾不同的身分地位。

其次，西門慶的財產透過眾妾的服飾表現出來，因此眾妾也極盡奢華之能事。眾妾地位的高低也可由服飾區分出來，例如孫雪娥在西門家雖是第四妾，但是在眾妾中的地位是最低的，因此西門慶裁衣時便少裁一件袍與她。而在其他場合時所穿著的服飾，也都略遜於其他妻妾一籌。

而婢的服飾則視她在西門家的地位而定，一般的奴婢穿著較爲簡樸，如「青布披襖」、「綠布裙子」等；受西門慶寵愛的奴婢，如宋惠蓮、如意兒及龐春梅三人則得到較好的待遇，甚至想模仿妻妾的服飾，如纏腳、戴鬏髻等。

而妓女則極盡華麗之能事，不受身分地位的限制。她們的髮型多爲「一窩絲杭州攢」，以表現隨性及嫵媚。她們的服飾款式奇異，甚至以裸露爲美。相較於其他女性，妓的服飾大膽而隨意。她們的服飾多半價格昂貴，質料非凡，並隨時將自己打扮得花枝招展，用來吸引西門慶或其他男性的注意。

綜上所述，女性服飾隨著身分地位的不同而有所差異，例如在第四十六回出現的卜龜卦老婆子，只是「勒黑包頭」、身穿「水合襖」配上「藍布裙子」。與西門慶的妻妾兩相比較之下，足見前者是粗布衣裳，後者是綾羅綢緞；前者是顏色黯淡，後者是金銀滿身。這反映出妻妾在日常生活方面皆有奴婢服侍，不需親力親爲。因此服飾力求華麗，不僅造價昂貴，質料及紋樣也力求精緻，裝飾性大於實用性。而奴婢則需辛勤工作，因此她們的服飾價廉粗糙，實用性大於裝飾性。除了幾個較爲受寵的奴婢，如龐春梅、如意兒、王六兒，可以得到主子的贈與之外，其餘少出現像妻妾一般華麗的服飾。

然而，前文談論到西門慶藉穿戴華麗服飾的妻妾來炫耀自己的財富，西門慶將眾妻妾視爲炫耀的工具以及昂貴的奢侈品，如同自己手中的玩物一般佔有、把玩、極盡所能地裝飾。因此可以發現她們的服飾極盡所能的表現華麗，而她們的服飾也成爲吸引丈夫、互相較勁的工具，「服飾」便成爲西門慶與他的妻妾們相互溝通的一件重要媒介。

而妻妾對服飾的態度也是以取悅西門慶爲標準，例如潘金蓮爲了與皮膚白皙的李瓶兒爭寵，便在自己的屁股上擦粉。更由於宋惠蓮的腳比潘金蓮小，所以潘金蓮處處找宋惠蓮的麻煩，甚至在宋惠蓮死後仍恨不得將她的鞋剁碎，只因爲西門慶時常稱讚李瓶兒白晰的皮膚，並且喜愛小腳的女性等等。

此外，常可看見西門家的女性身上穿著西門慶喜愛顏色的服飾，如第三章所討論的紅衣藍裙等，連西門慶死後也不例外。而眾家妓女也在服飾上爭奇鬥艷，極盡取悅西門慶之能事。可見這些女性的服飾審美標準及表現，都是以西門慶爲中心的。

第五章 《金瓶梅》的女性服飾與人物性格

從小說美學的角度來看，服飾描寫是刻畫人物的重要方法，有時甚至與人物塑造成功與否有極爲密切的關係。從文學的發展來看，小說作品越成熟，描寫服飾的語言也越生動。小說人物之所以能夠長期在讀者心中留下深刻的印象，其中一個重要的原因不外是其性格與服飾之間已有了密不可分的關係。

《金瓶梅》中的女性出場時所穿著的服飾著實令人眼花撩亂，真可說是一次次的服飾展覽會。然而，服飾描寫的表象背後，究竟隱藏著什麼樣的生命個體？而人物的生命力如何透過層層疊疊的服飾在讀者心中烙下深深的印記？實在是一項十分有趣的課題。

然而，西門慶到三十三歲死前，一共有一妻五妾(不包括已死的正室陳氏及小妾卓丟兒在內)。眾妻妾莫不穿著華麗服飾，以爭奇鬥豔爲能事，而其他的女性角色十分眾多，她們的性格與服飾特徵也多不相同，本章自無法一一羅列。因此，選擇前文未提及的女性加以討論，不足之處尚待補充。

第一節　潘金蓮

潘金蓮是《金瓶梅》一書中著墨最多的女性，且看她第一回出場時的描述：

> （潘金蓮）從九歲賣在王昭宣府裡習學彈唱，就會描眉畫眼，傅粉施朱，梳一個纏髻兒，著一件扣身衫兒，做張做勢，喬模喬樣。況他本性機變伶俐，不過十五就會描鸞刺繡，品竹彈絲，又會一手琵琶。(1-1-19)

她從小不但多才多藝，更會利用外在的服飾來打扮自己，以彌補出身貧賤的缺憾。另外，吳月娘初見潘金蓮時，「從腳看到頭，風流往上流」（1-9-194），可見潘金蓮的小腳有多吸引人，連同爲女性的吳月娘都忍不住多看幾眼。

本節擬將書中關於潘金蓮的服飾描寫按其出現的比重分爲三寸金蓮、衣服、其他飾物三類試加討論。

一、 三寸金蓮

因爲潘金蓮自小「纏得一雙好小腳兒」(1-1-19)，故小名叫「金蓮」，而書中關於潘金蓮的描寫，也以她的一雙小腳爲中心。下面便以三寸金蓮爲主線，對《金瓶梅》中潘金蓮與西門慶及其他男性的關係作一觀察：

（一） 勾引（潘金蓮→西門慶、其他男性）

第一回中寫到潘金蓮每日趁武大郎出門賣燒餅時，便「在簾下嗑瓜子兒，一徑把那一對小金蓮做露出來」(1-1-24)，所以街坊週知武大有一位貌美如花、愛賣弄風騷的妻子－潘金蓮。而他們也都樂於被勾引，每天在武家門前與她調情。

第二回潘金蓮手拿叉竿放簾子，卻不小心打到西門慶，此乃兩人初次見面的場景，這時潘金蓮除了華麗服飾的描寫之外，更有「往下看，尖趫趫金蓮小腳，雲頭巧緝山牙老鴉，鞋白兒綾高底步香塵」（1-2-48）的描寫。而「那人（西門慶）見了，先自酥了半邊，那怒氣早已鑽入瓜晴目去了，變顏笑吟吟臉兒」（1-2-48），可知對於西門慶來說，被這樣的一位擁有金蓮小腳的美人兒打到，就算是憤怒也轉爲喜悅了。

尤有甚者，在第二十八回中，總共透過八十九個「鞋」字描寫出一段潘金蓮賣弄風情的詳細內容。先是潘金蓮和西門慶一夜纏綿後，爲了找鞋子而到西門慶房中，不料竟找出家僕來旺兒之妻宋惠蓮的鞋來，兩人雖都穿大紅平底鞋，但是一隻是紗綠鎖線、另一隻是翠藍鎖線，而且「婦人（潘金蓮）登在腳上試了試，尋出來這一隻比舊鞋略緊」（2-28-189），此時才知道西門慶和家僕之妻有染。

此外，找鞋風波也牽扯出潘金蓮與陳經濟的一段曖昧之情。陳經濟將鞋「把在掌中，恰剛三寸，就知是金蓮腳上之物」（2-28-191），於是用「一對好圈兒」（2-28-191）和撿到潘金蓮鞋的小鐵棍兒做交換，等拿鞋還給潘金蓮時又是一陣打情罵俏。最後，當西門慶知道小鐵棍兒撿到潘金蓮鞋一事時勃然大怒，大打小鐵棍兒一頓，打得他頭破血流。因爲這鞋不只是鞋，也代表著潘金蓮最私密之處－三寸金蓮，只有西門慶才能看見、才能把玩，怎能輕易落入他人之手？更何況小鐵棍兒還只是個下人！

第二十八回這一大段文字都圍繞著潘金蓮的「三寸金蓮」上

打轉，而宋惠蓮/西門慶、潘金蓮/陳經濟之間的四角關係，也隨著這雙鞋子的去向而得到釐清。（先是因爲找鞋而發現宋惠蓮、西門慶的姦情，後來則因爲還鞋而有潘金蓮、陳經濟調情的一段對話。）

（二） 卜卦（潘金蓮→西門慶）

女子常以所穿的蓮鞋擲於地上，用來占卜吉凶。若卜丈夫歸期，蓮鞋仰爲「歸」，俯則「不歸」。[1]所以在《金瓶梅》中，潘金蓮也用鞋子卜卦，第八回寫道「用纖手向腳上脫下兩隻紅繡兒來，試打一個相思卦，看西門慶來不來」（1-8-166）。可知她對於西門慶的期望，也同樣寄託在鞋子上、也透過鞋子來表達。

（三） 試探（西門慶→潘金蓮）

潘金蓮和西門慶因王婆引見在家吃飯時，兩人正是從腳上燃起偷情的慾火，見第四回的描述：

> 這西門慶故意把袖子在桌上一拂，將那雙筯拂落在地下來。一來也是因緣湊巧，那雙筯正落在婦人腳邊。這西門慶連忙將身下去拾筯，只見婦人尖尖趫趫剛三寸，恰半扠，一對小小金蓮正趫在筯邊。西門慶且不拾筯，便去他繡花鞋頭上，只一捏。（1-4-90）

---

[1] 參考高洪興，《纏足史》（上海：上海文藝出版社，1995.7），頁133

這是兩人第二次見面的情景，而這樣的動作其實是王婆在事前教西門慶先試探一下潘金蓮的心意。她若是吵鬧，王婆便來排解；若是不作聲，便是對西門慶有意。結果「那婦人笑將起來」（1-4-91），想當然耳是對西門慶有意了。

（四） 戲弄（西門慶→潘金蓮）

第六回中潘金蓮與西門慶飲酒作樂時，西門慶「又脫下他一隻繡花鞋兒，拿在手裡，放一小盃酒在內，吃鞋盃耍子」（1-6-135）。其實這種以女子三寸金蓮爲杯飲酒的風氣早已出現，據明・沈德符《萬曆野獲編》的「妓鞋行酒」條所載：

> 元楊鐵崖好以妓鞋纖小者行酒，此亦用宋人例。而倪元鎮以為穢，每見之輒大怒避席去。隆慶中，雲間何元朗覓得南院王賽玉紅鞋，每出以觴客，坐中多因之酩酊，王弇州至作長歌以紀之。[2]

可見這種風氣自宋元以來便開始，在明代士大夫之間也頗爲流行。而這樣脫下蓮鞋來把玩的情節在《金瓶梅》中曾多次出現，例如第二十七回潘金蓮與西門慶在花園相遇時，西門慶「一面又將婦人紅繡花鞋兒，摘取下來戲，把他兩條腳帶解下來，拴其雙

[2] 明・沈德符，《萬曆野獲編》（北京：中華書局，1997.11），卷 23，〈妓女〉，頁 600

足，吊在兩邊葡萄架上如金龍探爪相似」（2-27-175）。這便是將潘金蓮視爲玩物一般，將她倒吊在葡萄架上戲耍，以便逞其性慾。

（五） 對紅睡鞋的迷戀/迷思（西門慶⟷潘金蓮）

西門慶對於紅睡鞋有特殊的偏好，如第二十八回西門慶看見潘金蓮穿著兩隻「紗綠網子睡鞋兒」，他說「呵呀！如何穿這個鞋在腳上？怪怪的不好看」，最後答應爲潘金蓮再作一雙紅鞋，他說「你不知我達一心只喜歡穿紅鞋兒，看著心裡愛」（2-28-199），說到底還不是爲了一己私欲，喜歡看潘金蓮穿紅鞋，還反覆再三說喜歡。所以潘金蓮也一直惦記著要做一雙紅鞋來穿，如同第二十九回的描寫：

> 金蓮記掛著做紅鞋，拿著針線筐兒，往花園翡翠軒臺基兒上坐著，那裡描畫鞋扇，但使春梅請了李瓶兒來到，李瓶兒問道：「姐姐，你描金的是什麼？」金蓮道：「要做一雙大紅光素緞子，白綾平底鞋兒，鞋尖兒上扣繡鸚鵡摘桃。」（2-29-203）

就是因爲西門慶喜歡，所以眾女性便紛紛穿著紅睡鞋，以投西門慶所好。

二、 衣服

潘金蓮的服飾穿著風格與要求，在《金瓶梅》眾多的女性中顯得十分特殊，因此以下將服飾透露出的訊息，分爲「不安於室的個性」及「與眾不同的渴望」兩點試作討論。

（一） 不安於室的個性

衣服不只可以遮蔽身體，也可以裝扮自己。而中國古代大部份的服飾通常較寬鬆、較不強調身材。但在《金瓶梅》中，潘金蓮一出場便穿著一件「扣身衫兒」（1-1-19），展現出姣好的曲線，故作媚態，她給人的第一印象便是如此，雖然還未有任何言語、行動的描寫，實際上已經將她與眾人性情的不同處先在讀者心中烙下深深的印記了。

到了第二回，她穿著一件「毛青布大袖衫兒」（1-2-48），一付賣燒餅武大老婆的樣子，潘金蓮的衣著只有在此時較爲樸素、粗糙。雖然服飾如此，卻難掩其媚態，因爲在「毛青布大袖衫兒」之下，露出「抹胸兒重重鈕釦」（1-2-48），而且酥胸若隱若現。既然看得見抹胸，表示外衣開襟，一個內衣外露的女性，性格自然較爲狂浪。不只是此處，第四回潘金蓮與西門慶喝酒相見時，也有類似的描寫：

> 卻說西門慶在房裡，把眼看那婦人，雲鬢半嚲，酥胸微露，粉面上顯出紅白來。（1-4-90）

第二十八回「話說西門慶扶婦人到房中，脫去上下衣裳，著薄纊短襦，赤著身體，婦人止著紅紗抹胸兒」（2-28-183）；第二十九回也有如此的描寫，「婦人赤露玉體，止著紅綃抹胸兒，蓋著紅紗衾」(2-29-225)。三處直接寫出抹胸，一處寫其酥胸微露，一般行爲拘謹端莊的女性是不輕易以內衣示人的。

其次是當武大郎死後，潘金蓮便極盡嫵媚之能事。雖然她曾經在毒死武大郎後，爲他戴孝守喪，第六回寫道：

> 只見那婦人穿著一件素淡衣裳，白紙䯼髻，從裡面假哭出來。(2-6-126)

她雖然著喪服，但是她的心情想必滿懷欣喜之情吧！所以有「假哭」的動作。然而在守喪之時，又有這樣的文字描寫：

> 自從武大死後，怎肯戴孝。把武大靈牌丟在一邊，用一張白紙蒙著，羹飯也不揪採。每日只是濃妝豔抹，穿顏色衣服，打扮嬌樣，陪伴西門慶，做一處作歡玩耍。(1-6-132)

直到武大法事做完，「婦人又早除了孝髻，換了一身豔衣服，在簾裡與西門慶兩個並肩而立，看著和尚化燒靈座」(1-8-187)。在守喪期間不但不肯戴孝，甚至穿著一身鮮豔的衣服。

(二) 與眾不同的渴望

在潘金蓮的一生中，追求享樂似乎是她的終極目標，對於丈夫西門慶也只是獻媚取寵，第四十回中她曾經不惜降低身份裝扮成丫鬟來取悅西門慶，她「把䯼髻摘了，打了個盤頭楂髻，把臉搽的雪白，抹的嘴唇兒鮮紅」(2-40-525)，此時西門慶「不覺淫心蕩漾，不住把眼色遞與他」(2-40-525)。

另外，潘金蓮千方百計地想突出自己在其他妻妾間所擁有的優越地位。首先是潘金蓮不願意穿別人的舊衣。第四十六回元宵夜天冷時，琴童拿了一件皮襖給潘金蓮穿，月娘認爲這件皮襖「只是面前歇胸舊了些兒，到明日從新換兩個遍地金歇胸，穿著就好了」(3-46-136)，但是潘金蓮卻不想穿，她說「平白拾了人家的舊皮襖，來披在身上做什麼？」(3-46-136) 她想與眾不同的心情表露無遺。

其次是在第二十九回潘金蓮「因日前西門慶在翡軒誇獎李瓶兒身上白淨，就暗暗將茉莉花蕊兒攪酥油定粉，把身上都搽遍了，擦的白膩光滑，異香可掬。使西門慶見了愛他，以奪其寵」(2-29-226)。潘金蓮總是因爲李瓶兒有了什麼而向西門慶要什麼，甚至是在李瓶兒生子之後，在服飾上顯現出不同，「見西門慶常在他(李瓶兒)房宿歇，於是常懷嫉妒之心，每蓄不平之意。在鏡前巧畫雙蛾，重扶蟬鬢，輕點珠唇，整衣出房」(2-32-302)，顯然是經過刻意打扮，要與李瓶兒一較長短。

她也經常向西門慶要求特別的東西。在第七十四回李瓶兒死後，她曾爲了要李瓶兒的皮襖，和吳月娘起爭執，她說「你把李大姐(李瓶兒)那皮襖拿出來，與我穿了羅，明日吃了酒回來，他們都穿著皮襖，只奴沒件兒穿」(2-74-484)。西門慶原先要她穿王昭宣府典當的皮襖，但是她卻一味要李瓶兒的皮襖穿，她說「你把李大姐那件與了我，等我縫了兩個大紅遍地金鶴袖，襯著白綾襖兒穿，也是與你作老婆場，沒曾與了別人」(2-74-484)，西門慶拗不過潘金蓮撒嬌，便答應了，吳月娘卻因此而生氣。

此外，她甚至想和正室吳月娘一較長短。例如第十五回元宵晚宴時，只有正室吳月娘穿著紅衣出席，眾妾均是像往常一樣穿著白色襖兒，而潘金蓮竟不甘示弱地穿上「大紅遍地金比甲」（1-15-344）。在第三十五回吳大妗子娶媳時，潘金蓮對西門慶說「大姐姐（吳月娘）是一套衣裳五錢銀子，別人也有簪子的，也有花的，只我沒有，我就不去了」（2-35-373）。第四十回喬家請客，潘金蓮認爲沒有衣裳可穿，央西門慶裁衣，潘金蓮說「大姐姐（吳月娘）他每多有衣裳穿，我老道只知數的那幾件子，沒件好當眼的」（2-40-531）。

在情場的角逐上，潘金蓮以她的美貌、心機，得到了在吳月娘一人之下而眾妾之上的地位，有時甚至不惜與吳月娘展開正面衝突。因爲在這種環境之下，得寵就等於得到了一切，失寵便是失去了一切。

三、 其他飾物

汗巾除了固定髮型外，亦兼有手帕或裝飾之用。在第二回潘金蓮和西門慶初見面時，汗巾便在她身上作爲裝飾物，「通花汗巾兒，袖中兒邊搭剌，香袋兒身邊低」（1-2-48），是說精美的汗巾垂在袖子口。

除此之外，汗巾也成了兩人私會的象徵物，陳經濟因爲從小鐵棍兒手上得到潘金蓮的鞋子，於是對潘金蓮笑說「五娘，你拿你袖的那方汗巾兒賞與兒子，兒子與了你的鞋羅！」(2-28-195)要知道當時潘金蓮袖中的是「鴛鴦夜燒香」(2-28-129)圖樣的汗巾，這頗有偷情的意味。另外，在第五十二回潘金蓮藉口買汗巾，和陳經濟私會於後花園，怕被李瓶兒發現，便謊稱「他(陳經濟)剛才袖著，對著大姐姐(吳月娘)，不好與咱的，悄悄遞與我了」(3-52-332)。第八十二回她甚至「將自己袖的一方銀絲汗巾兒，裹著一個玉色紗挑線香袋兒，裡面裝安息排草，玫瑰花瓣兒並一縷頭髮，又裝著些松柏兒，一面挑著『松柏長青』，一面是『人如花面』八字，封的停當，要與經濟」(3-82-21)。在這幾回中，汗巾成了潘金蓮與陳經濟偷情的象徵物。

除了汗巾之外，其他的飾物也常作為潘金蓮與其他男子的定情物。第八回中潘金蓮久候西門慶不至，於是央王婆去西門慶家，此時「向頭上拔下了一根金頭簪子與他」(1-8-173)；並且在給西門慶祝壽的物品中也有一根簪子，這根簪子較為特別，是一根「並頭蓮瓣簪兒」(1-8-179)，上面還刻有一首詩「奴有並頭蓮，贈與君關髻；凡事同頭上，切勿輕相棄」(1-8-179)，希望藉簪子表達自己的情意。又在第十二回時，潘金蓮私會小廝琴童，把隨身攜帶的「錦香囊股子葫蘆兒」(1-12-262)都給了他。此處潘金蓮將隨身攜帶的簪子和葫蘆兒送給心愛的人，便是象徵著兩人之間的情意。

綜上所述，潘金蓮不僅藉由性感的服飾表現個性，又能以三寸金蓮及其他飾物來引起男性的注意。因此，可說她是一個很懂得利用外在服飾達到目的的女性。

其他如第十一回孫雪娥和龐春梅吵架，潘金蓮護著龐春梅，一架吵到吳月娘房裡。但是她吵不過孫雪娥，便發起瘋癲，「卸了濃妝，洗了脂粉，烏雲散亂花容不整，哭得兩眼如桃」（1-11-240），大哭大鬧，並向西門慶要休書，使得西門慶暴怒，大打孫雪娥一頓。而某夜當西門慶到李瓶兒房中吃酒，久久不歸時，她又懊惱又怕西門慶突然來到，所以獨自在夜半彈琵琶，「不免除去冠兒，亂挽烏雲」（2-38-470）。又一次西門慶往李嬌兒房中睡了一夜，她便在西門慶進房時，「先摘了冠兒，亂挽烏雲，花容不整，朱粉懶施，渾衣兒揸在床上」（4-76-605）。從以上的描述可見，潘金蓮善於將自己嫉妒之心隱藏住，透過外表淩亂的服飾來表現出受委屈的可憐模樣，進而利用西門慶憐愛之心，以達到自己的目的。

無怪乎孫雪娥曾說「他（潘金蓮）單爲行鬼路兒，腳上只穿毡底鞋，你可知聽不見他腳步兒響」（4-75-570），這段話是多麼一針見血啊！

第二節　李瓶兒

李瓶兒是西門慶的第六妾，也是他極爲寵愛的對象，因此備受潘金蓮排斥。在服飾打扮上兩人不時互較長短，如第二十九回西門慶曾誇李瓶兒身上白淨，潘金蓮便在身上擦粉，以討西門慶歡心，可見潘金蓮一直視李瓶兒爲勁敵。由《金瓶梅》中對李瓶兒服飾的描寫，便不難看出她的性格，以下便分兩點來討論。

一、素淨的服飾表現溫和的性格

李瓶兒的性格與潘金蓮相較之下，是較爲溫和的，她的服飾也都不太誇張。除了嫁入西門家時穿著「大紅衣服」(1-19-452)外，其餘如第十三回西門慶至花子虛家和她第一次相見時，她穿「藕絲對襟衫」配上「白紗挑線鑲邊裙」(1-13-288)；連死後託夢給西門慶時，也只是穿著「糝紫衫」及「白絹裙」(4-67-234)，另一次託夢時穿「素白舊衫」(4-71-374)；第五十六回西門慶與眾妻妾在花園嬉戲，眾妻妾無不爭奇鬥豔，「月娘上穿柳綠杭絹對襟襖兒，淺藍水綢裙子，金紅鳳頭高底鞋兒；孟玉樓上穿鴉青緞子襖兒，鵝黃綢裙子，桃紅素羅羊皮金滾口高底鞋兒；潘金蓮上穿銀紅縐紗白絹裡對襟衫兒，荳綠沿邊金紅心比甲兒，白杭絹畫拖裙子，粉紅花羅高底鞋兒」(3-56-436)，只有李瓶兒「上穿素青杭絹大襟襖兒，月白熟裙子，淺藍玄羅高底鞋兒」(3-56-436)。

與眾妻妾相較之下，她所使用的顏色如月白、素青、淺藍等，都顯得素淨許多。這同她的性格一樣，在與潘金蓮的爭寵戰爭之中，她總是居於下風，並未主動出擊，終於被潘金蓮害得兒子官哥兒夭折，自己也病死了。但正是因爲這種素淨、優雅，更顯現出她的風韻。前述第十三回初次與西門慶相見時，「戴著銀絲䯼髻，金鑲紫英墜子，藕絲對襟衫，白紗挑線鑲邊裙；裙邊露一對紅鴛鴦嘴，尖尖趫趫，立在二門裡臺基上。手中正拿一隻紗綠潞綢鞋扇」(1-13-288)，她見到西門慶之後並不回院，反而叫丫鬟請西門慶入內，更加吸引西門慶的注意。

此外，第十四回李瓶兒前夫花子虛剛死未滿五七，巧遇潘金蓮生日，於是她「穿白綾襖兒，藍織金裙，白紵布䯼髻，珠子箍兒」(1-14-326) 前來祝壽，此時她猶記得自己是帶孝之身；但是到了第十六回西門慶說要娶她時，她竟「摘去孝髻，換上一身艷服」(1-16-380)，與西門慶飲酒歡暢，前後時間不過四個月[3]，足見她心理轉變如此之速，與潘金蓮如出一轍。

李瓶兒乃是西門慶小妾，但是在第六十三回中，當西門慶為她舉行喪禮時，一路奢侈之至，取得了「西門孺人」(4-63-119) 的稱謂，她「頭戴金翠圍冠，雙鳳珠子挑牌，大紅粧花袍兒，白馥馥臉兒，儼然如生」(4-63-118)。至於死後的肖像也是如此，「穿大紅遍地金袍兒，錦裙繡襖，珠子挑牌」(4-78-716)，「俱要用大青大綠，珠翠圍髮冠，大紅通神五彩遍地金袍兒，百花裙，衢花綾裱，象牙軸頭」(4-63-111)。更甚者，李瓶兒死後，西門慶請人題旌銘，因為西門慶是千戶，為五品官，所以他想將李瓶兒題為「詔封錦衣西門恭人李氏柩」，(4-63-117) 對此各人均表達不同的意見：

(應) 伯爵再三不肯，說：「有正室夫人在，如何使得？」杜中書說：「曾生過子，於禮也無礙。」講了半日，去了「恭」字，改了「室人」。溫秀才道：「恭人係命婦有爵，

[3] 前事發生在正月初九，後事發生在五月十五，前後相距四月餘。此時間的推算參考魏子雲，《金瓶梅編年紀事》(台北：巨流圖書公司，1981.7)

室人乃室內之人，只是個渾稱。」(4-63-116)

應伯爵、溫秀才認為正室吳月娘還在，而李瓶兒只是妾，所以不可以用「恭人」，應用「室人」之名。由此可見西門慶對她的寵愛了。而其他的排場都使她死後極為風光，但她充其量不過是西門慶的一個小妾罷了。前文許多論述都談到李瓶兒因美貌受寵的情形，足以使潘金蓮與之較勁，但是她未曾因為受寵而驕縱，正如第十回中西門慶和月娘對她的印象：

西門慶道：「花二哥娶了這娘子兒，今不上二年光景；他自說娘子好個性兒，不然，房裡怎生的這兩個好丫頭。」

月娘道：「前者她家老公公死了，出殯時，我在山頭，曾會她一會兒，生的五短身材，團面皮，細彎彎兩道眉兒，且是白淨，好個溫存性兒。」(1-10-222)

也正和她平日素淨的服飾互相映襯。

二、多所贈與，善待他人

李瓶兒不但衣服素淨、性格溫和，而且對於其他妻妾也是不失禮儀的。例如在第十三回李瓶兒送潘金蓮一對壽字簪兒，「確是兩根番紋低板石青填地金玲瓏壽字簪兒。乃御前所製造，宮裡出來的，甚是奇巧」(1-13-307)；第十四回潘金蓮生日宴罷，次日李瓶兒便要馮媽媽奉上四對「金壽字簪兒」(1-14-332)，分別要送給吳月娘、李嬌兒、孟玉樓及孫雪娥。

她不只是對眾妻妾大方，連對家中僕婢也是如此。她在病危時送給馮媽媽「一件白綾襖兒黃綾裙，一根銀掠兒」(4-62-73)；送如意兒「一襲紫綢子襖兒，一件舊綾披襖兒、藍綢裙，兩根金頭簪子，一件銀滿冠兒」(4-62-74)；又送迎春、繡春「兩對金裹頭簪兒，兩枝金花兒」(4-62-75)等貴重飾物。正因爲她在生前對眾人都是和和氣氣，所以死後也受到尊敬，第六十二回眾人爲她找尋生前的衣物準備入殮時的一段對話：

> 潘金蓮道：「姐姐他心裡只愛穿那大紅遍地金鸚鵡摘桃白綾高底鞋兒。只穿了沒多兩遭兒，倒尋那雙鞋出來，與他穿了去罷。」
>
> 吳月娘道：「不好，倒沒的穿上陰司裡，好叫他跳火坑。你把前日門外往他嫂子家去穿的那雙子遍地金高底鞋，也是扣的鸚鵡摘桃鞋，尋了出來，與他裝綁了去罷。」(4-62-91)

李瓶兒的服飾不但反映出她的性格，也反映出她的萬貫家產。她帶來的「金廂鴉青帽頂子」及「金絲髮髻」，分別重新製成「一對墜子」及「一件金九鳳鈿根兒，每個鳳嘴銜一掛珠兒，照依他大娘，正面戴金廂玉觀音，滿池嬌分心」(1-20-467)。一件金九鳳鈿兒要三兩五六錢，一件分心要一兩六錢，當時丫鬟一個只值五至三十兩不等，足見她所帶來的飾物有多值錢了。

第三節　龐春梅

龐春梅本爲吳月娘房中丫鬟，在潘金蓮嫁入西門慶家中後轉爲潘金蓮房中，於是「金蓮自此一力把他抬舉起來，不令他上鍋抹灶，只叫他在房中，鋪床疊被，遞茶水，衣服首飾，揀心愛的與他，纏的兩隻腳小小的。原來春梅比秋菊不同，本性聰慧，喜謔浪，善應對，生的有幾分顏色，西門慶甚是寵他」(1-10-226)。可見龐春梅在西門家雖是丫鬟，卻因爲又貌美又聰明，使她的際遇和別的丫鬟不同，不但可以纏小腳，還不時獲得衣服首飾的賞賜。在這裡，作者對於龐春梅的際遇所作的描寫和潘金蓮所受的待遇一模一樣，都是主子將「衣服首飾，撿心愛的與他」。只是不同的是潘金蓮受到吳月娘的寵愛，而龐春梅則是受到潘金蓮的寵愛。

然而龐春梅因爲得到西門慶的寵愛，所以在服飾上有所表現，但是仍不敢過於明目張膽。至於在西門慶死後，龐春梅成爲周守備夫人，她的服飾又是另一番風貌了。因此本節將龐春梅的服飾變化分爲西門慶死前、西門慶死後兩個時期來探討。

一、 西門慶死前

龐春梅只在第二十九回一處出現丫鬟般裝束，「家常露著頭，戴著銀絲雲髻兒，穿著毛青布掛兒，桃紅夏布裙子」(2-29-223)，乃以棉布爲質料，其他幾乎未見如此樸素的服飾。

第十一回西門慶見孫雪娥罵龐春梅，便踢了孫雪娥幾腳。孫雪娥好歹也是西門慶的第四妾，在西門慶眼中竟比不上一個丫鬟；然而龐春梅卻恃寵而驕，自以爲是，尤其想在眾多丫鬟中展現出與眾不同的一面，特別是在服飾上有所表現。第四十一回西門慶對龐春梅說要宴請眾官娘子，並說「你們四個都打扮出去，與你娘跟著遞酒，也是好處」（3-41-2），不料春梅不肯，理由是「娘們都做了新衣裳，陪侍眾官戶娘子，便好看，俺們一個一個，只像燒胡了卷子一般，平白出去惹人笑話」（3-41-2），在她心裡是想得到像妻妾們相同的待遇，否則寧可不去。

而且，當西門慶說要替四個丫鬟各裁三件衣服時，龐春梅還多要了件「白綾裙兒，搭襯著大紅遍地錦比甲兒穿」（3-41-3），她總是要求與其他三個丫鬟穿的有所不同。另外在第四十二回李瓶兒生日時迎春、玉簫、蘭香的穿著都一樣，只有春梅穿的是「大紅遍地錦比甲」（3-42-26）。又第四十六回元宵雪夜，西門慶四個得寵的貼身丫鬟：春梅、玉簫、迎春、蘭香都在場，卻只有春梅穿著「大紅遍地金比甲」（3-46-120）。

其實她和玉簫、迎春、蘭香的地位是同等的，誰也不比誰高。但是龐春梅不但在要求西門慶裁衣時，替她裁一件大紅衣裳，在她當丫鬟時更不時穿著大紅衣裳出現。因此可以想見，她是多麼渴望升格爲妻妾，多麼渴望與眾不同，多麼希望受到西門慶的垂青。

再加上吳神仙算命，說龐春梅將來「必戴珠冠」（2-29-220），引起吳月娘的不悅時，她答道：

> 人不可貌相，海水不可斗量。從來旋的不圓砍的圓，個人裙帶上衣食，怎麼料得定，莫不長遠只在你家作奴才罷！

（2-29-220）

正表現出她渴望改變的心態，不願意一輩子成爲讓人使喚的奴婢。

二、 西門慶死後

後來，當西門慶一死，吳月娘便將她賣掉，「箱籠兒也不與，又不許帶一件衣服兒，只叫她罄身兒出去，鄰舍也不好看的」（5-85-101），足見正室吳月娘早已看不慣她那盛氣凌人的樣子了，一件衣服也不許她帶走，分明是想讓她失去從前的特權。但是龐春梅並不傷心，只是冷冷的說「等奴出去，不與衣裳也罷；自古好男不吃分時飯，好女不穿嫁時衣」（5-85-101），充分顯現出她的硬骨氣。

後來龐春梅憑著姿色嫁給了周守備之後，便是盛裝打扮，第八十六回她被賣至周守備家時「帶著圍髮雲髻兒，滿頭珠翠，穿上紅緞襖兒，下著藍緞裙子」（5-86-111）。龐春梅嫁到周家後，雖說是二妾，但是正室並不管事，而在正室死後她便升格爲妻了。

在當上守備夫人後，她的服飾自然顯現出她的身份地位，第八十九回至永福寺替潘金蓮上昝時，「比昔時出落得長大身材，面如滿月，打扮的粉妝玉琢，頭上戴著冠兒，珠翠堆滿，鳳釵半卸，穿大紅粧花襖兒，下著翠藍縷金寬欄裙子，帶著玎璫禁步，比昔不同許多」（5-89-197），在此，作者特別從吳月娘的眼光來看龐春梅的變化，今昔之比，究竟不同，而且還用了兩次「比昔時如何如何」來加以強調。

在第九十五回吳月娘因爲平安兒一案派玳安帶謝禮給龐春梅時，龐春梅「戴了金梁冠，金釵梳，鳳鈿，上穿繡襖，下著錦裙」(5-95-367)。第九十六回春梅參加孝哥兒生日時，「帶著滿頭珠翠，金鳳頭面，釵梳，胡珠環子，身穿大紅通袖四獸朝麒麟袍兒，翠藍十樣錦百花裙，玉叮噹禁步，束著金帶，坐著四人大轎，青緞銷金轎衣，軍牢執籐根喝道，家人伴當跟隨，抬著衣匣，隨後兩頂家人媳婦小轎兒，緊緊跟隨大轎」(5-96-372)。而第九十七回陳經濟大婚之日，龐春梅「打扮珠翠鳳冠，穿通袖大紅袍兒，束金鑲碧玉帶」(5-97-415)。龐春梅的服飾不止和以前大不相同，甚至華麗百倍，還出現多次「鳳釵」、「鳳鈿」、「金鳳頭面」及「鳳冠」等鳳紋樣的飾物，著實圓了她的太太夢。

綜上所述，龐春梅的服飾在西門慶死前，也就是她仍爲西門家奴婢時，她因爲得寵，所以處處要與眾不同，甚至想與眾妻妾一較長短。在西門慶死後當上周守備夫人時，則極盡所能地藉服飾展現其雍容華貴的一面。整體來看，龐春梅服飾的變化正反映出其地位的變化，從奴婢到妾、再到正室。

第四節　孫雪娥

孫雪娥在西門家中的身份名爲妾而實爲婢，且看第十一回中的記載：

> 家中雖是吳月娘大娘子在正房居住，常有疾病，不管家事；只是人情看往，出門走動。出入銀錢，都在唱的李嬌兒手裡。孫雪娥單管率領家人媳婦，在廚房上灶，打發各房飲食。譬如西門慶在那房宿歇或吃酒吃飯，造甚湯水，俱經雪娥手中整理。(1-11-233)

雖然同樣是西門慶的妻妾，但在家中所受到的待遇有如天壤之別。與其說孫雪娥是西門慶的妾，不如說是家中奴婢的領班還比較恰當。一直到西門慶死後，被升格為周守備夫人的龐春梅買回家當奴婢，進而賣入娼家，孫雪娥的命運可說是每況愈下。

而婢、妾兩種微妙的地位關係便反映在她所穿著的服飾上，本節將孫雪娥的服飾依外部、內部對照兩種方式來做討論。外部對照指的是與其他妻妾的服飾相互比較，就彼此的同異分成「炫耀性的華麗服飾」以及「顯現眾妾地位差異的服飾」兩點；而內部對照則是根據身份地位的轉變，來檢視孫雪娥的服飾表現。

一、 炫耀性的華麗服飾

前文已談過，對於西門慶來說，妻妾不只是妻妾，也是家庭的門面之一，所以她們的服飾極其華麗。他的財富藉由妻妾的服飾展現出來，他把她們當作炫耀的工具。藉由妻妾華麗的服飾，他也得到了心理上的滿足。然而，對於妻妾而言，她們的服飾不只是給西門慶看的，而且也是給其他觀賞者看的，如朋友、左鄰右舍、達官貴人等，當然孫雪娥也不例外。此在第四章第二節已有詳細討論，此處不再贅述。在第二十四回元宵宴席中：

西門慶與吳月娘居上坐，其餘李嬌兒、孟玉樓、潘金蓮、李瓶兒、孫雪娥、西門大姐，都在兩邊列坐，都穿錦繡衣裳，白綾襖兒，藍裙子。（2-24-75）

此時孫雪娥的待遇和其他四位小妾相當，座次的安排或是服飾的穿著都是如此。同樣在第七十五回中，西門家眾妻妾要去應伯爵家吃滿月酒，玉簫對潘金蓮說：

今日要留下雪娥在家，與大妗子做伴兒，俺爹不肯，都封下人情，五個人都叫去哩！娘也快些收拾了罷！（4-75-538）

雖然大家參加喜慶宴會時，一向都習慣留下孫雪娥，但這次西門慶希望妻妾都一同前往。此時，吳月娘、李嬌兒、孟玉樓、孫雪娥及潘金蓮五個人的服飾描寫是這樣的：

白鬏髻珠箍兒，用翠藍銷金綾汗巾兒搭著，頭上珠翠堆滿。銀紅織金子對襟緞襖兒，藍緞子裙兒。（4-75-538）

五人滿身華麗的服飾，甚至有「一頂大轎子，四頂小轎子，排軍喝路」的盛大排場。除了服飾以外，連其他飾物都極盡所能地表現出奢華的一面。從實用觀點來看這些妻妾的服飾，她們的穿戴多而繁雜、昂貴而累贅，不只衣服本身，連隨身的飾物也都如此。

二、 顯現眾妾地位差異的服飾

雖然西門慶有五個妾，但是彼此間的地位仍有不同，這也反映在服飾上。例如第十四回李瓶兒參加潘金蓮生日宴會時，「只見孫雪娥走過來，李瓶兒見他粧飾少次與眾人」(1-14-327)，而當時座次的安排是這樣的：

> 當下吳大妗子、潘姥姥、李瓶兒上坐，月娘和李嬌兒主席，孟玉樓和潘金蓮打橫，孫雪娥回廚下照管，不敢久坐。(1-14-327)

可見同樣是西門慶的妻妾，但孫雪娥不只是服飾較其他妻妾簡單，連稍坐也不得，真像是家中的奴婢。由於孫雪娥在西門家的地位亦婢亦妾，因此她很少和眾妻妾並列而坐。

但或許是李瓶兒初來乍到，不知西門家的人情世故，她對每位妻妾是一視同仁的。她在生日宴會隔日要馮媽媽給每一位妻妾奉上一對「金壽字簪兒」(1-14-332)，當然也給孫雪娥一對，此刻孫雪娥的待遇是和其他妻妾一樣的。

其他在第二十一回中，孟玉樓提議每人出五兩銀子安排酒席宴請西門慶和吳月娘，孫雪娥說道「我是個沒時運的人，漢子再不進我屋裡來，我那討銀子？」(2-21-11) 而她「一個錢不拿出來」(2-21-11)，眾妾求了半天，她「只拿出這根銀簪子來」(2-21-11)。可憐孫雪娥，只能勉強擠出一根銀簪子來！孫雪娥在西門家中，比不上潘金蓮的美貌妖嬈，也比不上李瓶兒的溫柔多情，更比不上孟玉樓的萬貫家財，自然不得西門慶的寵愛了。

又在第四十回描寫西門慶裁衣時，孫雪娥「只是兩套，就沒與他袍兒」(2-40-532)。孫雪娥雖然是西門慶的第四妾，但是她在西門家的地位仍然比其他妾來得低，畢竟她是由奴婢收為妾的，從這裡便看出彼此地位及待遇的不同。

此外，在第七十五回西門慶宴請眾爺時，眾妻妾莫不打扮得花枝招展，而對孫雪娥的描寫是：

> 原來月娘見金蓮穿著李瓶兒皮襖，把金蓮的舊皮襖與孫雪娥穿了，都到上房拜了西門慶，惟雪娥與西門慶磕頭，起來又與月娘磕頭。(4-75-549)

以上的服飾描寫，都表明了孫雪娥低於其他妻妾的地位，甚至如同奴婢一般要向西門慶及吳月娘磕頭。

三、 不同身份的服飾表現

從孫雪娥的服飾中還可見到一項特點，那就是「鬏髻」的使用時機。在第九回中說明孫雪娥被收為妾的經過，她原是「先頭陳家娘子陪床的」，「生的五短身材，有姿色，西門慶與他帶了鬏髻，排行第四」(1-9-193)，這是當潘金蓮嫁入西門家之後才有的排行。

到了第九十回龐春梅貴為周守備太太時，為了報昔日之仇，特將孫雪娥買入府中，「雪娥見春梅，不免低身進見，入望上倒身下拜，磕了四個頭」(4-90-229)；此時龐春梅命家人媳婦「與我把這賤人撮去了鬏髻，剝了上蓋衣裳，打入廚下，與我燒火做飯」(4-90-229)，而孫雪娥「到此地步，只得摘了髻兒，換了豔服，滿臉悲慟，往廚下去了」(4-90-229)。到此角色替換，昔日的奴婢升爲主子，昔日的妾降爲奴婢，孫雪娥也只得忍氣吞聲，直嘆無奈了。

由此可知奴婢升格爲妻妾時會戴上鬏髻；反之，若妻妾被降爲奴婢時也要摘去鬏髻。因此，「鬏髻」實可視爲區別妻妾與奴婢身份的重要工具之一。

其他如第二十五回，孫雪娥將西門慶與宋惠蓮私通的事告訴來旺兒，使得來旺兒大罵西門慶。西門慶大怒，不但解雇了來旺兒，還逼死了宋惠蓮，更「把孫雪娥打了一頓，被月娘再三勸了，拘了他頭面衣服，只教他伴著家人媳婦上灶，不許他見人。」(2-25-116)此時，孫雪娥的華麗服飾與頭面被扣留，「妾」之名雖然還在，但事實上已然像奴婢一般了。

孫雪娥一生坎坷，從婢升爲妾、再降到婢，最後淪落爲妓，正應驗了吳神仙所說的「不爲婢妾必風塵」，真是無一倖免。無論是穿著含有炫耀意味的華麗服飾，或是受贈服飾的多寡，甚至是在身份改變時的不同服飾(如鬏髻)等，孫雪娥都是處於被動的、任人擺佈的地位。除了與來旺兒私奔時，才能展現出自由意志外；其餘只有默默地在地位極不平等的西門家飽受欺凌。

第五節　小結

綜上所述，《金瓶梅》中的女性——潘金蓮、李瓶兒、龐春梅及孫雪娥的性格都可以在服飾上一覽無遺。

潘金蓮喜愛穿著扣身衫子、抹胸或穿著前胸袒露的對襟衫等性感的服飾，用以表現不安於室性格。她也喜愛與眾不同的服飾，千方百計想突出自己在眾妻妾之間的地位，將她愛爭權奪利的性格表露無遺。她常以足下的三寸金蓮及汗巾等物勾引男性，如第二十八回找鞋風波與陳經濟打情罵俏的過程等，都顯示出她的性格。因此，她是一個懂得利用服飾達到目的的人。

而李瓶兒與潘金蓮的性格截然不同，她喜歡顏色較爲淺淡的服飾，例如月白、淺藍、素青等色，正如同她溫和、不與人爭的性格一般。還有，她絲毫不吝惜自己的服飾，不但贈送金簪給眾妻妾，還在臨死之前將飾物分送給奴婢等，充分表現出她大方的個性。

至於龐春梅的服飾則較爲特殊，隨著身分地位的不同而有所改變。初入西門家爲丫鬟時，她的穿著簡樸，無異於一般奴婢。但是自從得到西門慶及潘金蓮寵愛之後，便處處想表現得高於其他丫鬟一等，例如她時常央求西門慶贈與她華麗的衣服。她也特別喜歡模仿妻妾們的穿著，可見她奢望取得妻妾的地位。直到當了周守備正室之後，便名正言順穿上了夫人的服飾，如鳳冠、大紅通袖麒麟袍等。因此龐春梅從奴婢、妾到正室身份地位的變化，很明顯的表現在服飾上。

而較不引人注意的孫雪娥，名爲妾實爲婢，從服飾的使用與被賞賜上亦可看出。

當然，還有許多女性更值得深入討論，有待來文加以補充。

第六章 《金瓶梅》的女性服飾與社會風氣

中國小說在《三國演義》、《水滸傳》階段時乃是以英雄人物爲主角，根據前朝的歷史故事、民間傳說以及已成書的平話等進行改編。而《金瓶梅》雖然是運用了《水滸傳》的一段情節，但是基本上仍屬作者的創作，尤其是在日常生活的描寫方面著墨極多，更屬空前。明清以來對《金瓶梅》反映社會現實的問題曾有多家提出意見。明・欣欣子在《金瓶梅詞話序》中云：

> 雖世井之常談，閨房之碎語，使三尺童聞之，如飫天漿而拔鯨牙，洞洞然易曉。[1]

他說雖然書中所描寫的事情極爲瑣碎，但是淺顯易懂。《金瓶梅》崇禎本第二回評談到：

> 摹寫輾轉處，正是人情之所必至，此作者精神之所在也。若詆其繁而欲損一字者，不善讀書者也。[2]

第五十二回評又說：

---

[1] 明・蘭陵笑笑生，《金瓶梅詞話》（東京：大安株式會社，1963.4），〈序〉，頁 5-6

[2] 明・蘭陵笑笑生，秦修容整理，《金瓶梅：會評會校本》（北京：中華書局，1998.3），頁 51

> 此書只一味要打破世情，故不論事之大小冷熱，但世情所有，便一筆刺入。[3]

評者以為此書以人情為主，事不論大小，故不得以繁瑣來詆毀。張竹坡《金瓶梅讀法》第八十條說《金瓶梅》是「一篇市井的文章」，[4]足見其與歷史小說相較之下，特色在此。他在第六十三條又說：

> 讀之，似有一人曾執筆在清河縣前西門家，大大小小，前前後後，碟兒碗兒，一一記之，似真有其事。[5]

此處更清楚地說明此書恰似生活的實錄。但是在第四十條中說：

> 看《金瓶》，把他當事實看，便被他瞞過，必須把他當文章看，方不被他瞞過也。[6]

相對於生活真實而言，藝術真實不等於生活真實的抄寫，可以是虛構的，但卻需反映出生活的真實來。然而現實可能是醜惡的，但是他又在第八十二條中卻認為：

> 《金瓶梅》寫奸夫淫婦，貪官惡僕，幫閑娼妓，皆其通身

---

[3] 《金瓶梅：會評會校本》，頁 700
[4] 《金瓶梅：會評會校本》，頁 1509
[5] 《金瓶梅：會評會校本》，頁 1507
[6] 《金瓶梅：會評會校本》，頁 1502

> 力量，通身解脫，通身智慧，嘔心嘔血，寫出異樣妙文也。……前人嘔心嘔血作這妙文，雖本自娛，實亦娛千百世之錦繡才子者。[7]

作者深入體驗生活，將醜惡的人情事故描繪得維妙維肖，揭示了生活中醜惡的本質，才更貼近了文學之藝術美，用以自娛娛人。另外清・袁枚在《古本金瓶梅序》中說：

> 是書所紀，為一勢豪之一生經歷，其所述事端，以涉及婦女者為最多，旁及權奸恣肆，朝政不綱，亦皆隨事比附，隱加誅討。而閨闥諧謔，世井俚詞，鄙俗之言，殊異之欲，乃能收諸筆下，載諸篇章，口吻逼真，維妙維肖。才一讀及，便覺紙上躍然，作者多才多藝，有非愴俗所可及者，才人文筆，不同凡響，信乎人之欽企弗衰也。[8]

魯迅在《中國小說史略》中也談到《金瓶梅》一書，他說：

> 作者之於世情，蓋誠極洞達，凡所形容，或條暢，或曲折，或刻露而盡相，或幽伏而含譏，或一時而並寫兩面，使之相形，變幻之情，隨在顯見，同時說部，無以上之，故世以為非王世貞不能作。[9]

---

7 《金瓶梅：會評會校本》，頁 1510

8 引見李保均主編，《明清小說比較研究》(成都：四川大學出版社，1996.10)，頁 290

9 魯迅，《中國小說史略》(上海：上海古籍出版社，1998.1)，頁 126

此二人認爲作者所言之事上達朝綱，下及市井，文筆絕妙，必定會流傳不息。以上諸家都對《金瓶梅》反映現實一點做了極大的肯定。

中國長篇小說發展到了《金瓶梅》一書，才由歷史傳奇、英雄傳奇轉而進入世俗人情的描寫，社會日常生活因而成爲文學描寫的題材。《金瓶梅》一書不僅反映出晚明的社會生活，更重要的是反映出因社會經濟變遷而造成晚明社會生活的變化。

明代自中葉以後，商業流通發展，社會財富的流向產生變化，貨幣的使用風行，不僅重整了社會的經濟秩序，也動搖了社會的道德觀念，產生了新的經濟觀念。明代的地方志可說明晚明城市消費的變化，例如《江陰縣志》有載：

> 國初時民居尚儉樸，三間五架，制甚挾小。服布素，老者穿紫花布長衫，戴平頭巾，少者出遊，于市見一華衣市人，怪而嘩之。燕會八簋，四人合坐為一，席折簡不盈幅。成化以後，富者之居，僭侔公室，麗裾豐膳，日以過求；既其衰也，為家之索，非前日比矣。[10]

江陰縣在現今江蘇省沿海地區，在明初時一般人崇尚儉樸，看見一個穿著華服的人甚至會「怪而嘩之」，可見那不是一般人平日

[10] 明・趙錦修、張袞撰，《江陰縣志》（收於《天一閣藏明代方志選刊》，第5冊，據寧波天一閣藏嘉靖刻本影印，台北：新文豐出版社，出版年不詳），卷4，〈風俗記〉，頁58

的穿著。但是在成化之後，一反以往的風氣，在居室、飲食及服飾各方面都十分講究。如《黃巖縣志》所載：

> 昇平既久，法網稍疏，文物雖盛，而奢侈競起。民庶丈夫，履絲策肥，婦女飾以金翠珠翡，嫁娶盛資，送簋笥緹。[11]

足見當時風氣之奢侈，在服飾方面，有些織物原是奢侈品，是富貴之家才有能力享用的東西，到了此時也成為尋常百姓的日常生活用品，甚至穿戴華麗，珠翠滿身。在《邵武府志》中又有更具體的說明：

> 習尚侈染，故其俗奢。男飾皆瓦籠帽，衣履皆紵絲，寬袖、低腰。時改新樣，葬尚風水。女飾擬於妃嬪，俳優，至有黃金帶者。宴賓盤如斗堆，累至尺餘。故其諺曰：「千金之家，三遭婚娶而空；百金之家，十遭宴賓而亡。」可謂不遜矣。[12]

不只是服飾上的奢侈，就連嫁娶宴客也是極其鋪張浪費，就算是富裕之家，也會面臨「三遭婚娶而空」、「十遭宴賓而亡」的局面。

這種奢侈風氣的出現，就維護禮法的角度而言，乃屬越禮犯

---

[11] 明・袁應祺撰，《黃巖縣志》（出處同前書，第6冊，影印萬曆刻本），卷8，〈風俗〉，頁424

[12] 明・陳讓編，《邵武府志》（出處同前書，第10冊，影印嘉靖刻本），卷2，〈風俗〉，頁34

份；但是從經濟發展的角度而言，則是因爲社會經濟蓬勃發展，個人財富增加，使得有能力的人可以享有過去只有王公貴族才能擁有的物質享受。本章便從社會制度及經濟發展兩方面來探討《金瓶梅》一書中所反映明代社會服飾穿戴的奢靡風氣。

第一節　社會制度

在古代，一個人擁有服飾的多寡、尺寸及緣飾的寬窄，都受到法律的規定。歷代正史大多有〈輿服志〉，其內容主要反映歷代的官服制度，並且用來約束平民的服飾。爲了維護上下尊卑的禮制，人們的服飾按等級加以區別，形成統一的服飾制度，不只是官服有嚴格限制，平民百姓的服飾也有一定限制。

以明代爲例，服飾的整頓工作由禮部主持，制訂出一套新的服飾制度。在洪武三年（1370）首次定下服飾制度，根據《明史》記載：

> （皇后冠服）洪武三年定，受冊、謁廟、朝會，服禮服。其冠，圓匡冒以翡翠，上飾九龍四鳳，大花十二樹，小花數如之。兩博鬢，十二鈿。褘衣，深青繪翟，赤質，五色十二等。[13]

[13] 清・張廷玉等編，《明史》（北京：中華書局，1995.3），卷66，〈輿服二〉，頁1621

又載：

> 洪武三年，庶人初戴四帶巾，改四方平定巾，雜色盤領衣，不許用黃。又令男女衣服，不得僭用金繡、錦綺、紵絲、綾羅，止許紬、絹、素紗，其樺不得裁製花樣、金線裝飾。……洪武三年定制，士庶妻，首飾用金鍍銀，耳環用金珠，釧鐲用銀，服淺色團衫，用紵絲、綾羅、紬絹。五年令民間婦人禮服為紫絁，不用金繡，袍衫只紫、綠、桃紅及諸淺淡顏色，不許用大紅、鴉青、黃色，帶用藍絹布。女子在室者，作三小髻，金釵，珠頭巾，窄袖褙子。凡婢使，高頂髻，絹布挾領長襖，長裙。小婢使，雙髻，長袖短衣，長裙。[14]

足見其服飾上自帝后、文武百官、命婦，下至平民、奴婢，不只是服飾的類型有限制，連質料、顏色亦有嚴格的限制。其次在洪武十四年（1381）又定服飾制度，和洪武三年的制度大同小異，只是特別對商人下了禁令，如：

> （洪武）十四年令農衣紬、紗、絹、布，商賈止衣布、絹。農家有一人為商賈者，亦不得衣紬、紗。[15]

又如下：

---

[14] 《明史》，卷 67，〈輿服三〉，頁 1649-1650

[15] 《明史》，卷 66，〈輿服二〉，頁 1649

正德元年，禁商販、僕役、倡優、下賤，不許服貂裘。[16]

這些禁令都宣示了朝廷「重農抑商」的政策。最後在洪武二十五年（1392）定的服制範圍更大，連衣袖、衣長也有一定的規範。而明代的服飾制度也就此確立，至明亡一共歷時二百多年，均不曾有大變動。以下分成服飾禁制的形成及僭越風氣的流行兩點來討論：

一、服飾禁制的形成

中國服飾限制的大原則是「上得兼下，下不得擬上」[17]，因此地位越高者，所能選擇的類型、質料和顏色也越多。但是上層階級又必須依場合時機的不同，而嚴格地遵守禮儀規範，這是一種地位權力的象徵，所以統治階級對於上下服飾的規定極爲嚴格。

而服飾禁制在中國已有長遠的歷史，甚至將奇裝異服視爲「服妖」，將那些不遵守規定的人予以妖魔化。在傳統觀念者的眼中，凡是不合於禮的奇裝異服，都是要受到摒棄的，所以將之視爲妖魔。因爲服飾的約束力量來自社會大眾，在一個社會中穿著循規蹈矩的人佔絕大多數，所以奇裝異服的出現則會受到輿論的指責。有關這方面的記錄，大都在正史〈五行志〉中。例如《後

---

[16] 《明史》，卷 66，〈輿服二〉，頁 1650

[17] 《明史》，卷 65，〈輿服一〉，頁 1597

漢書》所載：

> 獻帝建安中，男子之衣，好為長躬而下甚短。女子好為長裙而上甚短。時益州從事莫嗣以為服妖，是陽無下而陰無上也，天下為欲平也。後還，遂大亂。[18]

此處乃將「陽無下而陰無上」的衣裳視爲服妖，以爲後世亂源。《晉書》也有載：

> 太原中，公主婦女必緩鬢傾髻以為盛飾。用髮既多，不可恒戴，乃先於木及籠上裝之，名曰假髻，或名假頭。至於貧家不能自辦，自號無頭，就人借頭。遂布天下，亦服妖也。[19]

這是說晉代女性時興假髻，而貧婦借人頭髮以裝飾，故稱爲服妖。又《新唐書》所載：

> 開元二十五年正月，道士尹諳為諫議大夫，衣道士服視事，亦服妖也。[20]

---

[18] 晉・范曄，《後漢書》（北京：中華書局，1995.3），志第 13，〈五行一〉，頁 3273

[19] 唐・房玄齡等撰，《晉書》（北京：中華書局，1995.3），卷 27，〈五行上〉，頁 826

[20] 宋・歐陽修、宋祁撰，《新唐書》（北京：中華書局，1995.3），卷 34，

這是說唐代道士爲朝臣，不穿朝服卻穿道士服的情形。同書又云：

> 元和末，婦人為圓鬟椎髻，不設鬢飾，不施朱粉，唯以烏膏注唇，狀似悲啼。圓鬟者，上不自樹也；悲啼者，憂恤象也。……僖宗時內人束髮極急，及在成都，蜀婦人效之，時為囚髻。唐末京都婦人梳髮，以兩鬢抱面，狀如椎髻，時謂之拋家髻。又世俗尚以琉璃為釵釧，近服妖也。拋家、流離，皆播遷之兆也。[21]

這是說唐代婦女的髮型、化妝標新立異，在當時都有所批評，如將「烏膏注唇」者視爲亂世的象徵，將新的髮型稱爲「囚髻」、「拋家髻」，以琉璃爲釵又有流離之兆等等。

以上幾例都是人們不符合當時服飾禁制與習慣而被稱爲「服妖」，這是一種社會秩序的維持，希望藉由含有道德意涵的稱號，使人們警覺自己在服飾上、甚至觀念上的失序。到了明代，男女服飾趨向爭奇鬥豔，而「服妖」理論又再度興起，如明．楊慎指出：

> 近日婦人之衣與男子無異，直垂至膝下，去地僅五吋，袖闊四尺餘。時有謔詩：「碧羅舞袖雙垂地，籠卻纏頭無處尋。」亦妖服也。[22]

〈五行一〉，頁 879

21 《新唐書》卷 34，〈五行一〉，頁 879

22 李永祜編，《奩史選注—中國古代婦女生活大觀》（北京：中國人民大學出版社，1994.10），卷 63，〈衣服門二〉，頁 676

當時的士人也多指服飾變異有違善良風俗。[23]雖然歷代多有服妖論的提出，但是並不會因為如此而阻止奇裝異服的出現，反而在歷朝歷代不斷出現。奇裝異服的出現是一種複雜的文化現象，穿著奇裝異服者也分佈於社會各個階層，上自帝王后妃、下到平民百姓。

二、僭越風氣的流行

服飾的「僭越」是指違反官品穿著的規定，低級官吏穿著高級官吏服飾的現象。在明代雖然有明文規定服飾不可僭越，但是官員、百姓間也時有這種情形出現。《英宗實錄》有載：

> （正統十二年正月戊寅）上御奉天門謂工部臣曰：「官民服飾皆有定制，今文有僭用織繡、蟒龍、飛魚、斗牛，及違禁花樣者，爾工部其通諭之：此後敢有仍蹈前非者，工匠處斬，家口發充邊軍；服用之人亦重罪不宥。」[24]

又有載：

---

[23] 參見林麗月〈衣裳與風教——晚明的服飾風尚與「服妖」議論〉（《新史學》，卷 10，第 3 期，1999.9，頁 111-157）一文，對於明代服妖說有十分詳盡討論。

[24] 明・董倫等，《英宗實錄》（台北：中研院史語所，1967.3），卷 149，頁 2925

（正統十四年二月丙寅）巡撫大同宣府右副都御使羅亨信言：「官員、軍民人等服色，俱有定式，近年各處邊衛指揮千、百户有僭服麒麟、獅子花樣者，舍人有服虎、豹、犀牛、海馬花樣等，軍餘有服禿袖衣、外夷尖頂狐帽者，僭禮違法，請敕禮部督察院申明禁約，庶上下之分，華夷之別。」從之。[25]

由此可知，當時希望維護「上下之分，華夷之別」，正統年間對於官民服飾僭越者的懲罰極爲嚴重。違者「工匠處斬，家口發充邊軍」，僭穿服飾的人也「亦重罪不宥」。正德及嘉靖年間亦是如此，例如《明史》有載：

正德十六年……武職卑官僭用公侯服色者，亦禁絕之。[26]

又云：

嘉靖六年，復禁中外官，不許濫服五彩妝花織造違禁顏色。[27]

這些禁令的出現，乃是反映出當時的社會官民生活趨於奢靡，且不時有服飾僭越的情形出現，因此以法令來禁止。

---

[25] 《英宗實錄》，卷 178，頁 3371

[26] 《明史》，卷 67，〈輿服三〉，頁 1639

[27] 《明史》，卷 67，〈輿服三〉，頁 1639

在《金瓶梅》中，不時出現服飾僭越的描述來說明這樣的現象。西門慶忘了現實的官階，在知道可以做副千戶時，向妻子說「太師老爺抬舉我，陞我做金吾衛副千戶，居五品大夫之職，你頂受官誥，坐七香車，作了夫人」(2-31-251)。事實上，只有王公貴族之妻才有權稱「夫人」，更別說什麼「七香車」[28]了。這是庶民向官宦階級的模仿，雖然在現實還得不到任何的權勢，但是他可以藉由金錢換取物質，使內心得到滿足。

此外，在《金瓶梅》中許多女性衣服上也常出現麒麟紋樣，此乃明代官宦中最高的公侯及駙馬才有權穿的[29]。(見圖 7-3-1)

圖 7-3-1 公侯駙馬伯麒麟補服花樣

[28] 《金瓶梅：會評會校本》，頁 827。七香車，「即犢車。用多種香料裝飾而成的犢車，多只命婦用車」。又見元．脫脫等撰，《宋史》(北京：中華書局，1995.3)，卷 2，〈輿服志〉，頁 3510：「金銅犢車，漆犢車，或覆以氈，或覆以棕，內外命婦通乘。」

[29] 《明史》，卷 67，〈輿服三〉，頁 1638：「(洪武) 二十四年定，公、侯、駙馬、伯服，繡麒麟。……景泰四年令錦衣衛指揮侍衛者，得衣麒麟。……(正德)十三年……其服色，一品斗牛，二品飛魚，三品蟒，四品麒麟。」

例如第四十回西門慶裁衣時，吳月娘要求一件「獸朝麒麟補子緞袍兒」（3-43-69）；第七十八回藍氏參加西門家酒宴時穿著「大紅通袖五彩粧花四獸麒麟袍兒」（4-78-731）；第九十六回春梅參加孝哥兒生日時穿「大紅通袖四獸朝麒麟袍兒」（5-96-392）。又第四十回西門慶裁衣時，李嬌兒、孟玉樓、潘金蓮、李瓶兒四人各做了一件「大紅五彩通袖粧花錦雞緞子袍兒」（2-40-532），「錦雞」是明代二品文官補子的紋樣[30]。還有西門慶家中婢女動不動就珠翠滿頭以及穿著錦衣華服，也是一例。

如前文所述，《金瓶梅》女性服飾的僭越現象與明代社會相契合，而明末以後，社會風氣丕變，情況越演越烈。明・沈德符《萬曆野獲編》中也針對明末服飾僭越的風氣做了說明，他說當時服飾僭越較爲嚴重的有三種人，一是勳戚、二是內臣、三是婦人。[31]其中對婦人所做的描寫如下：

> 在外士人妻女，相沿襲用袍帶，固天下通弊，京師則極異矣。至賤如長班，至穢如教坊，其婦外出，莫不首戴珠箍，身披文繡，一切白澤、麒麟、飛魚、坐蟒，靡不有之。且乘坐肩輿，揭簾露面，與閣部公卿，交錯於康逵。前驅既不呵止，大老亦不詰責。真天地間大災孽！[32]

---

[30] 《明史》，卷 67，〈輿服三〉，頁 1638：「（洪武）二十四年定……文官一品仙鶴，二品錦雞，三品孔雀，四品雲雁……。」

[31] 明・沈德符，《萬曆野獲編》（北京：中華書局，1997.11），卷 5，〈勳戚〉，頁 147-148

[32] 《萬曆野獲編》，頁 148

將此現象揭露得十分徹底，連身分地位低賤的女性出門都是滿身珠翠與錦繡，路人不但不以爲奇，反而若無事狀，因此他以「天地間大災孽」來作感嘆。其他如清・葉夢珠《閱世編》也有載：

> 蓋男子僭於外，法可以禁止。婦女僭於內，禁有所不及。故移風易俗者，於此尤難。原其始，大約起於縉紳之家，而婢妾效之，寖假而及於親戚，以殆鄰里。富豪始以創起為奇，後以過前為麗，得之者不以僭而以為榮，不得者不以為安而以為恥。或中人之產，營一飾而不足，或卒遂之資，制衣裳而無餘，遂成流風，殆不可復，斯亦主持世道者所深憂也。[33]

此乃作者葉夢珠有感自崇禎以來，社會上充斥著不良的風氣，亦即服飾的僭越之風盛行。男子因爲出門在外，是以服飾的僭越容易被發現，並且容易規範；但是女子因爲較少外出，就算僭越也不容易被發現，所以女子服飾的僭越十分普遍。這種情形的產生是從富豪之家開始的，後來甚至連小康之家也要窮極一家的財富，只爲求服飾的華麗。尤有甚者，則是「得之者不以僭而以爲榮，不得者不以爲安而以爲恥」，足見情形之嚴重。除此之外，他描述了當時更嚴重的僭越情形，他說：

---

[33] 清・葉夢珠，《閱世編》（台北：木鐸出版社，1982.4），卷 8，〈冠服〉，頁 178

> 時惟大紅為禮服而不輕用。未幾，遂以為常服，甚而用錦緞，又甚而裝珠翠矣，然惟紳縉之家用之。浸淫至於明末，擔石之家，非繡衣大紅不服，婢女出使，非大紅裏衣不華。[34]

又說：

> 夏日細葛、紗羅，士大夫之家常服之，下而婢女不輕服也。崇禎之間，婦婢出使服之矣，良家居恆亦服之矣。自明末迄今，市井之婦，居常無不服羅綺，娼優賤婢以為常服，莫之怪也。[35]

自明初以來，原本服飾的顏色及質料是按身份地位而有所區分的，如大紅爲命婦禮服的色彩，細葛、紗羅爲士大夫所穿，而一般平民是不得穿著的。但是到了明末，卻演變成「擔石之家，非繡衣大紅不服，婢女出使，非大紅裏衣不華」及「市井之婦，居常無不服羅綺，娼優賤婢以爲常服」的情形。

但是當僭越的情形已經普遍化，便會成爲定制。例如中國的服裝倫理，庶民的大禮服即是貴族或官宦階級的最低一等禮服，明代對命婦常服的規定，如《明史》所載：

---

[34] 《閱世編》，卷 8，〈冠服〉，頁 180

[35] 《閱世編》，卷 8，〈冠服〉，頁 180

（洪武）五年……其八、九品禮服，惟用大袖衫、霞披、褙子。[36]

以及：

（洪武） 二十四年定制，命婦朝見君后，在家見舅姑並夫及祭祀，則服禮服。公侯伯夫人與一品同，大袖衫，真紅色。[37]

這是說自洪武年起規定命婦的禮服為紅色的大袖衫，當時九品命婦的服飾規定是「大袖衫、霞披、褙子」[38]，然而結婚是大喜之日，在服飾上出現一些僭越的現象也不足為怪。《明史》又載「庶人婚，許假九品服」[39]，以及「婿常服，或假九品服，婦服花釵大袖」，[40]是以自此之後，官府即承認這種僭越，規定庶民結婚時，女性可穿戴鳳冠霞披，選用大紅色的服飾。

第二節　經濟發展

服飾一旦穿著在人身上之後，便成為一個社會物質外貌的真

---

[36] 《明史》，卷 67，〈輿服三〉，頁 1644
[37] 《明史》，卷 67，〈輿服三〉，頁 1645
[38] 《明史》，卷 67，〈輿服三〉，頁 1644
[39] 《明史》，卷 67，〈輿服三〉，頁 1649
[40] 《明史》，卷 55，〈禮九〉，頁 1403

實反映，它是社會經濟生產力最顯著又最不易隱瞞的表現形式之一。而《金瓶梅》中的女性服飾正足以反映出晚明的社會經濟與女性生活，本節則是從經濟發展來探討社會奢靡風氣形成的原因，分成經濟條件及奢侈風氣兩點進行討論。

一、經濟條件

首先，可見到故事發生的地點乃是當時經濟發達的地方——山東臨清縣，《金瓶梅》第九十二回對此有所描寫：

> 這臨清閘上是個繁華熱鬧大馬頭去處，商賈往來，船隻聚會之所，車輛輻輳之地，有三十二條花柳巷，七十二座管絃樓。(5-92-261)

原來臨清是四方貨物的集散地，據《明史》載永樂二十一年(1423)山東巡府陳濟有言：

> 淮安、濟寧、東昌、臨清、德州，直沽商販所聚。[41]

可知在當時臨清是南北貨物的集散地，商業經濟自然跟著繁榮起來，成爲當時溝通南北商品的重要城市。在《金瓶梅》中敘及主人翁西門慶家住的清河縣與臨清縣相距七十里，但根據諸位學者考證的結果，兩地實際距離並不只七十里。在此姑且不論兩地的

---

[41] 《明史》，卷 81，〈食貨五〉，頁 1976

實際地理位置如何，我們不妨把它視為作者將臨清縣繁榮的經濟盛況投射在清河縣這個地方，正如我們不必將西門慶、潘金蓮等人物一一去追根究底的考證出他們是誰一樣。[42]

除此之外，隨著經濟的發展，當時白銀的使用更為廣泛，市場上的交易都是以銀計價，這點我們可由嘉靖、隆慶、萬曆年間所實行的「一條鞭法」看出來，據《明史》所載：

> 凡額辦、派辦、京庫歲需與存留、供億諸費，以及土貢方物，悉併為一條，皆計畝徵銀，折辦於官，故謂之一條鞭。[43]

「一條鞭法」便是以銀代役，國家賦稅從實物轉而為貨幣，使得白銀在市場上大量流通，使晚明商業有更快速的發展。《天工開物‧序》中言及「滇南車馬縱貫衡陽，嶺徼官商衡（橫）遊薊北」，[44]可見當時商業的發展已經縱橫全國了。而《金瓶梅》中西門慶的商船往來南京、江南五府之間，亦是上述現實的反映。

在《醒世恆言》的〈施潤澤灘闕遇友〉一篇中，便敘述了嘉

---

[42] 關於臨清縣及清河縣兩地地理位置的考證問題，可參考徐朔方，《小說考信編》（上海：上海古籍出版社，1997.10），頁 160-163；或張丹、天舒，《金瓶梅中的歷史迷團與懸案》（北京：大眾文藝出版社，1999.8），頁 270-273。其中有較為詳盡的討論。因為此問題不屬本論文的討論重點，故在此做一概略性的論述。

[43] 《明史》，卷 78，〈食貨二〉，頁 1902

[44] 明‧宋應星，《天工開物》（台北：中華叢書委員會，1955.7），〈序〉

靖年間的一對施復夫婦，在十年間由一張織機的小小織戶擴展爲三、四十張織機大戶的故事：

> 施復是個小戶兒，本錢少，織得三、四匹，便去上市出脫。……如今家中見開這張機，儘勾日用了。有了這銀子，再添上一張機，一月出得多少綢，有許多利息。這項銀子，譬如沒得，再不要動它。積上一年，共該若干，到來年再添上一張。一年又有多少利息。算到十年之外，便有千金之富。那時造什麼房子，買多少田產。[45]

小說反映出由於商品經濟的發展，絲織業主也不斷的擴張家業，形成一種「機戶出資，機工出力」的現象。當資本出現時，商人則能進一步掌握生產，以獲得更多的財富。他們在社會生活中的地位逐漸提高，顯示著金錢有巨大的威力。《金瓶梅》的主人翁西門慶便是一個典型的例子，在第六十九回中文嫂對林太太說：

> 縣門前西門大老爹如今見在提刑院做掌刑千戶。家中放官吏債，開四五處鋪面，緞子鋪、生藥鋪、紬絹鋪、絨線鋪。外邊江湖又走標船，楊州興販鹽引，東平府上納香蠟夥記主管，約有數十。東京蔡太師是他乾爹，朱太尉是他舊主，翟管家是他親家，巡府、巡按多與他相交。知府、知縣是不消說。(4-69-294)

---

[45] 明·馮夢龍，《醒世恆言》(台北：里仁書局，1991.5)，卷18，〈施潤澤灘闕遇友〉，頁360

這段話對西門慶的致富過程，以及開當鋪、商店、放高利貸、賄賂官府等商業經營方式做了極爲詳盡的介紹。

再加上其中各種質料的女性服飾，更是對明末進步的紡織技術做了最好的註解。這在本文第二章已有詳盡的討論，此處不再贅述。

二、奢侈風氣

對於服飾足以反映社會奢儉風氣一點，古籍上已有許多記載。如《史記》云：

> 上常衣綈衣，所幸慎夫人令衣不曳地，幃帳不得文繡，以示敦樸，為天下先。[46]

可知東漢文帝時以服飾爲天下敦樸風氣之準則，不奢侈也不文飾。而漢・桓寬《鹽鐵論》又云：

> 古者庶人耋至而後衣絲，其餘則麻枲而已，故命曰布衣。及其後，則絲裡枲表，直領無褘，袍合不緣。夫羅紈文繡者，人君后妃之服也。繭紬縑練者，婚姻之嘉飾也。是以

---

[46] 漢・司馬遷撰，《史記》(北京：中華書局，1996.1)，卷10，〈文帝本紀〉，頁413

文繒薄織，不粥（鬻）於市。今富者縟繡羅紈，中者素綈錦冰，常民而被后妃之服，褻人而居婚姻之飾。夫紈素之賈倍縑，縑之用倍紈也。[47]

起初服飾和個人的身份地位有極爲密切的關係，「羅紈文繡」是帝后之服，「繭紬縑練」是大婚之服，這類較爲高貴的服飾是不隨便穿著及販賣的。但是社會風氣逐漸改變，只要是富人，便可買到「縟繡羅紈」，服飾也隨著財富而變遷了。

到了明代，隨著經濟的發展，人們不再滿足於從前的生活，而是進一步對物質及精神生活有所追求，例如在飲食方面要求精巧奢華，在服飾方面莫不要求穿金戴銀、滿頭珠翠，就連娛樂活動也是如此。尤其是明代社會的經濟已發展到民間可以自製絲綢織錦時，庶民也模仿官宦階級穿著質料更好的服飾，甚至穿金戴銀。尤其是富商大賈，他們的服飾越來越講究。明代對商人服飾的規定相當嚴格，《明史》中有載：

正德元年，禁商販、僕役、倡優、下賤，不許服用貂裘。[48]

在此將商人和僕役、倡優及下賤等人視爲同一等級，均不可穿著昂貴的貂裘。法令在表面上是抑商的，但是商人因爲經濟上條件

[47] 漢・桓寬、王利器校注，《鹽鐵論》（北京：中華書局，1992.7），卷6，〈散不足〉，頁350

[48] 《明史》，卷67，〈輿服三〉，頁1650

的優越或優勢，往往還是不顧限制，滿身綾羅綢緞。商人在經濟上雖然佔有優勢，但是在政治上卻未能有同等的地位，於是商人從服飾上來模仿官吏的服飾。

然而對於西門慶一家奢華服飾的描寫，是《金瓶梅》一書中著墨較多的部份，並可由此看出當時的社會風氣。首先，可由服飾的價格做探討，例如第三十七回西門慶爲妓女韓愛姐打造「半副頭面簪鐶之類」(2-37-434)，一共花了十兩銀子；第五十六回「常二袖著銀子，一直奔到大街上來。看了幾家都不中意，只買了一領青杭絹女襖，一條綠綢裙子，月白雲紬衫兒，紅綾襖子兒，白綢子裙兒，共五件。自家也對身，買了件鵝黃綾襖子，丁香色綢直身兒，又有幾件布草衣服，共用去六兩五錢銀子」(3-56-445)。一共七件絲綢服飾及幾件布衣，要六兩五錢銀子；第九十五回寫平安兒因爲不滿吳月娘替玳安尋妻，因此偷走當鋪一個頭面。當鋪主人說「我頭面值六十兩，鉤子連寶石珠子鑲嵌，共值十兩」(5-95-350)；第九十五回龐春梅做一付「九鳳鈿銀根兒」(5-95-354)，花了三兩五錢銀子。

但是書中所描寫的奴婢價值卻十分低賤，如第二十四回李嬌兒所買之十二歲丫鬟值五兩銀子；第三十回西門慶買十五歲夏花兒付銀七兩，如意兒則銀六兩；第三十七回趙嫂家十三歲孩子賣銀四兩；第四十七回王六兒自從得了苗青的一百兩銀子之後，花了其中的十六兩銀子買了個丫鬟，「名喚春香使喚」(5-47-140)；第四十八回王六兒買丫鬟春香花十六兩銀子。

由此可知，人的身價十分低賤，一個奴婢的價格還比不上一套華麗的服飾。因此，服飾現象也可視爲社會風氣儉樸或奢靡的指標。在《金瓶梅》中貧賤的奴婢也有奢靡的風氣，但是這僅限於富家，因為他們的主人將他們打扮得極為奢華，才會衍生出這樣的問題來。

另外，第四十七回王六兒替殺人犯苗青在西門慶面前說情，得到了一百兩銀子，就「白日不閑，一夜沒的睡，計較著要打頭面、治簪環，喚裁縫來裁衣服，重新抽銀絲䯼髻，用十六兩銀子又買了個丫頭」(5-47-160)。第五十六回常時節有次窮得連住的地方都沒有，但是當西門慶周濟他十二兩銀子時，他便立刻衝上街去為老婆買新衣，共用去六兩五錢銀子。這兩個例子說明了當時一般人的消費水準是以財富為基礎的，無論身分如何，只要有錢便可以穿金戴銀。並且對於穿著粗布衣服感到羞恥，一旦有錢，他們便馬上將衣物全面換新，這似乎是一種暴發戶的心理。

綜上所述，《金瓶梅》一書中反映了明末商人對服飾的消費觀念。當時商人在經濟上的優勢，彌補了在政治地位上的劣勢。而且他們意識到服飾乃身份地位的象徵，因此極盡所能的裝扮自己以及家人、奴婢。

第三節　小結

雖然《金瓶梅》只是一部文學作品，有別於經濟著作，其所開列出來的物價和日常生活開支未必全盤可信，但是作者提供的大量資料，卻是明清小說中少見的。因此可將之視爲作者對於日常生活親身的體驗，作者應是對這些東西相當熟悉，才會不厭其煩地將它描寫出來，故這方面的資料對於晚明社會生活的瞭解有極大的價值。所以折衷的辦法便是將《金瓶梅》與同時代的其他作品相互印證，才能得出可靠的答案。

綜上所述，透過《金瓶梅》可瞭解到當時社會生活的概況，尤其是女性服飾，更透露出幾點訊息：

首先，從服飾制度來看社會風氣。社會奢侈風氣的出現，就維護禮法的角度而言，乃屬越禮犯份。在正史〈輿服志〉中記載著服飾的制度，例如一個人擁有服飾的多寡、尺寸及緣飾的寬窄等。尤其是明代社會的經濟已發展到民間可以自製絲綢織錦時，平民也模仿官宦階級穿著質料更好的服飾，甚至穿金戴銀。尤其是富商大賈，他們的服飾越來越講究。而當時禁止服飾僭越的法令出現，乃是反映出當時的社會官民生活趨於奢靡，且不時有服飾僭越的情形出現，因此以法令來禁止。《金瓶梅》女性服飾僭越的描述與這種情形大致相符。

其次是從經濟發展來看社會風氣。社會奢侈風氣的出現，從經濟發展的角度而言，則是因爲社會經濟蓬勃發展，個人財富增加，使得有能力的人可以享有過去只有王公貴族才能擁有的物質享受。而人們不再滿足於從前的生活，而是進一步對物質及精神生活有所追求，在服飾方面莫不要求穿金戴銀、滿頭珠翠。而《金瓶梅》中的女性服飾正足以反映出這種情況，例如人的身價十分低賤，一個奴婢的價格甚至還比不上一套華麗的服飾等情形。

結論

無論古今中外，服飾一直是人類極為重視的一項課題。在文學方面，若以時間縱軸來劃分，王國維先生提出「一代文學」的觀念。在服飾方面也是如此，唐・張彥遠在《歷代名畫記》中提到：

> 若論衣服、車輿、土風、人物，年代各異，南北有殊。觀畫之宜，在乎詳審。只如吳道子畫仲由，便帶木劍；閻令公畫昭君，已著幃帽。殊不知木劍創於晉朝，幃帽興於國朝。[1]

他認為服飾隨著時間，空間而不同，並特別指出吳道子畫仲由帶木劍、閻令公畫王昭君戴幃帽都是錯的。而清・葉夢珠《閱世編》中有云：

> 一代之興，必有一代冠服之制。其間隨時變異，不無小有異同，要不過與世遷流，以新一時耳目，其大端大體，終莫敢易也。[2]

此處，他對「一代冠服之制」有所解釋，在大範圍的時間洪流之

[1] 唐・張彥遠，《歷代名畫記》（台北：台灣商務印書館，1971.4），卷 2，〈敘師資傳授南北時代〉，頁 65

[2] 清・葉夢珠，《閱世編》（台北：木鐸出版社，1982.4），卷 8，〈冠服〉，頁 173

內，服飾有其特定規範；但在小的時間範圍中，服飾則會有細微的變動。由此可知，服飾隨著時間流逝而有所改變，一代之興，必有一代的服飾制度，雖然有沿襲前朝的地方，卻也發展出一代的特色。因此，研究者應先由正史的《輿服志》著手，再結合相關的典籍、文學作品及考古文物等實際資料加以分析比較，當可瞭解一代服飾的規律與特色。

此外，所謂的文化，包括人類在物質生活及精神生活兩方面經驗的總和，服飾文化亦是如此。服飾雖是穿著於人體之外的物質表現，可反映出當時的物質環境、經濟狀況等，但自古以來服飾便具有「分尊卑，別貴賤」的功用，更可反映出當代的政治制度、服飾穿著心理、服飾流行風尚等社會概況。由此可知，服飾是人類外在物質文化及內在精神文化的雙重表現。

具備了以上的認知後，再一次欣賞文學作品時，便會有新的體認。在檢視《金瓶梅》女性服飾時，除了對明代服飾史、服飾制度及服飾藝術有所瞭解之外，更必須進行文化方面的探討。因此本論文將《金瓶梅》一書中的女性服飾依外在物質文化表現及內在精神文化意涵兩方面來做討論，並從眾多女性的服飾歸納出自身的規律，並得出以下的結論：

一、《金瓶梅》女性服飾的外在表現

在外在的物質文化方面，明代的織造技術以及文化現象均充分地表現於服飾上：在《明史》〈輿服志〉中有很詳盡的記載，例如帝王大臣的「龍袍」與「蟒服」，文武百官標示身份的「補服」，以及命婦區別品級的「霞披」及「鳳冠」等，無論是類型、質料、色彩、紋樣等都顯示出當時絢爛奪目的服飾藝術。而正史〈輿服志〉多記載上層貴族的服飾：至於百姓的服飾則較少提及。但是從《金瓶梅》及明代相關史籍、小說、考古文物等資料，也獲得了許多具體的資料，足以彌補此一缺憾。本論文分別由類型、色彩及質料三方面來作探討：

(一)《金瓶梅》女性服飾的類型分析

明代女性服飾在類型上有其特色，而《金瓶梅》對此也有所反映。如在首服的使用上，妻妾多戴假髻，依其質料的不同，可分為黑鬏髻、金絲鬏髻、銀絲鬏髻或白鬏髻等，其中白鬏髻多用於守喪時。歌妓或一般女性家常時多將頭髮挽成一窩絲杭州攢，以表現輕鬆、隨意的生活。至於奴婢則多使用盤頭楂髻。眾家女性不分身份地位，多在頭髮上使用各種裝飾物，例如簪、釵、梳等用以固定髮髻，箍、包頭、臥兔兒等用以固定髮髻或裝飾額頭，而命婦或正室也會使用冠來表現她的身份地位。

在上衣下裳的使用上，一般女性多穿長裙，少穿長褲。長褲多為奴婢等需要勞動工作的女性所穿。上衣由內而外依次是抹胸、衫、袍或襖，也有在上衣之外加上一件比甲的，這是較為流行的穿法。

在足服的使用上，妻妾、歌妓多纏足，一般多穿上高底鞋以顯腳小。至於奴婢，除了受寵者如龐春梅、如意兒及王六兒之外，其餘多不見有纏足的情形。

（二）《金瓶梅》女性服飾的質料考察

明代的織造技術有了空前的發展，因此女性服飾的質料也特別多采多姿。除了沿襲傳統外，也顯現出當代的特色。

在棉麻類的使用上，在明代，麻、棉布的使用十分普及。由於明太祖的提倡與鼓勵，使棉布的栽種遍及全國，更有取代麻布的趨勢。麻布多作爲喪事之用，例如白色孝髻、孝布麻裙等。其它使用棉、麻布者多爲奴婢之類，冬天穿棉布，而夏天則穿透氣性佳的麻布。

在絲類的使用上，明代由於織造技術的進步，使得絲類織物更加多元化發展，在《金瓶梅》中使用絲類服飾的情形也十分普遍。不分身份地位都可使用的有絹、綢兩類，上自妻妾，下至奴婢都可穿著，並多爲家常時所穿。使用上較有限制的是紗、綾、緞、羅以及錦等類：紗、羅因爲質地輕薄，所以多在夏季穿著；其他如綾、緞、錦質地較爲厚實，所以多適用於春、秋或冬季。這幾類因爲價格較爲昂貴，所以多爲妻妾等身分地位較高的女性所穿。至於受寵的奴婢，如龐春梅、如意兒及王六兒等人也會偶爾使用這些質料作爲服飾，但多爲喜慶宴會或特殊場合所穿。粧花或織金等特殊技術的絲織物也是如此。由此可知，雖然同樣是絲類織物，在使用上還是會因爲身分地位或時機場合不同而有所選擇。

在毛皮類的使用上，毛皮較前面兩種織物厚實，因此多在冬季使用。有作爲臥兔兒使用的，也有作爲襖穿著的，是相當保暖的質料。而且穿著者多爲地位較高的女性，如吳月娘、林氏等，並且搭配質料較高貴的服飾一起使用，如綾、緞、妝花緞、織金錦等，並不見奴婢穿著。

（三）《金瓶梅》女性服飾的色彩探討

在紅色系服飾的使用上，穿著者的身份多為正室，例如西門慶妻吳月娘、王昭宣妻林氏、何千戶妻藍氏以及後來成為周守備正室的龐春梅等人，用以凸顯身份地位。此外還有受主子寵愛的妾或奴婢也喜歡紅色服飾出現，如潘金蓮、李瓶兒、龐春梅、如意兒等人，但是這種情形較少出現。而在穿著時機方面，多在喜慶宴會時使用，以表現喜氣。例如新娘的禮服、參加生日宴會或送禮等。

在白色系服飾的使用上，其使用時機因其所搭配的質料而有所不同。以麻布質料製成者，不分身份地位，多使用於喪禮或服孝；以絹、紗、綢等普通質料製成者，多為家常所穿著；而以綾、緞等昂貴質料製成的，多作為妻妾的禮服。

而青色系服飾在明代較為流行，使用的情形十分普遍。穿著者的身份上自妻妾，下至奴婢等，都常出現。在明代，青色系的染料有較大的發展，而《金瓶梅》便凸顯出這樣的特色。至於在服飾色彩的搭配方面，從《金瓶梅》也可看出其中的特點，例如常出現的紅衣藍裙，則是因為受到西門慶喜好的影響。

但是妓女並不在上面的討論之列，她們並不受社會道德所規範，也不屬於西門慶家的一員，沒有任何身分地位的限制，因此她們的服飾質料及色彩並沒有一定的限制或規律。

二、《金瓶梅》女性服飾的內在意涵

服飾除了表象之外，更有其深層的內在意涵。所謂「著裝者」這個概念即是由人和所穿著的服飾相合而成，而服飾與人之間的關係又極爲密切，因此本論文選擇了屬於個人的心理及性格部份、屬於群體社會的好尚及風氣部份，以及個人在群體之中的定位一即身份地位三點，分別由身分地位、人物性格及社會風氣三方面來作探討。

（一）《金瓶梅》的女性服飾與身分地位

首先，根據所得資料分析，我們發現服飾可以代表穿著者的身份地位，在明代尤甚，如文武百官的補服及命婦的鳳冠、霞披，都可以明顯看出穿著者的品級。而《金瓶梅》中的女性也是有身份地位之分的，若以西門慶爲中心，其中的女性可分爲妻、妾、婢、妓等類。吳月娘是西門慶的正室，因此她的服飾有獨特之處，無論家常或宴會大多穿著紅色服裝出現。其餘達官貴人之妻如喬五指揮使之妻喬五太太、王昭宣之妻林氏、何千戶之妻藍氏的服飾均是雍容華貴，展現十足的貴氣，也都符合明代命婦應有的穿著，如冠的使用、通袖袍及麒麟補子的出現等，她們四人都在服飾上表現出與眾不同的身分地位。

其次，西門慶的財產透過眾妾的服飾表現出來，因此眾妾也極盡奢華之能事。眾妾地位的高低也可由服飾區分出來，例如孫雪娥在西門家雖是第四妾，但是在眾妾中的地位是最低的，因此西門慶裁衣時便少裁了一件大紅袍與她。而在其他場合時所穿著的服飾，也都略遜於其他妻妾一籌。

而婢的服飾則視她在西門家的地位而定，一般的奴婢穿著較爲簡樸，如青布披襖、綠布裙子等；受西門慶寵愛的奴婢，如龐春梅、如意兒及王六兒三人則得到較好的待遇，甚至想模仿妻妾的服飾，如纏腳、戴髮髻或受賞賜。

而妓女則極盡華麗之能事，不受身分地位的限制。她們的髮型多爲「一窩絲杭州攢」，以表現隨性及嫵媚。她們的服飾款式奇異，甚至以裸露爲美。相較於其他女性，妓的服飾大膽而隨意。她們的服飾多半價格昂貴，質料非凡，並隨時將自己打扮得花枝招展，用來吸引西門慶或其他男性的注意。

（二）《金瓶梅》的女性服飾與人物性格

本論文以《金瓶梅》幾名女性－潘金蓮、李瓶兒、龐春梅與孫雪娥爲例，看出了她們幾人的性格是如何的表現在所穿著的服飾之中。潘金蓮喜愛穿著扣身衫子、抹胸等性感的服飾，用以表現她豪放的性格。她常以足下的三寸金蓮勾引男性，如第二十八回找鞋風波與陳經濟打情罵俏的過程等，都顯示出她不安於室的性格。她也喜愛與眾不同的服飾，千方百計想突出自己在眾妻妾之間的地位，將她愛爭權奪利的性格表露無遺。

李瓶兒則與潘金蓮不同，她喜愛顏色淺淡的服飾，如月白、淺藍、素青等色，正如同她溫和、不與人爭的性格一般。還有，她絲毫不吝惜自己的服飾，不但將之送給妻妾，還在臨死之前分送給奴婢等，充分表現出她大方的個性。

而龐春梅的服飾則較爲特殊，隨著身分地位的不同而有所改變。初入西門家爲丫鬟時，她的穿著簡樸，無異於一般丫鬟。但是自從受到西門慶及潘金蓮寵愛之後，便處處想表現得高於其他丫鬟一等，例如她時常央求西門慶贈與她華麗的衣服。她也特別喜歡模仿妻妾們的穿著，可見她奢望取得妻妾的地位。直到當了周守備正室之後，便名正言順穿上了太太的服飾，如鳳冠、大紅通袖麒麟袍等。因此龐春梅從丫鬟、妾到正室身份地位的變化，很明顯的表現在服飾上。

而孫雪娥名爲妾實爲婢，受到不平等的待遇及被動的性格等也在服飾上表露無遺。

（三）《金瓶梅》的女性服飾與社會風氣

除此之外，《金瓶梅》一書更表現出了兩個大、小社會的服飾穿著風氣，前者指的是西門家以外的大社會，而後者指的是西門家以內的小社會。

當時服飾穿著風氣極其奢靡，從制度面來看是越禮犯份，從經濟面來看則是整個消費型態的改變。當整個社會的經濟發展到民間可以自製絲綢，人們擁有足夠的財富時，不僅整個消費型態與消費水準有所改變，一般人奢侈的風氣也漸漸形成。表現在服飾上的是逐漸由實用性轉爲重視其裝飾性。當時「非大紅裹衣不華」的觀念深植人心，造成禮制的破壞，使朝廷屢下禁令禁止服飾的僭越，但是成效不彰；而商人們因爲經濟地位的高漲，對物質的需求也越來越高，無視於「重農抑商」法令的存在，反而藉穿著從前只屬於貴族的服飾來彌補政治地位的低落，以達心理的滿足。

以上這些情形都可以清楚的從《金瓶梅》的女性服飾中得到具體而鮮明的例子，例如吳月娘常穿繡有麒麟補子的袍或襖，這在當時是公侯駙馬所穿的官服才能繡的，其他像西門慶家中奴婢常常珠翠滿頭、服飾華貴等等都是顯而易見的證明。

綜上所述，可以發現《金瓶梅》的女性服飾反映出明代服飾的幾個特點：例如䯼髻、冠、比甲的使用等，其他如女性腳下的纏足也是重要的特色。經由本論文的分析可知女性的頭飾十分沈重，不但有繁雜的髮型，還有各式各樣的髮飾，光是頭飾便足以耗掉大筆的金錢及精力。至於纏足更不用說了，諸位妻妾莫不是以小腳爲美，甚至連奴婢都以纏小腳爲驕傲。總之，《金瓶梅》中出現的女性多以三寸金蓮爲爭奇鬥妍的一項重要工具，殊不知用裹腳布纏的小小的腳會使她們的行動不方便。而明代的女性也是以繁複的頭飾及變形的小腳爲美，這些服飾都使女性舉步維艱，並且花費大半的青春來張羅。另外，襪長至膝、裙長掩鞋的下裳，也都是強調出女性的莊重、優雅，而這些服飾都將女性緊緊裹住，其服飾的保守程度也是顯而易見的。

其次，《金瓶梅》雖爲一部文學作品，其中不乏作者自身的想像及誇張的成分。但是大致上仍然符合明代的服飾使用情形，例如各種服飾的搭配、女性的好尙、社會風氣、經濟情況、政治制度等。除此之外，從《金瓶梅》豐富的女性服飾資料中可以發現，雖然偶有不符合明代規定的情形出現，但《金瓶梅》亦有自身的系統與規律。例如從層次分明的服飾使用可看出該人物在書中的身分地位，從生動寫實的服飾描寫亦可以形象化的顯示出該人物獨特的性格。因此，《金瓶梅》一書不僅充分反映出明代女性服飾及社會現實，更有自己內在的規律。而豐富多樣的服飾變化也為出明代兩個大、小社會的生活提供了具體的畫面。因此，我們可將《金瓶梅》視為明代女性服飾的百科全書，亦足以作為正史之外的補充。

經由以上的研究不禁令人對《金瓶梅》中所擁有豐富的服飾知識感到讚嘆，也令人對作者能將這些知識出神入化地運用在小說中感到咋舌，更希望本論文的研究能為《金瓶梅》提供另一扇思考的門窗。

重要參考書目

壹、專著類

一、古人論著(同時代作者按姓名筆畫順序排列)

(一) 經

漢・鄭玄注、唐・孔穎達正義，《禮記》(十三經注疏本)，台北：藝文印書館，1977.4

晉・杜預注、唐・孔穎達疏，《左傳注疏及補正》，台北：世界書局，1973.12

(二) 史

漢・司馬遷撰，《史記》，北京：中華書局，1996.1

晉・范曄，《後漢書》，北京：中華書局，1995.3

唐・房玄齡等撰，《晉書》，北京：中華書局，1995.3

宋・歐陽修、宋祁撰，《新唐書》，北京：中華書局，1995.3

元・脫脫等撰，《宋史》，北京：中華書局，1995.3

明・宋濂等撰，《元史》，北京：中華書局，1995.3

明・李東陽等奉敕撰，《大明會典》(萬曆十五年司禮監本)，台北：東南書報社 出版年不詳

明・袁應祺纂，《黃巖縣志》(收於《天一閣藏明代方志選刊》，第 6 冊，影印萬曆刻本)，台北：新文豐出版社，出版年不詳

明・張袞纂，《江陰縣志》(收於《天一閣藏明代方志選刊》，第

5 冊，影印嘉靖刻本），台北：新文豐出版社，出版年不詳
明·陳讓纂，《邵武府志》（收於《天一閣藏明代方志選刊》，第 10 冊，影印嘉靖刻本），台北：新文豐出版社，出版年不詳
明·董倫等，《明實錄》，台北：中研院史語所，1967.3
清·李中白修，《潞安府志》（清順治 18 年刊本），台北：台灣學生書局，1963.2
清·張廷玉編，《明史》，北京：中華書局，1995.3

（三）子

漢·桓寬撰、王利器校注，《鹽鐵論》，北京：中華書局，1992.7
漢·許慎撰、清·段玉裁注，《說文解字注》，台北：黎明文化事業有限公司，1992.10
漢·劉熙，《釋名》（據明嘉靖翻宋本影印），上海：涵芬樓圖書館，出版年不詳
唐·張彥遠，《歷代名畫記》，台北：台灣商務印書館，1971.4
宋·周密，《齊東野語》，北京：中華書局，1997.12
宋·黎靖德編，《朱子語類》（據中央圖書館藏明成化九年江西藩司覆刊宋咸淳六年導江黎氏本影印），台北：正中書局，出版年不詳
明·王圻，《三才圖會》（影印萬曆 35 年刻本），台北：成文出版社，1974.8
明·丘濬，《大學衍義補》，台北：中文出版社，1979.4
明·沈德符撰，《萬曆野獲編》，北京：中華書局，1997.11
明·宋應星，《天工開物》（原書自崇禎出版後便未嘗再印，日本曾於民國十五年翻印，武進陶涉園根據此本重印。本書則是影

印自陶氏重印本），台北：中華叢書委員會出版，1955.7
明・馮夢龍，《警世通言》，河北：河北人民出版社，1990.4
明・馮夢龍，《醒世恆言》，台北：里仁書局，1995.5
明・路惠期，《鴛鴦絛》（收於《元明清傳奇五種》，第5冊），台北：廣文書局，出版年不詳
明・褚華，《木棉譜》（收於《百部圖書集成》），台北：藝文印書館，1968.2
明・蘭陵笑笑生，《金瓶梅詞話》（影印萬曆刻本），東京：大安株式會社，1963.4
明・蘭陵笑笑生，《新刻繡像批評金瓶梅》（影印崇禎刻本），台北：天一出版社，1990.9
明・蘭陵笑笑生，《新刻繡像批評金瓶梅》（影印崇禎刻本），杭州：浙江古籍出版社，1988.12
清・朱素臣，《秦月樓》（收於《元明清傳奇五種》，第1冊），台北：廣文書局，出版年不詳
清・李漁，《閒情偶寄》，台北：長安出版社，1979.9
清・余懷，《板橋雜記》（收於《筆記小說大觀》，第3編，第10冊），台北：新興書局，1988.5
清・陳丁佩，《繡譜》，台北：世界書局，1982.4
清・陳元龍，《格致鏡原》（影印雍正刻本），台北：台灣商務印書館，1972.11
清・陳孟雷編，《古今圖書集成》，台北：鼎文書局，1977.4
清・葉夢珠，《閱世編》，台北：木鐸出版社，1982.4

二、今人論著（以下按出版先後順序排列）

（一）《金瓶梅》相關重要參考書目

明・蘭陵笑笑生，白維國、卜鍵校注，《金瓶梅詞話校注》，長沙：岳麓書社，1995.8
明・蘭陵笑笑生，秦修容整理，《金瓶梅：會評會校本》，北京：中華書局，1998.3
魏子雲，《金瓶梅編年紀事》，台北：巨流圖書公司，1981.7
魏子雲，《金瓶梅劄記》，台北：巨流圖書公司，1983.12
蔡國梁，《金瓶梅考證與研究》，西安：陝西人民出版社，1984.7
胡文彬、張慶善選編，《論金瓶梅》，北京：文化藝術出版社，1984.12
朱一玄編，《金瓶梅資料彙編》，天津：南開大學出版社，1985.10
侯忠義編，《金瓶梅資料匯編》，北京：北京大學出版社，1985.12
方銘編，《金瓶梅資料匯錄》，合肥：黃山書社，1986.9
魏子雲，《金瓶梅研究資料彙編》，台北：天一出版社，1987.1
黃霖編，《金瓶梅資料彙編》，北京：中華書局，1987.3
徐朔方，《金瓶梅西方論文集》，上海：上海古籍出版社，1987.7
吳紅、胡邦煒，《金瓶梅的思想與藝術》，成都：巴蜀書社，1987.10
鄭慶山，《金瓶梅論稿》，遼寧：新華書局，1987.11
杜維沫、劉輝編，《金瓶梅研究集》，濟南：齊魯書社，1988.1
魏子雲，《小說金瓶梅》，台北：學生書局，1988.2
石昌渝、尹恭弘，《金瓶梅人物譜》，江蘇：江蘇古籍出版社，1988.8
石昌渝編，《金瓶梅鑑賞辭典》，北京：師大出版社，1989.5

日·飯田吉郎等著，黃霖、王國安編譯，《日本研究金瓶梅論文集》，濟南：齊魯書社，1989.10
魏子雲，《金瓶梅散論》，台北：台灣商務印書館，1990.7
王汝梅，《金瓶梅探索》，長春：吉林大學出版社，1990.9
包振南等人選編，《金瓶梅及其他》，長春：吉林新華書店，1991.3
中國金瓶梅學會編，《金瓶梅研究第二輯》，江蘇：江蘇古籍出版社，1991.7
李時人，《金瓶梅新論》，上海：學林出版社，1991.8
王啓忠，《金瓶梅價值論》，上海：上海文藝出版社，1991.10
劉輝，《金瓶梅論集》，台北：貫雅出版社，1992.3
于承武，《金瓶梅評議》，北京：文津出版社，1992.3
寧宗一、羅德榮編，《金瓶梅對小說美學的貢獻》，天津：天津社會科學院出版社，1992.5
周鈞韜編，《金瓶梅資料續編》，北京：北京大學出版社，1992.5
魏子雲，《明代金瓶梅史料詮釋》，台北：貫雅出版社，1992.6
陳東有，《金瓶梅文化研究》，台北：貫雅出版社，1992.11
李建中，《瓶中審醜－金瓶梅「色」之批判》，台北：文史哲出版社，1992.12
張國風，《金瓶梅描繪的世俗人情》，北京：書目文獻出版社，1992.12
陶慕寧，《金瓶梅中的青樓與妓女》，北京：文化藝術出版社，1993.2
蕭夢、屈仁，《金瓶梅風俗談》，鄭州：中原農民出版社，1993.3
魏子雲，《金瓶梅研究二十年》，台北：商務印書館，1993.10
白國維編，《金瓶梅詞典》，北京：中華書局，1994.11

丁朗，《金瓶梅與北京》，北京：中國社會出版社，1996.11
張慶善等編，《紅樓夢與金瓶梅之關係》，瀋陽市：遼寧古籍出版社，1997.8
盛源、北嬰，《名家解讀金瓶梅》，濟南：山東人民出版社，1998.1
潘承玉，《金瓶梅新論》，合肥：黃山書社，1999.1
張兵、張振華，《金瓶梅說》，南昌：江西教育出版社，1999.1
霍現俊，《金瓶梅新解》，石家莊市：河北教育出版社，1999.1
張丹、天舒編，《金瓶梅中的歷史迷團與懸案》，北京：大眾文藝出版社，1999.8
晨曦、婧妍編，《金瓶梅中的男人與女人》，北京：大眾文藝出版社，1999.8

（二）服飾類相關重要參考書目

賈伸編，《中華婦女纏足考》，北京：香山慈幼院，1925.6
姚靈犀，《采菲錄》第四集，天津：天津書局，1938.12
王宇清，《中國服裝史綱》，台北：中華大典編印會，1967.4
朱啓鈐，《絲繡筆記》，台北：世界書局，1982.4
周汛、高春明，《中國歷代服飾》，上海：學林出版社，1983.4
吳淑生、田自秉，《中國染織史》，上海：上海人民出版社，1986.9
周錫保，《中國古代服飾史》，台北：南天書局，1988.5
陝西人民出版社編，《纏足、再嫁及其他》，西安：陝西人民出版社，1990.9
駱崇騏，《中國鞋文化史》，上海：上海科學技術出版社，1990.9
回顧，《中國絲綢紋樣史》，遼寧：黑龍江美術出版社，1990.11

王維堤，《衣冠古國》，上海：上海古籍出版社，1991.2
姚居順，《中國纏足風俗》，遼寧：遼寧大學出版社，1991.6
王維堤，《衣飾的天地》，台北：台灣商務印書館，1991.9
周汛、高春明，《中國歷代婦女妝飾》，上海：學林出版社、香港：三聯書店聯合出版，1991.10
朱新予，《中國絲綢史》，北京：紡織工業出版社，1992.2
戴爭，《中國古代服飾簡史》，台北：南天書局，1992.5
武敏，《織繡》，台北：幼獅文化有限公司，1992.8
趙豐，《絲綢藝術史》，杭州：浙江美術出版社，1992.9
陳茂同，《中國歷代衣冠服飾制》，湖北：新華出版社，1993.3
黃輝，《中國古代人物服式與畫法》，上海：上海人民美術出版社，1993.4
趙超，《華夏衣冠五千年》，台北：中華書局，1993.5
李應強，《中國服裝色彩史論》，台北：南天書局，1993.9
范金民、金文，《江南絲綢研究》，北京：農業出版社，1993.10
沈從文，《中國古代服飾研究》，台北：台灣商務印書館，1993.10
黃士龍，《中國服飾史略》，上海：上海文化出版社，1994.4
Alison Lurie 著、李長青譯，《解讀服裝》，台北：商鼎文化出版社，1994.8
趙瀚生，《中國古代紡織與印染》，台北：台灣商務印書館，1994.8
王岩，《萬曆帝后的衣櫥》，台北：東大出版社，1995.3
林淑心，《衣錦行—中國服飾相關之研究》，台北：國立歷史博物館，1995.6
王光鎬，《明清織繡》，台北：藝術圖書公司，1995.6
高洪興，《纏足史》，上海：上海文藝出版社，1995.7

華梅，《人類服飾文化學》，天津：天津人民出版社，1995.12
黃能馥、陳娟娟，《中國服裝史》，北京：中國旅遊出版社，1996.1
周汛、高春明，《中國古代服飾大觀》，重慶：重慶出版社，1996.6
周錫保，《中國古代服飾史》，北京：中國戲劇出版社，1996.9
趙超、熊存瑞，《衣冠燦爛—中國古代服飾巡禮》，成都：四川教育出版社，1996.9
周汛、高春明，《中國衣冠服飾大辭典》，上海：上海辭書出版社，1996.12
李雲，《髮飾與風俗》，上海：上海文化出版社，1997.9
李麗菲，《妝飾、審美的流動》，上海：上海文化出版社，1997.9
高春明，《中國古代平民服裝》，台北：商務印書館，1998.11

（三）小說類相關重要參考書目

范煙橋，《中國小說史》，台北：長安出版社，1977.9
葉朗，《中國小說美學》，北京：北京大學出版社，1985.11
朱一玄編，《古典小說版本資料選編》，太原：山西人民出版社，1986.8
方正耀，《明清人情小說研究》，上海：華東師範大學出版社，1986.12
郭箴一，《中國小說史》，台北：台灣商務印書館，1988.2，
江蘇社會科學院明清小說研究中心文學研究所編，《中國通俗小說總目提要》，北京：中國文聯出版社，1990.2
江蘇社會科學院明清小說研究中心文學研究所編，《明清小說研究年鑒 1986 卷》，北京：中國文聯出版公司，1991.6

于天池，《明清小說研究》，北京：北京師大出版社，1992.7
何滿子、李時人編，《明清小說鑑賞辭典》，杭州：浙江古籍出版社，1994.11
吳禮權，《中國言情小說史》，台北：台灣商務印書館，1995.3
王平，《中國古代小說文化研究》，山東：山東教育出版社，1996.9
李保均主編，《明清小說比較研究》，成都：四川大學出版社，1996.10
歐陽建，《古小說史論》，成都：巴蜀書社，1997.5
李福清，《李福清論中國古典小說》，台北：洪葉文化事業有限公司，1997.6
齊玉焜，《明代小說史》，杭州：浙江古籍出版社，1997.6
徐朔方，《小說考信編》，上海：上海古籍出版社，1997.10
魯迅，《中國小說史略》，上海：上海古籍出版社，1998.1
何滿子，《中國愛情小說中的兩性關係》，上海：上海書店出版社，1999.3

（四）其他重要參考書目

徐珂，《清稗類鈔》，台北：台灣商務印書館，1966.6
李家瑞，《北平風俗類徵》，台北：進學書局，1969.10
日・山川麗著，高大倫、范勇譯，《中國女性史》，西安：三秦出版社，1987.7
林尹注，《周禮今注今譯》，台北：台灣商務印書館，1987.9
杜芳琴，《女性觀念的衍變》，河南：河南人民出版社，1988.10
汪維玲、王定祥，《中國古代婦女化妝》，西安：陝西人民出版社，

1991.2
劉士聖，《中國古代婦女史》，青島：青島出版社，1991.6
郭錦桴，《中國女性禁忌》，石家莊市：河北人民出版社，1991.10
高洪興等著，《婦女風俗考》，上海：上海文藝出版社，1991.11
葉大兵、烏丙安主編，《中國風俗辭典》，上海：上海辭書出版社，1992.4
葛承雍，《中國古代等級社會》，西安：陝西人民出版社 1992.5
薛寧蘭，《是枷鎖還是聖經—中國女性與法縱橫談》，北京：中國人民大學出版社，1992.11
包家麟編，《中國婦女史論集》，台北：稻香出版社，1993.3
李國祥等編，《明實錄類纂》（經濟史料卷），武漢：武漢出版社，1993.6
石方，《中國性文化史》，哈爾濱市：黑龍江人民出版社，1993.7
中國婦女社會地位調查課題組，《中國女性社會地位概觀》，北京：中國婦女出版社，1993.8
劉達臨編，《中國古代性文化》，遼寧：寧夏人民出版社，1993.10
袁欣等編，《中國古代人物畫風》，重慶：重慶出版社，1994.7
夏咸淳，《晚明士風與文學》，北京：中國社會科學出版社，1994.7
申士垚、傅美琳編，《中國風俗大辭典》，北京：中國和平出版社，1994.8
李永祜主編，《奩史選注—中國古代婦女生活大觀》，北京：中國人民大學出版社，1994.10
陳東原，《古代婦女生活史》，台北：台灣商務印書館，1994.12
錢杭、承載，《十七世紀江南社會生活》，杭州：浙江人民出版社，1996.3

張福清編注，《女誡—女性的枷鎖》，北京：中央民族大學出版社，1996.6

羅蘇文，《女性與近代中國社會》，上海：上海人民出版社，1996.12

任一鳴，《中國女性文學的近代衍進》，香港：青文書屋，1997.6

羅麗馨，《十六、十七世紀手工業的生產發展》，台北：稻禾出版社，1997.9

劉詠權，《德才色權—論中國古代女性》，台北：麥田出版社，、1998.6

楊太，《中國消費民俗學》，瀋陽：瀋陽出版社，1998.4

劉兆祐，《中國目錄學》，台北：五南圖書出版有限公司，1998.7

張小虹，《性/別研究讀本》，台北：麥田出版社，1998.8

周心慧，《中國古代刻版畫史論集》，北京：學苑出版社，1998.10

高世瑜，《中國古代婦女生活》，台北：商務印書館，1998.11

史鳳儀，《中國古代的家族與身分》，北京：社會科學文獻出版社，1999.9

貳、論文類

一、學位論文

李廷埴，《中國戲曲人物造型藝術之研究》，師大國文研究所碩士論文，1991

林麗卿，《中國明清生活色彩研究》，台灣科技大學工程技術研究所碩士論文，1992

高輔霖，《明代百官服飾制度及其僭越與濫賞之研究》，輔仁大學織品服裝學系碩士論文，1994

楊淑惠，《張竹坡評點金瓶梅人物研究》，高師大國文系碩士論文，1995

朴炫玡，《張竹坡評點金瓶梅之小說理論》，政治大學中文系碩士論文，1995

蘇惠玲，《紅樓夢中婦女服飾與藉以刻劃角色的效應：以王熙鳳、薛寶釵、林黛玉爲中心的比較研究》，輔仁大學織品服裝學系碩士論文，1995

莊文福，《金瓶梅詞話人物形象研究》，文化大學中文系碩士論文，1997

馬琇芬，《從婚姻、嫉妒、性慾看金瓶梅中的女性》，中山大學中文研究所碩士論文，1997

衣若蘭，《從三姑六婆看明代女性與社會》，師範大學歷史研究所碩士論文，1997

沈小雲，《從古典小說中色彩詞看色彩的時代性—以清代小說紅樓夢爲例》，雲林技術學院視覺傳達設計研究所，1997

二、期刊論文

李西成，〈《金瓶梅》的社會意義及其藝術成就〉，《明清小說研究論文集》，北京：人民文學出版社，1959.2，頁155-172

李開，〈從潘金蓮的悲劇下場看其形象的社會意義〉，《上饒師專學報》，1983年第2期，頁97-115

張進德，〈畸形時代造就的畸形性格：談金瓶梅中潘金蓮形象的社會蘊藉〉，《河南大學學報》，1987第2期，頁32-59

王啓忠，〈談金瓶梅典型形象的歷史地位〉，《江海學刊》，1988第6期，頁159-163

姜守鵬，〈金瓶梅反映的明代奴婢制度〉，《史學集刊》，1990年第2期，頁23-27

鄭明娳，〈慾海無涯唯情是岸－－金瓶梅的情與慾〉，《聯合文學》，第6卷，第10期，1990.8，頁58-69

魏子雲，〈從金瓶梅例說小說的史地問題〉，《書目季刊》，第30卷，第1期，1996.6，頁17-30

衣若蘭，〈陶慕寧著《金瓶梅中的青樓與妓女》〉，《新史學》，第7卷，第4期，1996.12，頁223-239

呂清夫，〈傳統色名的起源與開展〉，《明清官像論叢》，國立藝術教育館編，1998.10，頁41-58

胡澤民，〈中國傳統章補紋飾賞析與應用之研究〉，《明清官像論叢》，國立藝術教育館編，1998.10，頁59-82

林淑心，〈略論明清官服刑制〉，《明清官像論叢》，國立藝術教育館編，1998.10，頁83-93

陳偉明，〈從《金瓶梅》看明代奴婢〉，《歷史月刊》，1999 年 4 月號，1999.4，頁 128-132

高桂惠，〈情慾變色—試論丁耀亢《續金瓶梅》的德色問題〉，《中國古典文學研究》，第 1 期，1999.6，頁 163-184

巫仁恕，〈明代平民服飾的流行風尚與士大夫的反應〉，《新史學》，第 10 卷，第 3 期，1999.9，頁 55-109

林麗月，〈衣裳與風教－晚明的服飾風尚與「服妖」議論〉，《新史學》，第 10 卷，第 3 期，1999.9，頁 111-157

馮道信，〈嘉靖皇帝與明朝中後期的小說勃興〉，《中國古代、近代文學研究》，1999.10，頁 155-163

梅新林、葛永海，〈《金瓶梅》文獻學百年巡視〉，《中國古代、近代文學研究》，2000.2，頁 132-140

林麗月，〈晚明的服飾文化及消費心態〉，中央研究院第三屆國際漢學會議論文，2000.6

Curtis Evarts, 〈Furniture in the Novel Jin Ping Mei〉,《Asian Culture Quarterly》 ,22:3,1994.pp.21-35

Shang Wei, 〈The making of the everyday world: Jin Ping Mei Cihua and the encyclopedias for daily use 〉,「世變與維新：晚明與晚清的文學藝術」研討會論文，1999.7

附圖出處

圖 1-1-1 包頭

《清宮珍寶皕美圖》(收於魏子雲編,《中國古典小說叢刊:金瓶梅研究資料彙編》,台北:天一出版社,1987.1),頁 36,「李瓶兒迎姦附會」一圖局部

圖 1-1-2 臥兔兒

《清宮珍寶皕美圖》,頁 90,「二佳人憤深同氣苦」一圖局部

圖 1-1-3 汗巾

清.朱素臣,《秦樓月》(收於《元明清傳奇五種》,第五冊,台北:廣文書局,出版年不詳),頁 4

圖 1-1-4 蓋頭

《清宮珍寶皕美圖》,頁 88,「粧丫鬟金蓮市愛」一圖局部

圖 1-1-5 鳳冠

明.李東陽等奉敕撰,《大明會典》(萬曆十五年司禮監本,台北:東南書報社,出版年不詳),卷 60,〈冠服〉,頁 1084

圖 1-2-1 抹胸

明.蘭陵笑笑生,《新刻繡像批評金瓶梅》(影印崇禎刻本,

杭州：浙江古籍出版社，1988.12），第八十五回，「吳月娘識破姦情」一圖

圖 1-2-2 抹胸

《新刻繡像批評金瓶梅》，第八十五回，「吳月娘識破姦情」一圖局部

圖 1-2-3 對襟大袖衫

明．路惠期，《鴛鴦絲》（收於《元明清傳奇五種》，第五冊，台北：廣文書局，出版年不詳），卷上，頁 1

圖 1-2-4 大紅通袖袍

《新刻繡像批評金瓶梅》，第七十二回，「王三官義拜西門慶」一圖局部

圖 1-2-5 比甲

《清宮珍寶皕美圖》，頁 90，「二佳人憤深同氣苦」一圖局部

圖 1-2-6 眉子

《清宮珍寶皕美圖》，頁 134，「李瓶兒睹物哭官哥」一圖局部

圖 1-2-7 大襟大袖袍

《大明會典》，卷 60，〈冠服〉，頁 1023

圖 1-2-8 對襟大袖袍

《新刻繡像批評金瓶梅》，第十四回，「花子虛因氣喪生」一圖局部

圖 1-5-1 整套女性服飾

《清宮珍寶弼美圖》，頁 90，「二佳人憤深同氣苦」一圖局部

圖 2-2-1 腰機圖

明・宋應星，《天工開物》（台北：中華叢書委員會，1955.7），卷上，〈乃服〉，頁 93

圖 2-2-2 花機圖

《天工開物》，卷上，〈乃服〉，頁 94-95

圖 7-3-1 公侯駙馬伯麒麟補服花樣

《大明會典》，卷 67，〈輿服三〉，頁 1638

附錄：第四屆（五蓮）國際《金瓶梅》學術討論會山東紀事

世紀末最後一次《金瓶梅》盛會－第四屆（五蓮）《金瓶梅》國際學術討論會在山東省日照市五蓮縣盛大召開，本次會議由中國金瓶梅學會、山東大學、五蓮縣人民政府共同主辦，會議期間自 10 月 23 日起至 10 月 25 日止。與會者包括大陸、法國、韓國及港、台的金學研究者共一百二十餘位，一同在風光明媚、空氣清新的五蓮縣享受一段豐富的金學之旅。行程安排除了學術討論之外，更加入了旅遊活動，及京劇欣賞，使得活動內容緊湊而豐富、理性與感性兼具，讓與會者留下極爲深刻的印象。

一、豐富而熱烈的學術交流

十月，和煦的陽光正灑在台北的天空。來自台灣的我們一行三人，包括著名金學家魏子雲老師、我以及我的朋友－台南藝術學院的研究生何德隆，於 10 月 22 日下午抵達山東（中正大學中文系副教授陳益源老師於 10 月 24 日晚才趕達），甫出青島國際機場，便感覺颼颼的冷風直撲上身。經過三小時顛簸的路程，終於來到五蓮縣人民政府招待所－山城賓館，迎面而來的是熱烈的氣氛與熱情的接待人員。大陸的學者們見到八十多歲、身體硬朗的魏子雲老師時，莫不欣喜若狂、殷勤款待，我們同時也跟著拜見其他金學前輩與專家學者。

23 日清晨，趁著霧氣未散，我們貪婪地享受了一下五蓮那沁人心脾的清新空氣。而後跟著與會的學者一同至大禮堂參加開幕典禮，台上坐的是十多位大陸及港、台的金學前輩，依次發表對本次會議的期許與展望。映襯著台前寫著「第四屆（五蓮）《金瓶梅》國際學術討論會」的藍色橫幅，讓人倍覺氣勢磅礴。再加上閃爍的鎂光燈與電視台的攝影機，將現場的氣氛提升至最高點。

全體與會人員合影之後，接連兩場大會交流，分別由魏子雲先生、黃霖先生、袁世碩先生及梅節先生擔任主持，共計發表十六篇論文，在場參與者有來自大陸各地及法國、港、台的專家學者一百二十餘位。在發表人及與會學者熱烈的討論下，激盪出不少智慧的火花。25 日的大會交流則由王汝梅、陳慶浩兩位先生主持，本場發表論文共七篇，除了廣受討論的版本、作者及年代考訂等問題外，更有《金瓶梅》的傳播學研究、在韓國的流傳等等，議題涵蓋面極廣，充分顯示出本次討論會的多元性。（發表人及論文題目見附）

二、色、香、味俱全的晚宴

當天（23 日）晚上，我們享受了道地的山東佳餚－令人垂涎三尺的各式麵食，如窩窩頭、兔子包、板條、手工饅頭以及當地鮮美的海產等。主人熱忱的心情，如同桌上層層疊疊的餐盤一樣高，使我們內心的暖意加溫不少。在山城賓館舉行的盛宴，對於遠道而來的我們來說，宛如一場別開生面的歡迎會。川流不息的往來學者，相互寒暄、把酒言歡，好似一群久未見面的故友。再加上暖色調的布置，共同營造出熱鬧溫馨的氣氛。

小憩片刻後，大會特別安排了京劇演出。由徐州的優秀青年京劇演員－邵美榮、李水蓮擔綱，演出《痴夢》、《坐宮》、《穆柯寨》、《天女散花》等四齣膾炙人口的戲碼。原本熱鬧嘈雜的禮堂，在戲開鑼時便呈現一片靜謐，大夥兒目光都隨著演員而移動。兩位演員唱工精細、身段迷人，曾榮獲各項表演獎，並獲得極高評價。在精彩的演出之後，觀眾的熱烈掌聲不斷在耳邊迴響，演員們一字排開，邀請各位學者合影留念。散場時，討論聲仍不絕於耳，似有意猶未盡之感。

三、地靈人傑的五蓮

24 日早上原本預定爲小組交流時間，因爲大會特別安排之故，我們隨著魏子雲老師、香港的梅節先生、法國的陳慶浩先生、大陸的黃霖先生以及上海復旦大學訪問學人－韓國的崔溶澈先生一同搭乘九人小巴士出遊。

首先抵達的是《文心雕龍》作者－劉勰曾居住並進行創作的定林寺。踏入定林寺前院，映入眼簾的是一棵據傳有四千年歷史的「天下第一銀杏樹」，周長約有八人合抱，還留下「七摟、八搭、一小媳婦」的趣談。站在寺廟後院，遠眺浮來山景，悠悠渺渺的雲霧環繞，不難想像當年劉勰豐沛的靈感來源。

隨後順道參觀莒縣博物館，館內文物眾多，在解說員清晰的導覽下，我們見到了薄如蟬翼的蛋殼陶、石器上的鳥形文字、戰國墓葬、玉衣、明清字畫以及各種民間傳統器物等，令人目不暇給，可說是山東境內館藏極爲豐富的博物館。這些平日只能在書本上看到的古物，而今出現在眼前，怎不令人爲之動容？美中不足的是，這些文物若能更加妥善保存，施以除濕、防潮等設備，想必更能傳之久遠！

下午，大會安排全體與會人員一百二十餘人來到《續金瓶梅》作者－丁耀亢的故居，雖然有人對於《金瓶梅》作者是否爲丁耀亢之父丁惟寧一問題爭論不休，但此行姑且不論大會用意何在，我們看見的是一處處平凡、樸實的土樓，以及生於斯、長於斯的農民們，他們勤奮的臉上彷彿在訴說著對生命的努力不懈。

而後，一行人驅車前往被蘇軾譽爲「其秀不減雁蕩」的佛教聖地－五蓮山。其山勢陡峭挺拔、小徑蜿蜒曲折，再加上處處峰迴路轉，目光所及皆是旖旎風光，使人忘卻天氣的寒冷與路況的不佳。漫步在霧氣氤氳的山路上，眾人一邊品嚐著又大又甜的柿子，一邊與來自各地的同好暢談。人生之快，莫過於此了！

四、後記

三天的會議，對於初出茅廬的我來說實在不夠，對於新認識的同好們來說更是匆促。不過，相逢即是有緣。

我認爲兩岸的金學交流還是有待努力，大陸上對於港台地區《金瓶梅》研究的專著收錄太少；相對地，有些重要的大陸著作在台灣也很難看到。爲此，王汝梅先生及山東師範大學的桑哲先生已在口頭上邀我參加台灣地區《金瓶梅》研究年譜的編寫工作，我定當竭盡所能，希望能促使海峽兩岸在此一學術領域的研究成果能夠互享、互惠。或許這便是我們該共同繼續努力的地方吧！

感謝中國《金瓶梅》學會會長劉輝先生、秘書長及徐州教育學院院長吳敢先生，給我這個機會到滿是金學前輩的會議中發表論文，當然文中自有許多疏漏之處，不過很慶幸有機會得到許多前輩們的鼓勵與指導。更感謝大會主辦單位及工作人員辛勤的準備與努力，讓大會圓滿成功。最後，則要感謝魏子雲老師，引我進入國際《金瓶梅》討論會的殿堂，結識許多同好，得到更多前輩的指導，希望魏老師身體健康！金學泰斗永遠屹立不搖！

附錄一（發表人姓名及論文題目）

第一場（10/23 上午）

1. 袁世碩〈漫談《金瓶梅》〉
2. 吳敢　〈20 世紀《金瓶梅》研究的回顧與思考〉
3. 張清吉〈《金瓶梅》作者丁惟寧考〉
4. 丁其偉〈"丁惟寧"說的幾個例證〉
5. 梅節　〈《金瓶梅》成書再探〉（港）
6. 張金蘭〈《金瓶梅》中各種女性的服飾〉（台）

第二場（10/23 下午）

7. 魏子雲〈話說《金瓶梅》研究〉（台）
8. 黃霖　〈也說《金瓶梅》研究〉
9. 陳慶浩〈《金瓶梅詞話》各版本及其關係〉（法）
10. 王汝濤〈也談《金瓶梅》的作者〉
11. 黃瑞珍〈淺論笑笑生對李瓶兒的筆下情〉（港）

12. 陳東有〈《金瓶梅》道德說教中的哲學命題〉
13. 王汝梅〈談《紅樓夢》對《金瓶梅》的繼承與發展〉
14. 黃強 〈西門慶的帝王相〉
15. 董文成〈到底是“封建惡霸”還是“市民英雄”〉
16. 潘承玉〈近年《金瓶梅》作者研究新說四種探討〉

10/25 下午

17. 盧興基〈《金瓶梅》產生的歷史因素〉
18. 陳益源〈《姑妄言》與《金瓶梅》〉 (台)
19. 崔溶澈〈《金瓶梅》研究在韓國〉 (韓)
20. 何香久〈《金瓶梅》傳播說〉
21. 孫遜 〈《紅樓夢》與《金瓶梅》〉
22. 張鴻魁〈《金瓶梅》文學研究〉
23. 陳美林〈漫談《金瓶梅》〉

附錄二（合影留念）

1. 第四屆（五蓮）國際《金瓶梅》學術討論會議場。與會者仔細聆聽發表人宣讀論文。

2. 浮來山前合影留念。左起：黃霖先生、魏子雲先生、梅節先生、陳慶浩先生、崔溶澈先生、我以及何德隆先生。

←莒縣博物館前合影留念。左起：我、黃霖先生、魏子雲先生、梅節先生、陳慶浩先生以及崔溶澈先生。

↑全體與會人員山城賓館迎賓樓前合影留念。

跋

午後三點，窗外烏雲密佈，恐是要下雨的徵兆。雲間透著一絲絲微光，而微光背後的太陽，又豈是我所能一眼窺盡的？

論文的完成並不等同於學問的完成，反倒是另一個新的開始，我知道還有很長很長的一段路要走。相較於已經付諸大半生精力的前輩們來說，目前我所做的只是《金瓶梅》浩瀚學海中之一粟。但我想，這是一條不歸路，一頭栽進去便無法自拔的不歸路。

這是一段追求完美的歷程，也很慶幸一路走來有人相伴，令我無畏無懼、勇往直前。感謝魏子雲老師的提攜，不僅帶我至山東發表論文、引介多位金學大家，還殷切指導論文的修改工作，寫序時更是字字斟酌再三，想像著魏老師八十三高齡的諄諄教誨溢於紙上，我真是何其有幸！謝謝我的指導老師陳錦釗先生，在我撰寫論文期間不厭其煩的為我解答疑難；也謝謝高桂惠老師在口試時提供的寶貴資料與不同面向的思考意見。

此外，謝謝德隆在赴大陸作研究時，一面準備自己的論文，還一面幫我找尋最新的資料，無視於精神與身體的雙重負擔；也要感謝我在政大語言中心華語班的同事們，在我埋首苦讀時為我加油打氣，還得忍受書籍堆積如山的視覺障礙。最後，我要將這本論文獻給我的父母以及最親愛的家人，長久以來默默給我支持、包容與鼓勵。謝謝你們！

金蘭
辛巳年新春於南港中研院

國家圖書館出版品預行編目資料

《金瓶梅》女性服飾文化／張金蘭著. --初版

--臺北市：萬卷樓，民90

面；　公分

參考書目：面

ISBN 957-739-335-7(平裝)

1.金瓶梅-研究與考訂　2.服飾-中國

857.48　　90002339

《金瓶梅》女性服飾文化

著　　者：張金蘭
發 行 人：許錟輝
責任編輯：李冀燕
出 版 者：萬卷樓圖書有限公司
台北市羅斯福路二段41號6樓之3
電話(02)23216565・23952992
FAX(02)23944113
劃撥帳號 15624015
出版登記證：新聞局局版臺業字第5655號
網站網址：http://www.wanjuan.com.tw/
E　-mail：wanjuan@tpts5.seed.net.tw
經銷代理：紅螞蟻圖書有限公司
台北市內湖區文德路210巷30弄25號
電話(02)27999490
FAX(02)27995284
承印廠商：晟齊實業有限公司
電腦排版：浩瀚電腦排版股份有限公司
定　　價：320元
出版日期：民國90年3月初版

ISBN 957-739-335-7